INVOCACIÓN

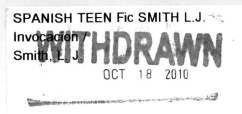

LA ISLA DEL TIEMPO

INVOCACIÓN

L. J. Smith

Traducción de Gemma Gallart

DESTINO

Obra editada en colaboración con Editorial Planeta – España

Título original: *Vampire Diaries. Dark Reunion*

Bajo el sello editorial DESTINO
Avenida Presidente Masarik núm. 111, 2o. piso
Colonia Chapultepec Morales
C.P. 11570, México, D.F.
www.editorialplaneta.com.mx

Primera edición impresa en España: junio de 2009
ISBN: 978-84-08-08607-9

Primera edición impresa en México: enero de 2010
ISBN: 978-607-07-0304-1

Impreso en los talleres de Litográfica Ingramex, S.A. de C.V.
Centeno núm. 162, colonia Granjas Esmeralda, México, D.F.
Impreso en México - *Printed in Mexico*

Para Laura

1

—Las cosas pueden ser igual que antes —dijo Caroline con vehemencia, alargando el brazo para oprimir la mano de Bonnie.

Pero no era cierto. Nada podría ser jamás como había sido antes de que Elena muriera. Nada. Y Bonnie tenía serias dudas sobre aquella fiesta que Caroline intentaba organizar. Una vaga sensación incómoda en la boca del estómago le indicaba que por algún motivo aquélla era una idea muy, pero que muy mala.

—El cumpleaños de Meredith ya pasó —indicó—. Fue el sábado anterior.

—Pero no tuvo una fiesta, no una fiesta de verdad como ésta. Tenemos toda la noche; mis padres no regresarán hasta el domingo por la mañana. Ándale, Bonnie; sólo piensa en la sorpresa que le daremos.

«Ah, sí, seguro que se sorprenderá —pensó Bonnie—. Será tal sorpresa que probablemente me matará después.»

—Oye, Caroline, el motivo de que Meredith no haya hecho

una fiesta es que todavía no tiene demasiadas ganas de celebraciones. Parece... irrespetuoso en cierto modo...

—Pero eso es una equivocación. Elena querría que nos divirtiéramos, sé que lo desearía. Le encantaban las fiestas. Y odiaría vernos ahí sentadas y llorando por ella seis meses después de su partida.

Caroline se inclinó hacia el frente, sus ojos verdes normalmente felinos, vehementes y persuasivos. No había ningún artificio en ellos ahora, ninguna de las acostumbradas y asquerosas manipulaciones de Caroline. Bonnie se daba cuenta de que lo decía en serio.

—Quiero que volvamos a ser amigas tal y como lo éramos antes —siguió Caroline—. Siempre celebrábamos nuestros cumpleaños juntas, simplemente nosotras cuatro, ¿recuerdas? ¿Y recuerdas cómo los chicos siempre intentaban entrar en nuestras fiestas? Me pregunto si lo intentarán este año.

Bonnie sintió que se le escapaba el control de la situación. «Esto es una mala idea, esto es una mala idea», pensó. Pero Caroline seguía hablando, mostrándose soñadora y casi romántica mientras rememoraba los felices viejos tiempos, y Bonnie no tenía valor para decirle que los felices viejos tiempos estaban tan muertos como la música disco.

—Pero ya ni siquiera somos cuatro. Tres no pueden organizar una gran fiesta —protestó débilmente cuando tuvo oportunidad de decir algo.

—Voy a invitar a Sue Carson también. A Meredith le cae bien, ¿verdad?

Bonnie tuvo que admitir que sí; todo el mundo se llevaba bien con Sue. Pero aun así, Caroline tenía que comprender que las cosas no podían ser tal y como habían sido antes. Uno no podía simplemente sustituir a Elena por Sue Carson y decir: listo, todo está solucionado ahora.

«Pero ¿cómo le explico eso a Caroline?», pensó Bonnie, y de improviso lo supo.

—Invitemos a Vickie Bennett —dijo.

Caroline la miró atónita.

—¿Vickie Bennett? Debes de estar bromeando. ¿Invitar a esa pesada estrambótica que se desvistió delante de la mitad de los alumnos? ¿Después de todo lo sucedido?

—Precisamente debido a todo lo sucedido —replicó Bonnie con firmeza—. Mira, sé que nunca estuvo en nuestro grupo. Pero ya no anda con el grupo de los loquitos; ellos no la quieren y ella les tiene un miedo terrible. Ella necesita amigos. Nosotras necesitamos gente. Invitémosla.

Durante un momento, Caroline pareció sentirse frustrada. Bonnie alzó la barbilla, se colocó las manos en las caderas, y aguardó. Finalmente Caroline suspiró.

—De acuerdo. La invitaré. Pero tú tienes que ocuparte de llevar a Meredith a mi casa el sábado por la noche. Y Bonnie..., asegúrate de que no tiene ninguna sospecha de lo que estamos planeando.

Realmente quiero que esto sea una sorpresa.

—Ah, lo será —dijo ella, sombría.

No estaba preparada para la repentina luz que apareció en el rostro de Caroline o la impulsiva calidez de su abrazo.

—Me alegra mucho que entiendas las cosas como yo —dijo Caroline—. Y será magnífico para todas nosotras volver a estar juntas.

«No entiende nada —comprendió Bonnie, aturdida, mientras Caroline se alejaba—. ¿Qué tengo que hacer para explicárselo? ¿Darle un puñetazo?».

Y luego: «Cielos, ahora tengo que contárselo a Meredith».

Pero al llegar el final del día decidió que quizá Meredith no necesitaba que se lo contaran. Caroline quería ver a Meredith sorprendida; bueno, quizá Bonnie debería presentar allí a una Meredith sorprendida. De ese modo, al menos, Meredith no tendría que preocuparse por ello de antemano. Sí, concluyó Bonnie, probablemente lo más caritativo sería no contarle nada a Meredith.

Y quién sabe, escribió en su diario el viernes por la noche. *A lo mejor estoy siendo muy dura con Caroline. Quizá sí lamente de verdad todas las cosas que nos hizo, como tratar de humillar a Elena frente a toda la ciudad e intentar que arrestaran a Stefan por asesinato. A lo mejor Caroline ha madurado desde entonces y ha aprendido a pensar en alguien aparte de sí misma. A lo mejor realmente lo pasaremos bien en la fiesta.*

«Y a lo mejor los extraterrestres me secuestran antes de mañana por la tarde», pensó mientras cerraba el diario. Sólo le quedaba la esperanza.

El diario era un cuaderno en blanco, barato, de la tienda local, con un dibujo de flores diminutas en la tapa. No había empezado a escribirlo hasta después de la muerte de Elena, pero ya se había vuelto ligeramente adicta a él. Era el único lugar donde podía decir cualquier cosa que quisiera sin que la gente se mostrara escandalizada y dijera: «¡Bonnie McCullough!», o «Cielos, Bonnie».

Pensaba aún en Elena cuando apagó la luz y se introdujo bajo las sábanas.

Estaba sentada sobre una exuberante hierba muy cuidada que se extendía hasta donde alcanzaba su vista en todas direcciones. El cielo era de un azul impecable, el aire cálido y perfumado. Los pájaros cantaban.

—Me alegra tanto que pudieras venir —dijo Elena.

—Ah, sí —respondió Bonnie—. Bueno, naturalmente, también yo. Desde luego. —Volvió a mirar a su alrededor, luego apresuradamente de nuevo a Elena.

—¿Más té?

Bonnie sostenía una taza de té con su mano, fina y frágil como la porcelana.

—Pues... claro. Gracias.

Elena llevaba puesto un vestido del siglo XVIII de diáfana muselina blanca, que se pegaba a ella, mostrando lo delgada que era. Vertió el té con precisión, sin derramar una gota.

—¿Quieres un ratón?

—¿Un qué?

—Quiero decir, ¿quieres un sándwich con tu té?

—Ah. Un sándwich. Sí. Fantástico.

Era pepino finamente cortado con mayonesa, sobre una exquisita rebanada de pan blanco. Sin la corteza.

Toda la escena era tan luminosa y bella como una pintura de Seurat. «Warm Springs, ahí estamos. El antiguo lugar de la merienda —pensó Bonnie—. Pero sin duda tenemos cosas mucho más importantes que discutir que sobre el té».

—¿Quién te peina? —preguntó, pues Elena nunca había sido capaz de hacerlo ella misma.

—¿Te gusta?

Elena acercó una mano a la sedosa cabellera de un dorado pálido que llevaba recogida sobre la nuca.

—Está perfecto —dijo Bonnie, y sonó igual que su propia madre en una cena de las Hijas de la Revolución Americana.

—Bueno, el cabello es importante, ya sabes —repuso Elena.

Los ojos le brillaban con un azul más profundo que el del

cielo, un azul lapislázuli. Bonnie se tocó los propios rizos rojos, algo cohibida.

—Por supuesto, la sangre también es importante —siguió Elena.

—¿Sangre? Ah... sí, por supuesto —dijo Bonnie, aturdida. No tenía ni idea sobre lo que decía Elena, y se sentía como si caminara sobre una cuerda floja por encima de unos caimanes.

—Sí, la sangre es importante, también lo creo —coincidió con voz débil.

—¿Otro sándwich?

—Gracias.

Era de queso con jitomate. Elena eligió uno para ella y lo mordió con delicadeza. Bonnie la observó, sintiendo que la inquietud aumentaba en su interior por momentos, y entonces...

Y entonces vio el barro que escurría de los bordes del sándwich.

—¿Qué... qué es eso?

El terror tornó aguda su voz. Por primera vez, el sueño parecía un sueño, y descubrió que no podía moverse, que sólo podía hablar entrecortadamente y mirar con ojos desorbitados. Un grueso goterón de algo café cayó del sándwich de Elena sobre el mantel de cuadros. Era barro sin lugar a dudas.

—Elena... Elena... ¿qué?

—Ah, todos comemos esto aquí abajo.

Elena le sonrió con los dientes manchados de color café. Sólo que la voz no era la de Elena; era fea y distorsionada, y era la voz de un hombre.

—Tú también lo harás.

El aire ya no era cálido y perfumado; era caliente y tenía la empalagosa dulzura del olor a basura en descomposición. Había fosas oscuras entre la hierba verde, que no estaba tan bien cortada después de todo, sino descuidada y llena de maleza. Aquello no era Warm Springs. Estaba en el viejo cementerio; ¿cómo no lo había advertido? Sólo que las tumbas eran recientes.

—¿Otro ratón? —ofreció Elena, y lanzó una risita obscena.

Bonnie bajó la mirada hacia el sándwich a medio comer que sostenía y gritó. Colgando de un extremo había una fibrosa cola castaña. Lo arrojó con todas sus fuerzas contra una lápida, donde chocó con un ruido blando. Luego se puso en pie, a punto de vomitar, limpiándose los dedos frenéticamente en el pantalón de mezclilla.

—No te puedes ir todavía. Los demás están a punto de llegar.

El rostro de Elena cambiaba; ya había perdido los cabellos, y la piel se tornaba gris y áspera. Se movían cosas en la bandeja de la merienda y en las fosas recién cavadas. Bonnie no quería ver ninguna de ellas; pensó que se volvería loca si lo hacía.

—No eres Elena —gritó, y corrió.

El viento le azotaba los cabellos contra los ojos y no podía ver. Su perseguidor estaba detrás de ella; podía sentirlo justo detrás. «Alcanza el puente», pensó, y entonces chocó con algo.

—Te he estado esperando —dijo la cosa que llevaba el vestido de Elena, la cosa gris y esquelética con largos dientes retorcidos—. Escúchame, Bonnie. —La sujetaba con terrible fuerza.

—¡No eres Elena! ¡No eres Elena!

—¡Escúchame, Bonnie!

Era la voz de Elena. La auténtica voz de Elena, no obscenamente divertida, ni gruesa y fea, sino apremiante. Provenía de algún lugar detrás de Bonnie y barrió el sueño como un viento frío y puro.

—Bonnie, escucha rápido...

Las cosas se fundían. Las manos huesudas sobre los brazos de Bonnie, el cementerio reptante, el rancio aire caliente. Por un momento la voz de Elena sonó nítida, pero intermitente como una llamada de larga distancia con una conexión defectuosa.

—... Él está distorsionando las cosas, cambiándolas. No soy tan fuerte como él... —A Bonnie se le escaparon algunas palabras—... pero esto es importante. Tienes que encontrar... ahora mismo. —La voz se desvanecía.

—¡Elena, no te oigo! ¡Elena!

—... un hechizo fácil, sólo dos ingredientes, los que ya te he dicho...

—¡Elena!

Bonnie seguía gritando cuando se incorporó de golpe, muy erguida, en la cama.

2

—Y eso es todo lo que recuerdo —finalizó Bonnie, mientras ella y Meredith descendían por la calle Sunflower entre hileras de altas casas victorianas.

—Pero, ¿era indudablemente Elena?

—Sí, e intentaba decirme algo al final. Pero esa es la parte que no quedó clara, excepto que era importante, sumamente importante. ¿Qué piensas?

—¿Bocadillos de ratón y tumbas abiertas? —Meredith enarcó una elegante ceja—. Me parece que estás mezclando a Stephen King con Lewis Carroll.

Bonnie se dijo que probablemente su amiga tenía razón. Pero el sueño todavía la preocupaba; la había preocupado todo el día, lo suficiente para apartar de su mente sus otras inquietudes. En aquel momento, mientras Meredith y ella se aproximaban a la casa de Caroline, las viejas preocupaciones regresaron con saña.

Lo cierto era que debería haberle contado todo aquello a Meredith, se dijo mientras dirigía inquietas miradas de soslayo hacia la alta muchacha. No debería dejar que Meredith entrara allí sin saber lo que le esperaba...

Meredith alzó los ojos hacia las ventanas iluminadas de la casa estilo Reina Ana y emitió un suspiro.

—¿De verdad necesitas tan desesperadamente esos aretes para esta noche?

—Sí, los necesito, rotundamente. —Ya era demasiado tarde; tendría que arreglárselas como pudiera—. Te encantarán cuando los veas —añadió, escuchando la nota de esperanzada desesperación de su propia voz.

Meredith se detuvo y sus agudos ojos oscuros escudriñaron el rostro de Bonnie con curiosidad. Después llamó a la puerta.

—Sólo espero que Caroline no esté en su casa esta noche. Podríamos acabar soportándola un buen rato.

—¿Caroline encerrada en su casa un sábado por la noche? No seas ridícula.

Bonnie había estado conteniendo la respiración durante demasiado tiempo; empezaba a sentirse mareada. Su risa tintineante surgió crispada y falsa.

—Tú y tus ideas —prosiguió, en un tono un tanto histérico, cuando Meredith dijo:

—No creo que haya nadie en la casa —y sujetó la manija.

Poseída por un loco impulso, Bonnie añadió:

—¡Qué disparate!

Con la mano sobre la manija de la puerta, Meredith se detuvo en seco y giró la cabeza para mirarla.

—Bonnie —dijo en voz baja—, ¿estás loca?

—No.

Desanimada, Bonnie agarró a Meredith por el brazo y buscó sus ojos con urgencia. La puerta se estaba abriendo sola.

—Cielos, Meredith, por favor, no me vayas a matar...

—¡Sorpresa! —gritaron tres voces.

—Sonríe —murmuró Bonnie, empujando el cuerpo repentinamente reacio a moverse de su amiga a través de la puerta, hacia el interior de la iluminada habitación llena de ruido, bajo una lluvia de confetti metálico; ella misma sonrió de oreja a oreja, como una loca, y le dijo entre dientes—: Mátame más tarde, lo merezco, pero por ahora limítate a sonreír.

Había globos, de una marca cara, y un montoncito de regalos sobre la mesa de centro. Incluso había un arreglo floral, aunque Bonnie reparó en que las orquídeas que había en él hacían juego a la perfección con el pañuelo verde pálido de Caroline. Era un Hermès de seda con un dibujo de enredaderas y hojas. «Apostaría a que acabará luciendo una de esas orquídeas en el cabello», pensó Bonnie.

Los ojos azules de Sue Carson estaban un poco ansiosos, la sonrisa titubeante.

—Espero que no tuvieras ningún buen plan para esta noche, Meredith —dijo.

Meredith sonrió con afectuosa ironía y Bonnie se relajó. Sue había sido una princesa de la corte de Elena en la Fiesta de Inicio de Cursos, junto con Bonnie, Meredith y Caroline, y era la única chica del colegio, además de Bonnie y Meredith, que había apoyado a Elena cuando todos los demás le habían dado la espalda. En el funeral de Elena había dicho que ésta siempre sería la auténtica reina del Robert E. Lee, y había renunciado a su nominación como Reina de la Nieve en memoria de Elena. Nadie podía odiar a Sue. Lo peor había pasado ya, se dijo Bonnie.

—Quiero sacar una foto de todas nosotras en el sofá —dijo

Caroline, colocándolas detrás del arreglo floral—. Vickie, tómala tú, ¿quieres hacerlo?

Vickie Bennett, que había permanecido a un lado en silencio, inadvertida, contestó:

—Sí, claro —y se apartó nerviosamente el largo cabello castaño claro de los ojos mientras sujetaba la cámara.

«Como si fuera una criada», pensó Bonnie, y entonces el flash la cegó.

Mientras la foto polaroid se revelaba, y Sue y Caroline reían y charlaban, sin dar importancia a la seca cortesía de Meredith, Bonnie advirtió algo más. Era una buena foto: Caroline aparecía sensacional, como siempre, con su cabello castaño rojizo resplandeciente y las orquídeas verde pálido frente a ella. Y allí estaba Meredith, con expresión resignada e irónica, y oscuramente hermosa sin siquiera proponérselo, y allí estaba ella misma, una cabeza por debajo del resto, con los rojos rizos alborotados y una expresión tímida en el rostro. Pero lo extraño era la figura que tenía al lado en el sofá. Era Sue, desde luego que era Sue, pero por un momento los cabellos rubios y los ojos azules parecieron pertenecer a otra persona. A alguien que la miraba apremiante, a punto de decirle algo importante. Bonnie contempló la foto con el entrecejo fruncido, parpadeando con rapidez. La imagen se tornó borrosa ante sus ojos, y una inquietud escalofriante le recorrió la espalda.

No, la de la foto era simplemente Sue. Sin duda había enloquecido por un momento, o bien era que estaba permitiendo que el deseo de Caroline de que «estuvieran todas juntas otra vez» la afectara.

—Yo tomaré la siguiente —dijo, incorporándose de un salto—. Siéntate, Vickie, y arrímate. No, más, más... ¡ahora!

Todos los movimientos de Vickie eran veloces, ligeros y

nerviosos. Cuando se disparó el flash, se sobresaltó como un animal asustado a punto de salir huyendo.

Caroline apenas le dedicó una mirada a aquella fotografía; en lugar de ello, se incorporó y se encaminó hacia la cocina.

—¿Adivinan qué pastel vamos a comer? —dijo—. Estoy haciendo mi propia versión de un pastel de chocolate con relleno de chocolate. Vamos, me tienen que ayudar a preparar la cobertura.

Sue la siguió y, tras una vacilante pausa, también lo hizo Vickie.

Los últimos vestigios de la expresión afable de Meredith se evaporaron cuando volteó hacia Bonnie.

—Deberías habérmelo dicho.

—Lo sé. —Bonnie inclinó la cabeza mansamente durante un minuto, pero luego alzó los ojos y sonrió ampliamente—. Pero en ese caso no habrías querido venir y no comeríamos un pastel de «chocolate con chocolate».

—¿Y eso hace que esto valga la pena?

—Bueno, sí ayuda —repuso Bonnie con un aire de persona razonable—. Y en realidad probablemente no saldrá tan mal. Lo cierto es que Caroline intenta ser simpática, y es bueno para Vickie salir de su casa aunque sea una vez...

—No parece que sea bueno para ella —dijo Meredith sin rodeos—. Parece como si estuviera a punto de sufrir un ataque al corazón.

—Bueno, probablemente sólo esté nerviosa.

En opinión de Bonnie, Vickie tenía buenos motivos para estar nerviosa, ya que se había pasado la mayor parte del otoño anterior en trance, mientras un poder que no comprendía la iba volviendo loca lentamente. Nadie había esperado que consiguiera recuperarse tan bien como lo había hecho.

Meredith seguía mostrándose sombría.

—Al menos —dijo Bonnie en tono conciliador—, no es tu auténtico cumpleaños.

Meredith tomó la cámara y empezó a darle vueltas. Con la vista fija aún en sus manos, respondió:

—Pero sí lo es.

—¿Qué? —Bonnie la miró sorprendida y luego dijo en voz más alta—: ¿Qué dijiste?

—Dije que es mi auténtico cumpleaños. A Caroline sin duda se lo habrá dicho su madre; ella y la mía fueron muy buenas amigas hace mucho tiempo.

—Meredith, ¿de qué estás hablando? Tu cumpleaños fue la semana pasada, el 30 de mayo.

—No, no lo fue. Es hoy, 6 de junio. Es cierto; aparece en mi licencia de conductor y en todo. Mis padres empezaron a celebrarlo una semana antes porque el 6 de junio resultaba demasiado perturbador para ellos. Fue el día en que mi abuelo sufrió un ataque y se volvió loco. —Cuando Bonnie lanzó una exclamación ahogada, incapaz de hablar, ella añadió con calma—: Intentó matar a mi abuela, ya sabes. Intentó matarme también a mí. —Meredith depositó la cámara con cuidado en el centro exacto de la mesita—. Realmente deberíamos ir a la cocina —dijo en voz baja—. Huele a chocolate.

Bonnie seguía paralizada, pero su mente empezaba a trabajar otra vez. Vagamente, recordaba que Meredith había mencionado aquello antes, pero entonces la joven no le había contado toda la verdad. Y no le había dicho cuándo había sucedido.

—Un ataque..., te refieres a cómo atacaron a Vickie —logró decir Bonnie.

No era capaz de pronunciar la palabra «vampiro», pero sabía que Meredith comprendía.

—Igual que atacaron a Vickie —confirmó Meredith—. Vamos —añadió con voz aún más queda—. Nos están esperando. No era mi intención trastornarte.

«Meredith no quiere que me trastorne, así que no voy a sentirme trastornada» —pensó Bonnie, vertiendo cobertura de chocolate caliente sobre el pastel de chocolate y el helado de chocolate—. «Hemos sido amigas desde la primaria, y a pesar de ello nunca antes me contó este secreto».

Por un instante sintió un escalofrío en todo el cuerpo y unas palabras flotaron hacia el exterior desde lo más recóndito de su mente. «Nadie es lo que parece». La voz de Honoria Fell, hablando a través de ella, le había advertido aquello el año anterior, y la profecía había resultado ser aterradoramente cierta. ¿Y si aquello no había terminado aún?

Entonces Bonnie sacudió la cabeza con decisión. No podía pensar en aquello justo en ese momento: tenía una fiesta en la que pensar. «Y me aseguraré de que sea una fiesta realmente buena y de que todas lo pasemos bien, como sea», pensó.

Curiosamente, ni siquiera resultó tan difícil. Meredith y Vickie no hablaron mucho al principio, pero Bonnie se esforzó por ser amable con Vickie, y ni siquiera Meredith pudo resistirse al montón de regalos envueltos en papel de vivos colores que había en la mesa de centro. Para cuando hubo abierto el último estaban todas charlando y riendo. La atmósfera de tregua y tolerancia prosiguió cuando subieron al dormitorio de Caroline para examinar sus ropas, CDs y álbumes de fotos. Al acercarse la medianoche se dejaron caer sobre los sacos de dormir, charlando aún.

—¿Qué hace Alaric estos días? —le preguntó Sue a Meredith.

Alaric Saltzman era el novio de Meredith... más o menos. Era un licenciado de la Universidad de Duke que se había especializado en parapsicología y al que le habían pedido que fuera a Fell's Church cuando empezaron los ataques de vampiros. Si bien había empezado siendo un enemigo, había acabado como aliado... y amigo.

—Está en Rusia —dijo Meredith—. La perestroika, ¿sabes? Fue allá para averiguar qué hacían con los médiums durante la Guerra Fría.

—¿Qué le vas a decir cuando regrese? —preguntó Caroline.

Era una pregunta que a Bonnie le habría gustado hacerle a Meredith. Debido a que Alaric era casi cuatro años mayor que ella, Meredith le había dicho que esperara hasta que terminara sus estudios de secundaria para hablar acerca del futuro de ambos. Pero ahora Meredith había cumplido los dieciocho —hoy, recordó Bonnie— y la ceremonia de graduación tendría lugar dentro de dos semanas. ¿Qué sucedería después de eso?

—No lo he decidido —respondió Meredith—. Alaric quiere que vaya a Duke, y ya me aceptaron allí, pero no estoy segura. Tengo que pensarlo.

Bonnie se alegró igualmente, aunque quería que Meredith fuera a la Universidad Boone Junior con ella, no que se fuera lejos y se casara, o se comprometiera siquiera. Era estúpido decidirse por un chico siendo tan joven. La misma Bonnie era conocida por su volubilidad en el terreno amoroso, yendo de chico en chico con toda tranquilidad. Se enamoraba fácilmente y se desenamoraba exactamente con la misma facilidad.

—Aún no he conocido algún chico al que valga la pena serle fiel —dijo entonces.

Todas la miraron rápidamente. Sue tenía la barbilla apoyada sobre los puños cuando preguntó:

—¿Ni siquiera Stefan?

Bonnie debería haberlo adivinado. Teniendo como única luz la tenue iluminación de la lámpara del buró y como único sonido el susurrar de las hojas de los sauces llorones del exterior, era inevitable que la conversación virase hacia Stefan... y hacia Elena.

Stefan Salvatore y Elena Gilbert eran ya una especie de leyenda en la ciudad, igual que Romeo y Julieta. Cuando Stefan había llegado por primera vez a Fell's Church, todas las chicas lo habían deseado. Y Elena, la más hermosa, la más popular, la chica más inaccesible de la escuela, también lo había deseado. Hasta que lo obtuvo no comprendió el peligro que entrañaba. Stefan no era lo que parecía; tenía un secreto mucho más siniestro de lo que nadie podría haber imaginado. Y tenía un hermano, Damon, aún más misterioso y peligroso que él mismo. Elena se había visto atrapada entre los dos hermanos, amando a Stefan, pero sintiéndose irresistiblemente atraída por el lado salvaje de Damon. Al final, había muerto para salvarlos a ambos y redimir su amor.

—Tal vez Stefan..., si fueras Elena —murmuró Bonnie, cediendo en aquel punto.

La atmósfera había cambiado. Era callada ahora, un poco triste, justo la apropiada para confidencias a altas horas de la noche.

—Todavía sigo sin poder creer que ella ya no esté —dijo Sue en voz baja, sacudiendo la cabeza y cerrando los ojos—. Estaba mucho más viva que otras personas.

—Su llama ardía con más fuerza —observó Meredith, contemplando los dibujos que la lámpara rosada y dorada proyectaba en el techo.

La voz de la muchacha era suave, pero intensa, y a Bonnie le pareció que aquellas palabras describían a Elena mejor que cualquier cosa que hubiera oído.

—Hubo momentos en que la odié, pero jamás pude hacer caso omiso de ella —admitió Caroline, y entrecerró los verdes ojos al recordar—. No era una persona cuya existencia pudieras ignorar.

—Una cosa que he aprendido de su muerte —dijo Sue— es que pudo sucederle a cualquiera de nosotras. No puedes desperdiciar ni un poco de tu vida, porque nunca sabes cuánta te queda.

—Podrían ser sesenta años o sesenta minutos —coincidió Vickie en voz baja—. Cualquiera de nosotras podría morir esta noche.

Bonnie se movió, inquieta. Pero antes de que pudiera decir nada, Sue repitió:

—Sigo sin poder creer que se ha ido realmente. A veces siento como si estuviera en algún lugar a poca distancia.

—Bueno, eso me sucede también a mí —dijo Bonnie, aturdida.

Una imagen de Warm Springs pasó veloz por su mente, y por un momento pareció más vívida que la poco iluminada habitación de Caroline.

—Anoche soñé con ella, y tuve la sensación de que realmente era ella y que intentaba decirme algo. Todavía tengo esa sensación —le dijo a Meredith.

Las demás la contemplaron en silencio. En otro tiempo, todas se habrían reído si Bonnie hubiera insinuado algo sobrenatural, pero ahora no. Sus poderes psíquicos eran indudables, formidables y un poco alarmantes.

—¿De verdad la soñaste? —musitó Vickie.

—¿Qué crees que intentaba decir? —preguntó Sue.

—No lo sé. Al final se esforzaba mucho por mantenerse en contacto conmigo, pero no lo conseguía.

Se produjo otro silencio. Por fin, Sue dijo con tono vacilante, con un temblor apenas perceptible en la voz:

—¿Crees... crees que podrías ponerte en contacto con ella?

Era lo que todas se habían estado preguntando. Bonnie miró en dirección a Meredith. Horas antes, Meredith le había quitado importancia al sueño, pero en aquellos momentos le devolvió la mirada de Bonnie con expresión seria.

—No lo sé —respondió Bonnie lentamente; visiones procedentes de la pesadilla seguían arremolinándose a su alrededor—. No quiero entrar en trance y abrirme a cualquier cosa que pueda estar ahí afuera, eso seguro.

—¿Es ése el único modo de comunicarse con los muertos? ¿Qué hay del tablero de la ouija o algo así? —preguntó Sue.

—Mis padres tienen una ouija —anunció Caroline en un tono demasiado elevado.

De improviso, el ambiente callado y mesurado quedó roto y una tensión indefinible inundó el aire. Todas se sentaron más tiesas y se miraron entre sí haciendo conjeturas. Incluso Vickie parecía intrigada, además de espantada.

—¿Funcionará? —le preguntó Meredith a Bonnie.

—¿Deberíamos hacerlo? —se preguntó en voz alta Sue.

—¿Nos atrevemos a hacerlo? Ésa es realmente la cuestión —dijo Meredith.

Una vez más, Bonnie notó que todas la miraban. Vaciló un último instante y luego se encogió de hombros. La excitación empezaba a agitarse en su estómago.

—¿Por qué no? —respondió—. ¿Qué podemos perder?

Caroline giró la cabeza en dirección a Vickie.

—Vickie, hay un ropero al inicio de la escalera. El juego de la ouija debería estar dentro, en la estantería superior, junto con un montón de otros juegos.

Ni siquiera dijo: «¿Podrías traerlo, por favor?». Bonnie frunció el entrecejo y abrió la boca, pero Vickie salía ya por la puerta.

—Podrías ser un poco más cortés —le dijo Bonnie a Caroline—. ¿Qué es esto, tu personificación de la malvada madrastra de Cenicienta?

—Oh, vamos, Bonnie —repuso Caroline en tono impaciente—. Tiene suerte de haber sido invitada. Ella lo sabe.

—Y yo que pensaba que simplemente estaba abrumada por nuestro esplendor colectivo —indicó Meredith con frialdad.

—Y además... —empezó a decir Bonnie, pero se vio interrumpida. El ruido fue débil y agudo y decayó al final, pero no había error posible: era un grito. Le siguió un silencio sepulcral y luego, de improviso, una secuencia de alaridos desgarradores.

Por un instante, las chicas del dormitorio permanecieron paralizadas. Luego salieron todas corriendo al pasillo y escaleras abajo.

—¡Vickie!

Meredith, con sus largas piernas, fue la primera en llegar abajo. Vickie estaba de pie frente al ropero, con los brazos extendidos como para protegerse el rostro. Se aferró a Meredith sin dejar de gritar.

—Vickie, ¿qué sucede? —inquirió Caroline con voz más enojada que asustada.

Había cajas de juegos desperdigadas por el piso y fichas de Monopoly y tarjetas de Trivial Pursuit esparcidas por todas partes.

—¿Por qué gritas?

—¡Me agarró! ¡Alargué los brazos hacia la estantería superior y algo me agarró por la cintura!

—¿Por detrás?

—¡No! Desde el interior del ropero.

Sobresaltada, Bonnie miró dentro del ropero abierto. Había abrigos de invierno colgados formando una capa impenetrable, algunos descendiendo hasta el piso. Desasiéndose con delicadeza de Vickie, Meredith agarró un paraguas y empezó a empujar los abrigos.

—No lo... —empezó a decir Bonnie sin querer, pero el paraguas sólo halló la resistencia de la tela.

Meredith lo utilizó para apartar los abrigos hacia un lado y mostrar la madera de cedro del fondo del ropero.

—¿Lo ves? Aquí no hay nadie —dijo con un tono ligero—. Pero, como puedes ver, lo que sí hay son estas mangas de los abrigos. Si te inclinas lo suficiente hacia el interior entre ellos, apostaría a que puede dar la impresión de que los brazos de alguien te rodean.

Vickie se adelantó, tocó una manga que colgaba y luego alzó los ojos hacia el estante. Hundió el rostro entre las manos y la larga melena sedosa cayó hacia adelante, tapándolo. Por un terrible instante, Bonnie pensó que lloraba. Entonces escuchó sus risitas.

—¡Cielos! Realmente pensé... ¡Ah, soy una estúpida! Lo recogeré todo —dijo Vickie.

—Más tarde —indicó Meredith con firmeza—. Entremos en la salita.

Bonnie lanzó una última mirada hacia el armario mientras avanzaban.

Cuando estuvieron todas reunidas alrededor de la mesa de

centro, con varias luces apagadas para darle un toque melodramático al asunto, Bonnie posó los dedos ligeramente sobre la pequeña plataforma de plástico. En realidad nunca había usado una ouija, pero sabía cómo se hacía. La plataforma se movía para señalar las letras y deletrear un mensaje... si los espíritus estaban dispuestos a hablar, claro.

—Todas tenemos que tocarla —dijo, y luego observó mientras sus compañeras obedecían.

Los dedos de Meredith eran largos y delgados; los de Sue, finos y rematados por uñas ovaladas. Las uñas de Caroline estaban pintadas con un lustroso tono cobrizo. Las de Vickie estaban mordidas.

—Ahora cerramos los ojos y nos concentramos —indicó Bonnie en voz queda.

Sonaron pequeños siseos expectantes mientras las muchachas obedecían; la atmósfera las iba afectando a todas.

—Piensen en Elena. Imagínensela. Si está ahí afuera, queremos atraerla aquí.

La enorme estancia estaba silenciosa. En la oscuridad, tras sus párpados cerrados, Bonnie vio unos cabellos de color dorado pálido y unos ojos del color del lapislázuli.

—Vamos, Elena —susurró—. Háblame.

La plataforma empezó a moverse.

Ninguna de ellas podía guiarla; todas presionaban desde puntos distintos. Sin embargo, el pequeño triángulo de plástico se deslizaba con suavidad, con seguridad. Bonnie mantuvo los ojos cerrados hasta que se detuvo, y entonces miró. La plataforma señalaba la palabra «Sí».

Vickie profirió algo parecido a un sollozo apagado.

Bonnie miró a las demás. Caroline respiraba apresuradamente, con los verdes ojos entrecerrados. Sue era la única de todas ellas que aún mantenía los ojos cerrados con determinación. Meredith estaba pálida.

Todas esperaban que ella supiera qué hacer.

—Sigan concentrándose —les dijo Bonnie.

Se sentía falta de preparación y un poco estúpida al dirigirse al vacío directamente. Pero ella era la experta; ella tenía que hacerlo.

—¿Eres tú, Elena? —preguntó.

La plataforma efectuó un pequeño círculo y regresó al «Sí».

De improviso, el corazón de Bonnie empezó a latir con tanta fuerza que temió que hiciera temblar sus dedos. El plástico tenía bajo las yemas un tacto distinto, casi electrizante, como si alguna energía sobrenatural fluyera por él. Dejó de sentirse como una estúpida. Los ojos se le llenaron de lágrimas y vio que los ojos de Meredith también brillaban. Meredith la miró y asintió.

—¿Cómo podemos estar seguras? —decía en aquellos momentos Caroline en voz alta y llena de suspicacia.

«Caroline no lo nota —comprendió Bonnie—; no percibe nada de lo que yo percibo. Psíquicamente hablando, es una nulidad.»

La plataforma volvía a moverse, tocando las letras ahora tan de prisa que Meredith apenas tuvo tiempo de deletrear el mensaje que, incluso sin puntuación, era muy claro:

CAROLINE NO SEAS IMBÉCIL TIENES SUERTE
DE QUE ESTÉ HABLANDO CONTIGO

—Ésa es Elena, ya lo creo —dijo Meredith en tono seco.

—Parece ella, pero...

—Vamos, cállate ya, Caroline —indicó Bonnie—. Elena, estoy tan contenta de... —Se le hizo un nudo en la garganta y volvió a probar.

BONNIE NO HAY TIEMPO DEJA DE LLORIQUEAR
Y CONCÉNTRATE

Y «ésa», desde luego, también era Elena. Bonnie resopló, y siguió:

—Anoche soñé contigo.

TÉ

—Sí. —El corazón de Bonnie palpitaba más deprisa que nunca—. Quería hablar contigo, pero las cosas se tornaron extrañas y luego no hacíamos más que perder el contacto...

BONNIE NO ENTRES EN TRANCE NADA DE TRANCE NADA
DE TRANCE

—De acuerdo. —Aquello respondía a su pregunta y la alivió leerlo en el tablero.

INFLUENCIAS CORRUPTORAS DISTORSIONAN NUESTRA
COMUNICACIÓN HAY COSAS MALAS COSAS MUY MALAS AQUÍ
AFUERA

—¿Como qué? —Bonnie se inclinó más sobre el tablero—. ¿Como qué?

NO HAY TIEMPO

La plataforma parecía exasperada. Se movía violentamente de letra en letra como si Elena apenas pudiera contener la impaciencia.

ESTÁ OCUPADO ASÍ QUE PUEDO HABLAR AHORA PERO
NO HAY MUCHO TIEMPO ESCUCHA CUANDO TERMINEMOS
SALGAN DE LA CASA RÁPIDO ESTÁN EN PELIGRO

—¿Peligro? —repitió Vickie, dando la impresión de que podría saltar de la silla y echarse a correr.

ESPEREN ESCUCHEN PRIMERO TODA LA CIUDAD ESTÁ
EN PELIGRO

—¿Qué debemos hacer? —preguntó Meredith al instante.

NECESITÁN AYUDA ÉL ESTÁ FUERA DE SUS CAPACIDADES AHORA

ESCUCHEN Y SIGAN INSTRUCCIONES TIENEN QUE REALIZAR UN HECHIZO DE INVOCACIÓN Y EL PRIMER INGREDIENTE ES C...

Sin previo aviso, la plataforma se apartó violentamente de las letras y empezó a resbalar sobre el tablero como enloquecida. Señaló el estilizado dibujo de la luna, luego el del sol, luego las palabras Parker Brothers, Inc.

—¡Elena!

La plataforma se balanceó de nuevo en dirección a las letras.

OTRO RATÓN OTRO RATÓN OTRO RATÓN

—¿Qué sucede? —gritó Sue con los ojos abiertos de par en par.

Bonnie estaba atemorizada. La plataforma vibraba llena de energía, una energía oscura y fea, igual que negro alquitrán hirviente, que le provocaba comezón en los dedos. Pero también podía percibir el hilo de plata que era la presencia de Elena combatiendo contra aquello.

—¡No se suelten! —gritó con desesperación—. ¡No quiten las manos de encima!

RATONBARROTEMATO

El tablero lo recitó de un jalón.

SANGRESANGRESANGRE

Y luego...

BONNIE HUYAN ÉL ESTÁ AQUÍ HUYAN HUYAN HU...

La plataforma se movió furiosamente, escapando de debajo de los dedos de Bonnie y fuera de su alcance para volar sobre el tablero y por el aire como si alguien la hubiera lanzado. Vickie gritó. Meredith se puso de pie.

Y entonces todas las luces se apagaron, sumiendo la casa en la oscuridad.

3

Los alaridos de Vickie eran frenéticos. Bonnie sintió cómo el pánico ascendía por su pecho.

—¡Vickie, cállate ya! ¡Vamos; tenemos que salir de aquí! —Meredith gritaba para hacerse oír—. Es tu casa, Caroline. Que todo el mundo se tome de la mano y tú condúcenos hasta la puerta de la calle.

—De acuerdo —respondió Caroline.

No parecía tan asustada como el resto. Ésa era la ventaja de carecer de imaginación, se dijo Bonnie. Uno no podía imaginarse la cosas terribles que iban a sucederle.

Se sintió mejor con la mano estrecha y fría de Meredith sujetando la suya. Buscó a tientas del otro lado y atrapó la de Caroline, notando la dureza de las largas uñas.

No veía nada. Sus ojos deberían estar adaptándose a la oscuridad ya, pero no pudo distinguir ni siquiera un destello de luz o sombra cuando Caroline empezó a guiarlas. No había luz que penetrara por las ventanas desde la calle; el poder parecía estar por todas partes. Caroline lanzó una palabrota al chocar contra un mueble y Bonnie tropezó con ella.

Vickie gimoteaba en voz baja desde el final de la fila.

—Aguanta —susurró Sue—. Aguanta, Vickie, lo conseguiremos.

Avanzaron despacio y arrastrando los pies en la oscuridad. Entonces, Bonnie notó la presencia de azulejos bajo los pies.

—Es el vestíbulo delantero —indicó Caroline—. Quédense aquí un minuto mientras localizo la puerta. —Sus dedos se escurrieron de la mano de Bonnie.

—¡Caroline! No te sueltes... ¿dónde estás? ¡Caroline, dame la mano! —gritó Bonnie, buscando a tientas frenéticamente igual que una persona ciega.

En la oscuridad, algo grande y húmedo se cerró alrededor de sus dedos. Era una mano. No era la de Caroline.

Bonnie gritó con todas sus fuerzas.

Inmediatamente, Vickie hizo lo propio, aullando enloquecida. La mano caliente y húmeda arrastraba a Bonnie hacia adelante. La muchacha pateó, forcejeó, pero no servía de nada. Entonces sintió los brazos de Meredith alrededor de su cintura, los dos brazos, jalándola hacia atrás. Su mano se soltó de la enorme mano.

Y a continuación se encontró dando media vuelta y corriendo, simplemente corriendo, sólo vagamente consciente de que Meredith estaba a su lado. Ni se dio cuenta de que seguía gritando hasta que chocó contra un enorme sillón que detuvo su avance y se escuchó a sí misma.

—¡Silencio! ¡Bonnie, silencio, contrólate!

Meredith la sacudía. Las dos habían resbalado a lo largo del respaldo del sillón hasta el piso.

—¡Algo me tenía atrapada! ¡Algo me agarró, Meredith!

—Lo sé. ¡Cállate! Eso sigue por ahí —dijo su amiga.

Bonnie apretó el rostro contra el hombro de Meredith para

no seguir gritando. ¿Y si aquello estaba allí en la habitación con ellas?

Transcurrieron unos segundos con angustiosa lentitud, y el silencio se fue instalando a su alrededor. Por mucho que Bonnie aguzaba los oídos, no conseguía escuchar otro sonido que el de su propia respiración y el latir sordo de su corazón.

—¡Escucha! Tenemos que encontrar la puerta trasera. Sin duda estamos en el salón principal ahora. Eso significa que la cocina está detrás de nosotras. Tenemos que llegar allí —dijo Meredith en voz muy baja.

Bonnie empezó a asentir con abatimiento, luego alzó súbitamente la cabeza.

—¿Dónde está Vickie? —susurró con voz ronca.

—No lo sé. Tuve que soltar su mano para arrancarte de esa cosa. Sigamos avanzando.

Bonnie la retuvo.

—Pero, ¿por qué no grita?

Un escalofrío recorrió a Meredith.

—No lo sé.

—Ay, Dios. Ay, Señor. No podemos abandonarla, Meredith.

—Tenemos que hacerlo.

—No podemos. Meredith, obligué a Caroline a invitarla. No estaría aquí si no fuera por mí. Tenemos que sacarla.

Hubo una pausa, y a continuación Meredith musitó:

—¡De acuerdo! Pero eliges el más extraño de los momentos para volverte noble, Bonnie.

Una puerta se cerró de golpe, haciendo que ambas dieran un brinco. Luego se escuchó un estrépito, como de unos pies en las escaleras, se dijo Bonnie. Y por un breve instante sonó una voz.

—Vickie, ¿dónde estás? ¡No... Vickie, no! ¡No!

—Ésa era Sue —jadeó Bonnie, incorporándose de un salto—. ¡Desde arriba!

—¿Por qué no tenemos una linterna? —Meredith estaba furiosa.

Bonnie sabía a qué se refería. Estaba demasiado oscuro para correr a ciegas por aquella casa; era demasiado aterrador. Un pánico primitivo le martilleaba en el cerebro. Necesitaba luz, cualquier luz.

No podía andar a tientas en aquella oscuridad otra vez, expuesta por todos lados. No podía hacerlo.

Sin embargo, dio un tembloroso paso hacia afuera del sillón.

—Vamos —dijo con voz entrecortada, y Meredith avanzó con ella, paso a paso, hacia el interior de la oscuridad.

Bonnie esperaba que en cualquier momento aquella mano húmeda y caliente surgiera y volviera a agarrarla. Cada centímetro de su piel hormigueaba esperando aquel contacto, y en especial su propia mano, que mantenía extendida para tantear el camino.

Entonces cometió el error de recordar el sueño.

Al instante, el nauseabundo olor dulzón de la basura la inundó. Imaginó cosas reptando alrededor del grupo y luego recordó el rostro de Elena, gris y sin pelo, con los labios apergaminados y echados hacia atrás, dejando al descubierto los dientes en una mueca burlona. Si aquella cosa la agarraba...

«No puedo seguir avanzando; no puedo, no puedo —pensó—. Lo siento por Vickie, pero no puedo seguir. Por favor, simplemente deja que me detenga aquí».

Estaba aferrada a Meredith, llorando casi. Entonces del piso superior llegó el sonido más horripilante que había oído jamás.

En realidad fueron una serie de sonidos, pero todos llegaron tan juntos que se mezclaron en una horrible oleada de ruido. Primero fueron gritos, la voz de Sue gritando: «¡Vickie!

¡Vickie! ¡No!». Luego un estrépito impresionante, el sonido de cristal haciéndose pedazos, como si un centenar de ventanas se rompieran a la vez. Y por encima de todo aquello, un alarido continuado, sobre una nota de puro y exquisito terror.

Luego todo cesó.

—¿Qué fue eso? ¿Qué sucedió, Meredith?

—Algo malo. —La voz de la muchacha sonó tensa y estrangulada—. Algo muy malo. Bonnie, suéltame. Voy a ver qué pasó.

—Sola, no; no vas a ir sola —dijo Bonnie con ferocidad.

Encontraron la escalera y ascendieron por ella. Al llegar al descansillo, Bonnie pudo escuchar un sonido extraño y curiosamente escalofriante, el tintineo de fragmentos de cristal al caer.

Y entonces las luces se encendieron.

Fue demasiado repentino; Bonnie gritó involuntariamente. Al ver a Meredith estuvo a punto de volver a gritar. Los cabellos oscuros de la muchacha estaban alborotados y los pómulos aparecían demasiado marcados; el rostro estaba pálido y atenazado por el miedo.

«Tilín, tilín».

Era peor con las luces encendidas. Meredith avanzaba hacia la última puerta ubicada al final del pasillo, de donde surgía el ruido. Bonnie la siguió, pero supo de improviso, con todo su corazón, que no quería mirar dentro de aquella habitación.

Meredith empujó la puerta. Se quedó paralizada durante un minuto en el umbral y luego entró a toda prisa. Bonnie empezó a caminar hacia la puerta.

—¡Dios mío, no te acerques más!

Bonnie ni siquiera vaciló, sino que cruzó a toda velocidad la puerta y entonces se detuvo en seco. A primera vista parecía como si toda la pared lateral de la casa hubiera desaparecido.

El ventanal que comunicaba el dormitorio principal con la terraza parecía haber estallado hacia el exterior, la madera astillada, el cristal hecho pedazos. Trocitos de vidrio colgaban precariamente aquí y allá de los restos del marco de madera y tintineaban al caer.

Blancas cortinas diáfanas ondulaban, entrando y saliendo del agujero abierto en la casa. Frente a las cortinas, Bonnie podía ver la silueta de Vickie. La muchacha estaba de pie con las manos en los costados, tan inmóvil como un bloque de piedra.

—Vickie, ¿estás bien? —Bonnie sintió tal alivio al verla viva que casi le resultó doloroso—. ¿Vickie?

Vickie no volteó la cabeza, no respondió. Bonnie se movió con cautela hasta colocarse frente a ella, mirándola a la cara. Vickie miraba directamente hacia el frente, las pupilas reducidas a dos puntitos. Inhalaba pequeñas bocanadas sibilantes de aire y su pecho se movía agitadamente.

—Soy la siguiente. Dijo que soy la siguiente —susurraba una y otra vez, pero no parecía estar hablando con Bonnie; no parecía ver a la muchacha en absoluto.

Con un estremecimiento, Bonnie se apartó tambaleante. Meredith estaba en la terraza. La joven dio media vuelta justo cuando Bonnie alcanzaba las cortinas e intentó cerrarle el paso.

—No mires. No mires ahí abajo —dijo.

«¿Abajo, adónde?». De improviso, Bonnie comprendió. Avanzó, apartando a Meredith, que la sujetó del brazo para detenerla en el borde de una mareante caída al vacío. El barandal de la terraza había salido volando por los aires, igual que el ventanal, y Bonnie podía ver directamente hacia abajo, al patio iluminado situado a sus pies. Sobre el suelo había una figura desmembrada igual que una muñeca rota, las extremidades torcidas, el cuello doblado en un ángulo grotesco, los cabellos rubios extendidos en forma de abanico sobre la tierra oscura del jardín. Era Sue Carson.

Y durante toda la confusión que reinó después, dos pensamientos compitieron permanentemente por obtener el predominio en la mente de Bonnie. Uno era que Caroline ya no tendría nunca su grupo de cuatro amigas. Y el otro, que no era justo que aquello sucediera el día del cumpleaños de Meredith. Sencillamente no era justo.

—Lo siento, Meredith. No creo que esté en condiciones precisamente ahora.

Bonnie escuchó la voz de su padre en la puerta principal mientras le añadía, con desgana, edulcorante a una taza de té de manzanilla. Dejó la cuchara sobre la mesa al instante. Lo que no estaba en condiciones de seguir haciendo era permanecer sentada en aquella cocina un minuto más. Necesitaba salir.

—Ahora mismo salgo, papá.

Meredith tenía un aspecto casi tan malo como el que había tenido la noche anterior, el rostro paliducho, los ojos ensombrecidos. Tenía la boca apretada en una fina línea.

—Sólo iremos a dar una vuelta en el carro —le dijo Bonnie a su padre—. A lo mejor veremos a algunos de nuestros amigos. Al fin y al cabo, tú dijiste que no es peligroso, ¿verdad?

¿Qué podía decir él? El señor McCullough bajó los ojos hacia su menuda hija, que había alzado la obstinada barbilla heredada de él y lo miraba directamente a los ojos. Alzó las manos.

—Son casi las cuatro ya. Regresa antes de que oscurezca —dijo.

—Se contradicen ellos mismos —le dijo Bonnie a Meredith mientras caminaban hacia el vehículo de esta última.

Una vez dentro, las dos muchachas pusieron inmediatamente los seguros de las puertas.

Mientras encendía el motor, Meredith le dedicó a Bonnie una veloz mirada de sombría comprensión.

—¿Tus padres tampoco te creyeron?

—Bueno, ellos creen cualquier cosa que les cuente..., excepto cualquier cosa que sea importante. ¿Cómo pueden ser tan estúpidos?

Meredith lanzó una risa corta.

—Tienes que mirarlo desde su punto de vista. Encuentran un cuerpo sin vida, sin otra señal que las provocadas por la caída. Descubren que las luces se apagaron en el vecindario debido a un fallo en Virginia Electric. Nos encuentran a nosotras, histéricas, dando unas respuestas a sus preguntas que deben de haber parecido muy raras. ¿Quién lo hizo? Un monstruo de manos sudorosas. ¿Cómo lo sabemos? Nuestra difunta amiga Elena nos lo contó por medio del tablero de un juego de la ouija. ¿Te parece extraño que tengan sus dudas?

—Sí, si no hubieran visto nada parecido antes —replicó Bonnie, golpeando la portezuela con el puño—. Pero sí lo han visto. ¿Creen que inventamos aquellos perros que atacaron durante el Baile de la Nieve el año pasado? ¿Creen que a Elena la mató una fantasía?

—Ya lo olvidaron —respondió Meredith en voz baja—. Tú misma lo pronosticaste. La vida ha regresado a la normalidad, y todo el mundo en Fell's Church se siente más a salvo de ese modo. Todos sienten como si hubieran despertado de una pesadilla, y lo último que quieren es verse arrastrados a otra de nuevo.

Bonnie se limitó a negar con la cabeza.

—Así que resulta más fácil creer que un grupo de muchachas perdió la cordura jugando con una ouija y que cuando las luces se apagaron simplemente les entró el pánico y huyeron. Y una de ellas se asustó y se desconcertó hasta tal punto que salió corriendo por una ventana.

Hubo un silencio, y a continuación Meredith añadió:

—Me gustaría que Alaric estuviera aquí.

Normalmente, Bonnie le habría asestado un codazo en las costillas y respondido: «También a mí», en un tono libidinoso, pues Alaric era uno de los chicos más apuestos que había visto nunca, incluso aunque fuera un *anciano* de veintidós años. En aquellos momentos, simplemente le dio al brazo de Meredith un desconsolado apretón.

—¿No puedes llamarlo de algún modo?

—¿A Rusia? Ni siquiera sé en qué parte de Rusia está ahora.

Bonnie se mordió el labio.

Luego se sentó muy tiesa. Meredith conducía el vehículo por la calle Lee, y en el estacionamiento de la secundaria vieron congregada una multitud.

Meredith y ella intercambiaron miradas, y Meredith dijo:

—Podríamos probar —dijo—. Veamos si son más inteligentes que sus padres.

Bonnie pudo ver rostros sobresaltados que voltearon cuando el automóvil penetró a poca velocidad en el estacionamiento. Cuando Meredith y ella descendieron, los allí reunidos retrocedieron, abriendo un sendero para ellas hasta el centro de la multitud.

Caroline estaba allí, agarrándose los codos con las manos y sacudiendo hacia atrás su cabellera color caoba como enloquecida.

—No volveremos a dormir en esa casa hasta que la arreglen —decía, tiritando de frío, bajo su suéter blanco—. Papá dice que rentaremos un departamento en Heron hasta que hayan terminado.

—¿Qué importa eso? Puede seguirte hasta Heron, estoy segura —dijo Meredith.

Caroline volteó la cabeza, pero sus felinos ojos verdes se negaron a encontrarse por completo con los de Meredith.

—¿Quién? —preguntó vagamente.

—¡Ah, Caroline, tú también, no! —estalló Bonnie.

—Simplemente, quiero irme de aquí —dijo Caroline; alzó los ojos y por un instante Bonnie vio lo asustada que estaba—. No puedo aguantar más.

Como si tuviera que demostrar en aquel mismo instante lo que acababa de decir, se abrió paso entre la multitud.

—Déjala que se vaya, Bonnie —indicó Meredith—. Es inútil.

—Ella es una inútil —dijo Bonnie, enfurecida.

Si Caroline, que sí sabía lo que había ocurrido, actuaba de aquel modo, ¿qué harían los demás chicos?

Vio la respuesta en los rostros que la rodeaban. Todo el mundo parecía asustado, tan asustado como si Meredith y ella hubieran traído consigo alguna enfermedad repugnante. Como si Meredith y ella fueran el problema.

—No puedo creer esto —refunfuñó Bonnie.

—Yo tampoco lo creo —dijo Deanna Kennedy, una amiga de Sue, que estaba en la parte delantera de la multitud y no parecía tan intranquila como el resto—. Hablé con Sue ayer por la tarde y estaba tan animada, tan feliz... No puede estar muerta.

Deanna empezó a sollozar. Su novio la rodeó con un brazo, y otras chicas empezaron a llorar. Los muchachos del grupo se movieron inquietos, con los rostros rígidos.

Bonnie sintió una pequeña oleada de esperanza.

—Y ella no va a ser la única persona muerta —añadió—. Elena nos dijo que toda la ciudad está en peligro. Elena dijo...

Muy a su pesar, Bonnie escuchó cómo le fallaba la voz. Lo

vio en el modo en que los ojos de los demás se entornaban cuando mencionó el nombre de Elena. Meredith tenía razón: habían dejado atrás todo lo sucedido el invierno anterior. Ya no creían.

—¿Qué es lo que les pasa a todos? —inquirió sin poder contenerse, deseando golpear a alguien—. ¡No creerán realmente que Sue se arrojó por esa terraza!

—La gente dice... —empezó a decir el novio de Deanna, y luego se encogió de hombros, a la defensiva—. Bueno... ustedes le contaron a la policía que Vickie Bennett estaba en la habitación, ¿verdad? Y ahora perdió el juicio una vez más. Y un poco antes ustedes escucharon gritar a Sue: «¡No, Vickie, no!».

Bonnie sintió como si la hubieran dejado sin aire de un puñetazo.

—Ustedes piensan que Vickie... ¡Por Dios, están locos! Escúchenme. Algo me agarró la mano en aquella casa y, por supuesto, no era Vickie. Y Vickie no tuvo nada que ver, ella no arrojó a Sue desde aquella terraza.

—Para empezar, no tiene la fuerza suficiente —indicó Meredith sarcásticamente—. Apenas pesa cuarenta y tres kilos estando empapada.

Alguien en la parte posterior de la multitud murmuró algo acerca de que los dementes poseían una fuerza sobrehumana.

—Vickie tiene un historial psiquiátrico...

—¡Elena nos dijo que era un tipo! —casi gritó Bonnie, perdiendo la batalla con su autocontrol.

Los rostros volteados hacia ella parecían reservados, inflexibles. Entonces vio uno que hizo que su pecho se relajara.

—¡Matt! Diles que tú nos crees.

Matt Honeycutt estaba de pie en un rincón; tenía las manos

en los bolsillos y la cabeza rubia inclinada. Alzó la cabeza cuando ella habló, y lo que Bonnie vio en sus ojos azules le hizo contener la respiración. No eran duros y reservados como los de todos los demás, pero estaban llenos de desesperación, lo que era igualmente malo. El muchacho se encogió de hombros sin sacar las manos de los bolsillos.

—Por si sirviera de algo, les creo —dijo—. Pero, ¿qué importa eso? El resultado va a ser el mismo de todos modos.

Bonnie, como pocas veces en su vida, se quedó sin habla. Matt había estado trastornado desde la muerte de Elena, pero aquello...

—Él sí lo cree, no obstante —decía Meredith, sacando provecho rápidamente de la ocasión—. Ahora, ¿qué tenemos que hacer nosotras para convencer a los demás?

—Ponerse en contacto con Elvis, quizá —dijo una voz que inmediatamente hizo que a Bonnie le hirviera la sangre.

Era Tyler. Tyler Smallwood, sonriendo como un simio bajo su carísimo suéter de marca y mostrando una boca llena de fuertes dientes blancos.

—No es algo tan bueno como un correo electrónico psíquico de una difunta Reina de la Fiesta de Inicio de Cursos, pero es un principio —añadió Tyler.

Matt siempre decía que aquella sonrisa pedía a gritos un puñetazo en la nariz. Pero Matt, el único chico del grupo que estaba cerca del físico de Tyler, tenía los ojos fijos, sin ánimo, en el piso.

—¡Cállate, Tyler! Tú no sabes lo que sucedió en esa casa —dijo Bonnie.

—Bueno, tampoco ninguna de ustedes, al parecer. A lo mejor, si no se hubieran escondido en la sala, habrían visto lo que sucedió. Entonces alguien podría creerles.

La réplica de Bonnie no alcanzó a salir de sus labios. Clavó los ojos en Tyler, abrió la boca y luego la cerró. Tyler aguardó. Como ella no dijo nada, volvió a mostrar los dientes.

—Yo creo que Vickie lo hizo —dijo, guiñándole un ojo a Dick Carter, el antiguo novio de Vickie—. Es una nena muy fuerte, ¿verdad, Dick? Sí podría haberlo hecho. —Giró la cabeza y añadió deliberadamente por encima del hombro—: O bien ese Salvatore ha regresado a la ciudad.

—¡Eres un asqueroso! —gritó Bonnie.

Incluso Meredith gritó, contrariada. Porque, por supuesto, ante la sola mención de Stefan se desató el caos más absoluto, como Tyler debía de haber calculado que sucedería. Todo el mundo empezó a voltear hacia la persona que tenía al lado y a manifestar su alarma, su horror y su agitación. Sobre todo eran las chicas las más excitadas.

Fue algo totalmente efectivo para ponerle fin a la reunión. La gente había empezado a escabullirse subrepticiamente ya desde antes, pero ahora se dispersó en grupos de dos y de tres, discutiendo y caminando apresuradamente.

Bonnie los siguió con la mirada, furiosa.

—Suponiendo que les creyeran, ¿qué querían que hicieran ellos, de todos modos? —dijo Matt.

Bonnie no había advertido su presencia junto a ella.

—No lo sé. Algo que no fuera quedarse simplemente ahí parados, esperando que los atrapen. —Intentó mirarlo a la cara—. Matt, ¿estás bien?

—No lo sé. ¿Lo estás tú?

Bonnie lo meditó.

—No. Quiero decir, en cierto modo me sorprende sentirme tan bien, porque cuando murió Elena, simplemente no podía soportarlo. En absoluto. Pero, ciertamente, no estaba tan unida a Sue, y además..., ¡no sé! —Deseó golpear algo otra vez—. ¡Es, simplemente, demasiado!

—Estás furiosa.

—Sí, estoy furiosa. —De improviso, Bonnie comprendió cuál era el sentimiento que la había estado embargando todo el día—. Matar a Sue no no fue solamente malo, fue malvado. Realmente malvado. Y quienquiera que lo haya hecho no se va a escapar. Eso sería... Si el mundo es así, un lugar en el que eso puede suceder y quedarse sin castigo... Sí, ésa es la verdad... —Descubrió que no sabía cómo terminar.

—Entonces, ¿qué? ¿No quieres seguir viviendo aquí? ¿Qué sucede si el mundo es realmente así?

Los ojos del muchacho tenían una mirada muy perdida, llena de amargura. Bonnie se sintió sobrecogida, pero, no obstante, replicó con firmeza:

—No permitiré que sea así. Y tú tampoco.

Él se limitó a mirar como si fuera un niño insistiendo en que Santa Claus existe.

Meredith tomó la palabra.

—Si pretendemos que otras personas nos tomen en serio, será mejor que nos tomemos a nosotros mismos en serio. Elena sí se comunicó con nosotras. Quería que hiciéramos algo. Ahora bien, si realmente creemos eso, será mejor que descubramos qué era.

El rostro de Matt se contrajo ante la mención de Elena. «Tú, pobre muchacho, tú sigues estando tan enamorado de ella como siempre —pensó Bonnie—. Me pregunto si algo podría hacerte olvidarla».

—¿Nos vas a ayudar, Matt? —preguntó.

—Las ayudaré —dijo él en voz baja—. Pero sigo sin saber qué es lo que están haciendo.

—Vamos a detener a ese asesino asqueroso antes de que mate a alguien más —respondió Bonnie, y fue la primera vez que se dio cuenta claramente de que eso era lo que pensaba hacer.

—¿Solas? Porque están solas, ya lo saben.

—Estamos solos —corrigió Meredith—. Pero eso es lo que Elena intentaba decirnos. Dijo que teníamos que realizar un conjuro de invocación para pedir ayuda.

—Un conjuro fácil con sólo dos ingredientes —recordó Bonnie de su sueño, empezando a sentirse emocionada—. Y dijo que ya me había dicho los ingredientes..., pero no lo había hecho.

—Anoche dijo que había influencias corruptoras que distorsionaban la comunicación —indicó Meredith—. Ahora eso a mí me suena como lo que sucedía en el sueño. ¿Realmente crees que era Elena la persona con la que tomabas té?

—Sí —respondió Bonnie de forma concluyente—. Quiero decir, sé que no estábamos realmente tomando el té en Warm Springs, pero creo que Elena enviaba ese mensaje a mi cerebro. Y entonces en mitad de eso alguien más tomó el mando y la expulsó. Pero ella se resistió, y durante un minuto al final recuperó el control.

—Perfecto. Entonces eso significa que debemos concentrarnos en el principio del sueño, cuando todavía era Elena la que se comunicaba contigo. Pero si lo que decía estaba siendo distorsionado ya por otras influencias, entonces quizá te llegó de un modo raro. Tal vez no fue algo que dijo realmente, quizá fue algo que hizo...

La mano de Bonnie salió disparada hacia lo alto para tocar sus rizos.

—¡Cabellos! —exclamó.

—¿Qué?

—¡Cabellos! Le pregunté quién le peinaba los suyos, y charlamos sobre ello, y ella dijo: «El cabello es muy importante». Y Meredith... ¡cuando intentaba decirnos los ingredientes anoche, la primera letra de uno de ellos era «C»!

—¡Eso es! —Los ojos oscuros de Meredith centelleaban—. Ahora sólo tenemos que pensar en el otro.

—¡Pero es que también lo sé! —La risa de Bonnie brotó desbordante—. Me lo dijo después de que hablamos sobre el cabello, y pensé que actuaba de un modo extraño. Dijo: «La sangre es importante también».

Meredith cerró los ojos, comprendiendo.

—Y anoche, la ouija dijo «Sangresangresangre». Pensé que era la otra cosa que estaba amenazándonos, pero no lo era —indicó, y abrió los ojos—. Bonnie, ¿realmente crees que es eso? ¿Son esos los ingredientes o tenemos que empezar a preocuparnos, pensando en barro y sandwiches y ratones y té?

—Esos son los ingredientes —respondió ella con firmeza—. Son la clase de ingredientes que tienen sentido para un conjuro de invocación. Estoy segura de poder encontrar un ritual que tenga que ver con ellos en uno de mis libros de magia celta. Simplemente debemos averiguar a qué persona se supone que tenemos que invocar... —Algo le pasó por la mente, y su voz se apagó, llena de desaliento.

—Me preguntaba cuándo te darías cuenta —le dijo Matt, hablando por primera vez en un buen rato—. No sabes quién es, ¿verdad?

4

Meredith le lanzó una irónica mirada de soslayo a Matt.

—Hummm —dijo—. Bien, ¿a quién crees que llamaría Elena en un momento de urgencia?

La amplia sonrisa de Bonnie dejó paso a un aguijonazo de culpabilidad ante la expresión de Matt. No era justo martirizarlo con aquello.

—Elena dijo que el asesino es demasiado fuerte para nosotros y que por eso necesitamos ayuda —le explicó a Matt—. Y sólo se me ocurre una persona que Elena conozca que pueda combatir a un asesino psíquico.

Matt asintió lentamente, y Bonnie no estuvo segura de qué sentía él en aquel momento. Stefan y él habían sido grandes amigos en una ocasión, incluso después de que Elena hubiera preferido a Stefan que a Matt. Pero eso fue antes de que Matt descubriera qué era Stefan y de qué clase de violencia era capaz. Dominado por la furia y el dolor ante la muerte de Elena, Stefan casi había matado a Tyler Smallwood y a otros cinco chavos. ¿Podría olvidar Matt eso fácilmente? ¿Podría siquiera soportar que Stefan regresara a Fell's Church?

El rostro de mandíbula cuadrada del muchacho no mostraba ninguna emoción en aquel momento, y Meredith volvía a hablar ya.

—Así que todo lo que tenemos que hacer es efectuar una pequeña sangría y cortar un poco de pelo. Tú no extrañarás un rizo o dos, ¿verdad, Bonnie?

Bonnie estaba tan abstraída que casi le pasó inadvertido el comentario. En seguida negó con la cabeza.

—No, no, no. No es nuestra sangre y nuestro cabello lo que necesitamos. Lo necesitamos de la persona a la que queremos invocar.

—¿Qué? Pero eso es ridículo. Si tuviéramos la sangre y el pelo de Stefan no tendríamos necesidad de invocarlo, ¿no es cierto?

—No pensé en ello —admitió Bonnie—. Por lo general, en los conjuros de invocación uno obtiene el material de antemano y lo usa cuando quiere hacer regresar a la persona. ¿Qué vamos a hacer, Meredith? Es imposible.

La cejas de Meredith estaban fruncidas.

—¿Por qué tendría que pedirlo Elena si fuera imposible?

—Elena pedía gran cantidad de cosas imposibles —dijo Bonnie, sombría—. No pongas esa cara, Matt; sabes que lo hacía. No era una santa.

—Quizá, pero ésta no es imposible —replicó Matt—. Se me ocurre un lugar en el que tiene que haber sangre de Stefan, y si tenemos suerte, algunos cabellos suyos también. En la cripta.

Bonnie se estremeció, pero Meredith se limitó a asentir.

—Por supuesto —dijo—. Mientras Stefan estuvo amarrado allí, debió haber sangrado por todo el lugar. Y en aquella clase de lucha podría haber perdido cabellos. Si al menos se hubiera quedado todo allí abajo tal y como estaba...

—No creo que nadie haya estado allí desde la muerte de Elena —dijo Matt—. La policía investigó y después se fue. Pero sólo hay un modo de averiguarlo.

«Me equivoqué —pensó Bonnie—. Me preocupaba si Matt podría enfrentarse al regreso de Stefan, y aquí está él haciendo todo lo que puede para ayudarnos a invocarlo».

—¡Matt, podría besarte de alegría por tu valentía! —dijo.

Por un instante, algo que no consiguió identificar brilló en los ojos de Matt. Sorpresa, desde luego, pero había más que eso. De improviso, Bonnie se preguntó qué haría él si ella lo besara realmente.

—Todas las chavas dicen eso —respondió él con calma, finalmente, encogiendo los hombros con fingida resignación.

Fue lo más cerca que había estado de la alegría en todo el día.

Meredith, no obstante, estaba seria.

—Vámonos. Tenemos mucho que hacer, y lo último que necesitamos es quedarnos atrapados en la cripta después de que oscurezca.

La cripta estaba debajo de la iglesia en ruinas que se alzaba sobre una colina en el cementerio. «Sólo es media tarde, queda aún muchísima luz», no dejaba de repetirse Bonnie mientras ascendían por la colina, pero de todos modos tenía erizada la piel de los brazos. El cementerio moderno que había a un lado ya daba suficiente miedo, pero el viejo camposanto del otro lado resultaba total y absolutamente espeluznante. Había tantas lápidas medio derruidas, inclinadas peligrosamente sobre la descuidada hierba, representando a tantos jóvenes muertos durante la Guerra de Secesión, que no era necesario ser médium para percibir su presencia.

—Espíritus intranquilos —murmuró.

—¿Eh? —dijo Meredith mientras pasaba por encima del montón de escombros en que se había convertido una de las paredes de la iglesia en ruinas—. Miren, la tapa de la tumba sigue abierta. Eso es una buena noticia; no creo que hubiéramos podido levantarla.

Los ojos de Bonnie se entretuvieron un buen rato, nostálgicos, en las estatuas de mármol blanco talladas en la tapa desplazada. Honoria Fell yacía allí junto a su esposo, las manos cruzadas sobre el pecho, con un aspecto tan dulce y triste como siempre. Pero Bonnie sabía que no llegaría más ayuda de aquel lado. Los deberes de Honoria como protectora de la ciudad que había fundado habían terminado.

«Cargándole el muerto a Elena», pensó Bonnie, sombría, mirando hacia el interior del agujero rectangular que conducía a la cripta. Peldaños de hierro desaparecían en la oscuridad.

Incluso con la ayuda de la linterna de Meredith resultó difícil el descenso a aquella habitación subterránea. Adentro reinaban el silencio y la humedad entre las paredes revestidas de piedra pulida. Bonnie intentó no temblar.

—Miren —dijo Meredith en voz baja.

Matt tenía la linterna enfocada hacia la reja de hierro que separaba la antecámara de la cripta de su cámara principal. La piedra que tenía debajo estaba ennegrecida con sangre en varios lugares. Mirar los charcos y riachuelos de sangre fresca hizo que Bonnie se sintiera mareada.

—Sabemos que Damon fue quien resultó más malherido —dijo Meredith, adelantándose; su voz sonaba calmada, pero Bonnie percibía el rígido control que le imponía a su voz—.

Así que él debió de estar en este lado, que es donde hay más sangre. Stefan dijo que Elena estaba en el centro. Eso significa que el mismo Stefan debió de haber estado... aquí. —Se inclinó hacia el suelo.

—Yo lo haré —dijo Matt en tono brusco—. Tú sostén la luz.

Con un cuchillo desechable que había traído del automóvil de Meredith raspó la costra de la piedra. Bonnie tragó saliva, contenta de haber tomado sólo té a la hora de la comida. La sangre estaba muy bien, en un sentido abstracto, pero cuando uno realmente se enfrenta con tanta cantidad de ella..., en especial cuando es la sangre de un amigo que ha sido torturado...

Bonnie giró la cabeza, contemplando las paredes de piedra y pensando en Katherine. Tanto Stefan como su hermano mayor, Damon, habían estado enamorados de Katherine allá en la Florencia del siglo XV. Pero lo que no habían sabido era que la chica a la que amaban no era humana. Un vampiro de su propio pueblo de Alemania la había convertido en lo mismo para salvarle la vida cuando estaba enferma. Katherine, a su vez, había convertido a ambos jóvenes en vampiros.

«Y después —pensó Bonnie— fingió su propia muerte para conseguir que Stefan y Damon dejaran de pelearse por ella. Pero no funcionó. Se odiaron aún más que nunca, y ella los odió a ambos por ello. Había regresado junto al vampiro que la había transformado, y con el paso de los años se había convertido en un ser tan malvado como él. Hasta que al final todo lo que deseaba hacer era destruir a los dos hermanos a quienes había amado en una ocasión. Los había atraído a ambos a Fell's Church para matarlos, y aquella habitación era el lugar en el que había estado a punto de conseguirlo. Elena había muerto para impedírselo.»

—Ya la tengo —dijo Matt, y Bonnie pestañeó y regresó al momento presente.

Matt estaba de pie, con una servilleta de papel que contenía escamas de sangre de Stefan entre sus pliegues.

—Ahora, el cabello —indicó.

Barrieron el suelo con los dedos, hallando polvo y pedazos de hojas y fragmentos de cosas que Bonnie no quiso identificar. Entre los desechos había largos cabellos de un dorado pálido. «De Elena... o de Katherine», pensó Bonnie. Las dos se habían parecido tanto... También había cabellos más cortos, con una leve ondulación. Cabellos de Stefan.

Fue una tarea lenta y meticulosa revisar todo aquello y depositar los cabellos correctos en otra servilleta. Matt fue quien hizo la mayor parte de la tarea. Cuando finalizaron, todos estaban cansados, y la luz que descendía por la abertura rectangular del techo era de un azul tenue. Pero Meredith sonrió con ferocidad.

—Lo tenemos —dijo—. Tyler quiere a Stefan de regreso; bueno, pues vamos a traerle a Stefan de regreso.

Y Bonnie, que sólo había prestado atención a medias a lo que su amiga hacía, sumida aún en sus propios pensamientos, se quedó helada.

Había estado pensando en cosas totalmente distintas, nada que ver con Tyler, pero ante la mención de su nombre, algo había acudido de improviso a su mente. Algo en lo que había reparado en el estacionamiento y olvidado a continuación, al calor de la discusión. Las palabras de Meredith lo habían provocado, y ahora resultaba repentinamente claro otra vez. ¿Cómo lo había sabido él?, se preguntó con el corazón latiéndole a toda velocidad.

—¿Bonnie? ¿Qué sucede?

—Meredith —dijo ella muy bajito—, ¿le contaste a la policía específicamente que estábamos en la sala cuando le sucedía todo, arriba, a Sue?

—No, creo que me limité a decir que estábamos abajo. ¿Por qué?

—Porque yo tampoco lo hice. Y Vickie no podría habérselo dicho porque volvió a quedarse en estado catatónico, y Sue está muerta, y Caroline estaba afuera en aquel momento. Pero Tyler lo sabía. Recuerda que dijo: «Si no se hubieran escondido en la sala, habrían visto lo que sucedió». ¿Cómo podía saberlo?

—Bonnie, si estás intentando sugerir que Tyler fue el asesino, eso no lo creerá nadie. Para empezar, no es lo suficientemente hábil como para organizar una cadena de asesinatos —le dijo Meredith.

—Pero hay algo más. Meredith, el año pasado, durante el baile de la fiesta de tercer año de secundaria, Tyler me tocó el hombro desnudo. Jamás lo olvidaré. Su mano era grande, gruesa, caliente y húmeda. —Bonnie se estremeció al recordarlo—. Exactamente igual que la mano que me agarró anoche.

Pero Meredith sacudía la cabeza negativamente, e incluso Matt no parecía convencido.

—Entonces, Elena estaría malgastando nuestro tiempo al pedirnos que hiciéramos regresar a Stefan —dijo él—. Yo podría ocuparme de Tyler con un par de ganchos de derecha.

—Piensa en ello, Bonnie —añadió Meredith—. ¿Posee Tyler el poder psíquico para mover una ouija o entrar en tus sueños? ¿Lo tiene?

No lo tenía. En cuestiones psíquicas, Tyler era tan inútil como Caroline. Bonnie no podía negarlo. Pero tampoco podía negar su intuición. Carecía de sentido, pero seguía teniendo la impresión de que Tyler había estado en la casa la noche anterior.

—Será mejor que nos pongamos en camino —indicó Meredith—. Ya oscureció, y tu padre debe estar furioso.

Permanecieron en silencio durante el viaje de regreso. Bonnie seguía pensando en Tyler. Una vez que llegaron a la casa de la muchacha, subieron a escondidas las servilletas y empezaron a echarle un vistazo a los libros de Bonnie sobre druidas y magia celta. Desde el momento en que había descubierto que descendía de la antigua casta de hechiceros, Bonnie había sentido interés por los druidas. Y en uno de los libros halló un ritual para un conjuro de invocación.

—Tenemos que comprar velas —dijo—. Y necesitamos agua pura..., será mejor conseguir agua embotellada —le dijo a Meredith—. Y gis para dibujar un círculo en el piso, y algo para encender una pequeña fogata en su interior. Esas cosas puedo encontrarlas en la casa. No hay prisa; el conjuro debe realizarse a medianoche.

Faltaba aún mucho para la medianoche. Meredith compró los artículos que necesitaban en una tienda de abarrotes y regresó con ellos a la casa. Cenaron con la familia de Bonnie, aunque nadie tenía demasiado apetito. A las once, Bonnie ya tenía dibujado el círculo sobre el piso de madera del dormitorio y todos los demás ingredientes dispuestos sobre un banquito en el interior del círculo. Cuando el reloj marcaba las doce, empezó.

Mientras Matt y Meredith la observaban, encendió un pequeño fuego en una vasija de barro. Había tres velas encendidas detrás del recipiente; la muchacha clavó un alfiler en la mitad de la vela situada en el centro. A continuación desdobló una servilleta y depositó con cuidado las escamas de sangre en el interior de un vaso lleno de agua. El líquido se tornó de un color rosa oxidado.

Abrió la otra servilleta. Tres briznas de cabellos oscuros fueron a parar al fuego, que chisporroteaba con un olor terrible. Luego, tres gotas del agua teñida, que produjeron un chasquido.

Fijó los ojos en las palabras del libro abierto.

Con paso veloz vendrás,
tres veces invocado por mi conjuro,
tres veces atribulado por mi lumbre.
Ven a mí sin dilación.

Leyó las palabras en voz alta, tres veces. Luego se sentó sobre sus talones. El fuego siguió ardiendo, despidiendo humo. Las llamas de las velas bailaron.

—¿Y ahora, qué? —dijo Matt.

—No lo sé. Simplemente dice que hay que aguardar hasta que la vela del centro arda hasta la altura del alfiler.

—Y entonces, ¿qué?

—Imagino que lo averiguaremos cuando suceda.

En Florencia amanecía.

Stefan observó cómo descendía la muchacha por la escalera, con una mano apoyada levemente sobre el pasamanos para mantener el equilibrio. Los movimientos eran lentos y vagos, como si estuviera flotando.

De improviso, se balanceó y se aferró al pasamanos con más fuerza. Stefan se colocó rápidamente atrás de ella y puso una mano bajo su codo.

—¿Estás bien?

Ella alzó los ojos para mirarlo con la misma vaguedad. Era muy bonita. Sus ropas caras eran de última moda, y sus cabellos elegantemente desordenados eran rubios. Una turista. Supo que era norteamericana antes de que hablara.

—Sí... creo... —Los ojos castaños tenían la mirada perdida.

—¿Tienes algún modo de llegar a tu casa? ¿Dónde te alojas?

—En la Via dei Conti, cerca de la capilla Medici. Estoy en el programa que organiza la Universidad Gonzaga en Florencia.

¡Maldición! No era una turista, entonces; era una estudiante. Y eso significaba que recordaría aquella historia y les hablaría a sus compañeros de aula sobre el apuesto chico italiano que había conocido la noche anterior. El de los ojos negros como la noche. El que la llevó a su exclusiva casa en la Via Tornabuoni y le ofreció vino y una cena y luego, a la luz de la luna, quizá, en su habitación, o afuera, en el patio cerrado, se inclinó sobre ella para mirarla a los ojos y...

La mirada de Stefan se apartó de la garganta de la joven donde había dos enrojecidas marcas de piquetes. Había visto marcas como aquéllas tan a menudo... ¿Cómo era posible que aún poseyeran el poder de alterarlo? Pero lo hacían; lo enfermaban y hacían surgir un lento ardor en sus entrañas.

—¿Cómo te llamas?

—Rachael. Con dos «a». —Se lo deletreó.

—Muy bien, Rachael. Mírame. Regresarás a tu *pensione* y no recordarás nada sobre lo sucedido anoche. No sabes adónde fuiste ni a quién viste. Y tampoco me has visto a mí nunca. Repítelo.

—No recuerdo nada sobre lo que pasó anoche —dijo obedientemente, con los ojos fijos en los de él.

Los poderes de Stefan no eran tan fuertes como lo habrían sido si hubiera bebido sangre humana, pero eran bastante potentes para aquello.

—No sé adónde fui o a quién vi. No te he visto a ti.

—Estupendo. ¿Tienes dinero para regresar? Toma.

Stefan extrajo un puñado de liras arrugadas —la mayoría, billetes de 50 mil y 100 mil— del bolsillo y la acompañó afuera. Una vez que la hubo instalado en un taxi, regresó al interior y fue directamente al dormitorio de Damon.

Damon estaba recostado cerca de la ventana, pelando una naranja; ni siquiera se había vestido aún. Alzó los ojos, molesto, cuando entró Stefan.

—Lo correcto es llamar —dijo.

—¿Dónde la conociste? —le preguntó Stefan.

Y después, al ver que Damon lo miraba sin comprender, añadió:

—Esa chica, Rachael.

—¿Se llamaba así? No creo que me haya molestado en preguntarle eso. En el bar Gilli. O quizá fue en el bar Mario. ¿Por qué?

Stefan luchó por contener la cólera.

—Ésa no fue la única cosa que no te molestaste en hacer. Tampoco te molestaste en influenciarla para que te olvidara. ¿Es que quieres que te atrapen, Damon?

Los labios de su hermano se curvaron en una sonrisa, y retorció un trozo de cáscara de naranja.

—Nunca me atrapan, hermanito —dijo.

—Así, pues, ¿qué harás cuando vengan por ti? ¿Cuando alguien se dé cuenta de que: «Cielos, hay un monstruo chupasangre en la Via Tornabuoni»? ¿Los matarás a todos? ¿Aguardarás hasta que derriben la puerta de la calle y luego te disiparás en la oscuridad?

Damon trabó su mirada con la de él, desafiante, con aquella tenue sonrisa pegada aún a los labios.

—¿Por qué no? —dijo.

—¡Maldito seas! —exclamó Stefan—. Escúchame, Damon. Esto se tiene que terminar.

—Me siento conmovido por tu preocupación por mi seguridad.

—No es justo, Damon. Tomar a una chica poco dispuesta como ésa...

—Ah, pero sí estaba bien dispuesta, hermano. Estaba muy, pero que muy bien dispuesta.

—¿Le dijiste lo que le ibas a hacer? ¿La advertiste sobre las consecuencias de intercambiar sangre con un vampiro? ¿Las pesadillas, las visiones psíquicas? ¿Estaba dispuesta a aceptar eso? —No cabía duda de que Damon no pensaba responder, así que él siguió—: Sabes que eso está mal.

—De hecho, sí lo sé.

Dicho eso, Damon mostró una de sus repentinas sonrisas turbadoras, exhibiéndola y haciéndola desaparecer en el acto.

—Y no te importa —repuso Stefan con desánimo, desviando la mirada.

Damon tiró la naranja. El tono de su voz era sedoso, persuasivo.

—Hermanito, el mundo está lleno de lo que tú llamas «injusticias» —dijo—. ¿Por qué no relajarse y unirse al bando ganador? Es mucho más divertido, te lo aseguro.

Stefan se sintió inflamado por la cólera.

—¿Cómo puedes decir eso? —le gruñó precipitadamente—. ¿Es que no aprendiste nada de Katherine? Precisamente ella eligió el bando ganador.

—Katherine murió demasiado de prisa —dijo Damon, que volvía a sonreír, aunque sus ojos eran fríos.

—Y ahora sólo eres capaz de pensar en la venganza. —Mirando a su hermano, Stefan sintió que un peso aplastante descendía sobre su pecho—. En eso y en tu propio placer —dijo.

—¿Qué otra cosa hay? El placer es la única realidad, hermanito; el placer y el poder. Y tú eres un cazador por naturaleza, tanto como lo soy yo —replicó Damon, y añadió—: De todos modos, no recuerdo haberte invitado a venir a Florencia conmigo. Puesto que no lo estás disfrutando, ¿por qué no te vas?

El peso en el pecho de Stefan presionó con más fuerza, repentinamente, de un modo insoportable, pero su mirada, trabada con la de Damon, no titubeó.

—Sabes el motivo —dijo en voz baja, y finalmente tuvo la satisfacción de ver cómo Damon apartaba la mirada.

El mismo Stefan pudo oír mentalmente las palabras de Elena. La muchacha agonizaba en aquellos momentos, y su voz había sido débil, pero él la había escuchado con claridad. «Tienen que cuidarse uno al otro. Stefan, ¿me lo prometes? ¿Me prometes que se cuidarán mutuamente?». Y él lo había prometido, y mantendría su palabra. Sin importar lo que sucediera.

—Sabes por qué no me voy —le dijo a Damon, que se rehusaba a mirarlo—. Puedes fingir que no te importa. Puedes engañar al mundo entero. Pero yo sé que no es así. —Lo más amable en aquel momento habría sido dejar a Damon a solas, pero Stefan no estaba para amabilidades—. ¿Sabes? Esa chica que te llevaste, Rachael —añadió—. El cabello estaba bien, pero los ojos eran del color equivocado. Los ojos de Elena eran azules.

Dicho eso se dio media vuelta, con la intención de dejar a su hermano allí para que lo meditara..., si es que Damon era capaz de hacer algo tan constructivo, por supuesto. Pero no llegó a alcanzar la puerta.

—¡Está ahí! —dijo Meredith con brusquedad, con los ojos fijos en la llama de la vela y el alfiler.

Bonnie inhaló con fuerza. Algo se abría frente a ella como un hilo de plata, un túnel plateado de comunicación, y ella corría veloz por él, sin poder detenerse o aminorar la velocidad. «Cielos —pensó—, cuando alcance el final y choque...».

El fogonazo en la cabeza de Stefan fue sordo, sin luz y potente como un trueno. Al mismo tiempo sintió un jalón violento y desgarrador. Un impulso de seguir... algo. Aquello no se parecía a las insinuaciones subliminales de Katherine para que fuera a alguna parte; aquello era un grito psíquico. Una orden que no se podía desobedecer.

En el interior del fogonazo percibió una presencia, pero apenas pudo creer quién era.

«¿Bonnie?».

«¡Stefan! ¡Eres tú! ¡Funcionó!».

«Bonnie, ¿qué hiciste?».

«Elena me dijo que lo hiciera. Te lo juro, Stefan, fue ella. Tenemos problemas y necesitamos...».

Y eso fue todo. La comunicación se desvaneció, hundiéndose en sí misma, reduciéndose hasta quedar convertida en un puntito de luz. Se desvaneció y dejó tras de sí una estela de Poder que hizo vibrar la habitación.

Stefan y su hermano se quedaron de pie, mirándose.

Bonnie soltó una larga bocanada de aire que no había advertido que estaba conteniendo y abrió los ojos, aunque no recordaba haberlos cerrado. Estaba acostada de espaldas, y Matt y Meredith estaban agachados sobre ella, con expresión alarmada.

—¿Qué pasó? ¿Funcionó? —quiso saber Meredith.

—Funcionó. —Permitió que la ayudaran a incorporarse—. Establecí contacto con Stefan. Hablé con él. Ahora todo lo que podemos hacer es aguardar y ver si viene o no.

—¿Mencionaste a Elena? —preguntó Matt.

—Sí.

—Entonces va a venir.

5

Lunes, 8 de junio, 23:15 horas

Querido Diario:

Esta noche no puedo dormir, así que lo mejor es que me ponga a escribir. Todo el día he estado esperando a que sucediera algo. Una no lleva a cabo un conjuro como ése y consigue que funcione para que luego no suceda nada.

Pero nada ha sucedido. Me quedé en casa después de ir a clases, porque mamá me dijo que debía hacerlo. Estaba alterada por el hecho de que Matt y Meredith se hubieran quedado hasta tan tarde la noche del domingo, y dijo que yo necesitaba descansar un poco. Pero cada vez que me acuesto veo el rostro de Sue.

El padre de Sue efectuó el homenaje en el funeral de Elena. Me pregunto quién hará el de Sue el miércoles.

Tengo que dejar de pensar en cosas así.

Quizá intentaré volver a dormirme. A lo mejor, si me acuesto con los auriculares puestos, no veré a Sue.

Bonnie colocó el diario en el cajón del buró y tomó su *walkman*. Empezó a pasar las estaciones de radio mientras clavaba la mirada soñolienta en el techo. Entre los chasquidos de la transmisión, la voz de un *discjockey* sonó en sus oídos.

—Y aquí tienen un viejo éxito, para todos, los fans de los fabulosos cincuenta: *Goodnight, Sweetheart, Goodnight,* del sello Vee Jay, por The Spaniels...

Bonnie se durmió al son de la música.

La malteada era de fresa, el sabor favorito de Bonnie. En la máquina de discos sonaba *Goodnight, Sweetheart, Goodnight,* y el mostrador estaba limpísimo. Pero Elena, decidió Bonnie, jamás se habría puesto una falda almidonada con vuelo tipo años cincuenta.

—No están de moda estas faldas —dijo, señalándola.

Elena alzó los ojos de su copa de helado con chocolate caliente. Tenía los dorados cabellos sujetados hacia atrás en una coleta.

—De todos modos, ¿quién piensa en esas cosas? —inquirió Bonnie.

—Tú lo haces, tonta. Yo sólo estoy de visita.

—Ah. —Bonnie tomó un sorbo de refresco.

Sueños. Había un motivo para temerle a los sueños, pero en aquellos momentos no se le ocurría cuál era.

—No puedo quedarme mucho rato —dijo Elena—. Creo que él ya sabe que estoy aquí. Sólo vine a decirte... —Frunció el entrecejo.

Bonnie la miró, comprensiva.

—¿No puedes recordarlo tampoco? —Bebió más refresco; la bebida tenía un sabor raro.

—Morí demasiado joven, Bonnie. Había tanto que se suponía que tenía que hacer, que conseguir... Y ahora tengo que ayudarte.

—Gracias —dijo Bonnie.

—Esto no es fácil, ya sabes. No tengo tanto poder. Es difícil comunicarse, y es difícil controlarlo todo.

—Hay que mantenerlo bajo control —coincidió Bonnie, asintiendo.

Se sentía levemente mareada. ¿Qué había en su refresco?

—No poseo mucho control, y las cosas acaban volviéndose extrañas de algún modo. Él lo hace, supongo. Está siempre combatiéndome. Te vigila. Y cada vez que intentamos comunicarnos, acude.

—De acuerdo.

La habitación flotaba.

—Bonnie, ¿me estás escuchando? Puede usar tu miedo en tu contra. Es el modo en que entra.

—De acuerdo...

—Pero no le permitas que entre. Dile eso a todo el mundo. Y dile a Stefan...

Elena guardó silencio y se llevó una mano a la boca. Algo cayó sobre el helado.

Era un diente.

—Él está aquí.

La voz de Elena era extraña, poco clara. Bonnie contempló fijamente el diente con hipnótico horror. Descansaba en medio de la crema chantilly, entre las almendras picadas.

—Bonnie, dile a Stefan...

Otro diente se aflojó y cayó, y otro. Elena sollozó, ahora con las dos manos puestas sobre la boca. Tenía los ojos aterrados, impotentes.

—Bonnie, no te vayas...

Pero Bonnie retrocedía, tambaleante. Todo daba vueltas. El refresco burbujeaba hacia afuera del vaso, pero no era refresco: era sangre. De un rojo brillante y espumoso, como algo que uno tosía al morir. A Bonnie se le revolvió el estómago.

—¡Dile a Stefan que lo amo!

Era la voz de una anciana desdentada, y finalizó con unos sollozos histéricos. Bonnie se alegró de sumirse en la oscuridad y olvidarlo todo.

Bonnie mordisqueó el extremo de su plumón, los ojos fijos en el reloj, la mente puesta en el calendario. Habría que sobrevivir a ocho días y medio más de clases. Y parecía como si cada minuto fuera un suplicio.

Uno de los chicos lo había dicho descaradamente, retrocediendo ante ella en la escalera.

—Sin ánimo de ofender, tus amigos no hacen más que aparecer muertos.

Bonnie se había metido en el baño y había llorado.

Pero en aquellos momentos todo lo que quería era estar lejos de la escuela, lejos de los rostros trágicos y los ojos acusadores... o peor, de las miradas de lástima. El director había ofrecido un discurso a través del sistema de altavoces sobre «esta nueva desgracia» y «esta terrible pérdida», y Bonnie había sentido las miradas clavadas en su espalda como aguijones.

Cuando sonó el timbre, fue la primera persona en salir por la puerta. Pero en lugar de acudir a la siguiente clase, volvió a ir al baño, donde aguardó a que sonara el siguiente timbre. Luego, una vez que los pasillos estuvieron vacíos, apresuró el paso hacia el área de idiomas extranjeros. Pasó frente a los comunicados y anuncios sobre los eventos de fin de curso sin echarles ni un vistazo. ¿Qué importaba el Examen de Aptitudes Escolares, qué importaba la graduación, qué importaba nada ya? Era posible que estuvieran todos muertos al finalizar el mes.

Casi chocó con la persona que estaba de pie en el pasillo. Alzó la mirada violentamente, apartándola de sus propios pies, para examinar unos zapatos deportivos elegantemente desgastados, de alguna marca extranjera. Sobre ellos había unos pantalones de mezclilla, pegados al cuerpo y bastante viejos como para parecer blandos sobre unos músculos fuertes. Caderas estrechas. Un torso bonito. Un rostro que volvería loco a un escultor: boca sensual, pómulos elevados. Lentes de sol oscuros. Cabellos negros ligeramente despeinados. Bonnie se quedó boquiabierta por un instante.

«Oh, cielos, olvidé lo guapísimo que es —pensó—. Elena, perdóname; me lo voy a ligar».

—¡Stefan! —dijo.

Entonces su mente la devolvió bruscamente a la realidad y lanzó una mirada atormentada a su alrededor. No había nadie que pudiera verlos. Lo agarró del brazo.

—¿Estás loco, apareciéndote aquí? ¿Estás chiflado?

—Tenía que encontrarte. Creía que era urgente.

—Lo es, pero...

El muchacho resultaba tan fuera de lugar, allí de pie en el pasillo de la escuela... Tan exótico... Como una cebra en medio de un rebaño de ovejas. Empezó a empujarlo hacia un almacén de artículos de limpieza.

Él no se dejó llevar. Y era más fuerte que ella.

—Bonnie, dijiste que habías hablado con...

—¡Tienes que ocultarte! Iré a buscar a Matt y a Meredith y los traeré aquí y entonces podremos hablar. Pero si alguien te ve, probablemente acabarás siendo linchado. Ha habido otro asesinato.

El rostro de Stefan cambió, y permitió que lo empujara en dirección a la bodega. Mostró la intención de decir algo, pero luego, evidentemente, decidió no hacerlo.

—Esperaré —se limitó a indicar.

Bastaron sólo unos pocos minutos para localizar a Matt en Mecánica y a Meredith en la clase de Contabilidad, y los tres fueron a toda prisa hacia el almacén de la limpieza y se apresuraron a sacar a Stefan de la escuela con toda la discreción posible, que no fue mucha.

«Seguro que nos vio alguien —pensó Bonnie—. Todo depende de quién haya sido y qué tan chismoso sea.»

—Tenemos que llevarlo a un lugar seguro..., no puede ser alguna de nuestras casas —iba diciendo Meredith, mientras cruzaban tan de prisa como podían el estacionamiento del plantel.

—Estupendo, pero, ¿adónde? Esperen un minuto, ¿qué tal en la casa de huéspedes...?

La voz de Bonnie se apagó. Había un pequeño automóvil negro en el cajón de estacionamiento que tenía delante. Un vehículo italiano, elegante, alargado y de aspecto sexy. Todas las ventanillas eran de un ilegal color negro; no se podía ver el interior. Entonces Bonnie distinguió el emblema con el caballo en la parte posterior.

—¡Dios mío!

Stefan le echó un vistazo al Ferrari con expresión aturdida.

—Es de Damon.

Tres pares de ojos consternados se giraron hacia él.

—¿De Damon? —dijo Bonnie, oyendo el chirrido de su propia voz mientras esperaba que Stefan le dijera que Damon se lo había prestado.

Pero la ventanilla del vehículo descendía ya para mostrar

unos cabellos negros tan lacios, brillantes y sedosos como la pintura del automóvil, lentes polarizados y una sonrisa de dientes muy blancos.

—*Buon giorno* —dijo Damon con suavidad—. ¿Alguien necesita un aventón?

—Ay, Dios santo —exclamó Bonnie débilmente; pero no retrocedió.

Stefan se mostraba visiblemente impaciente.

—Nos dirigiremos a la casa de huéspedes. Ustedes síganos. Estaciónense detrás del granero, de modo que nadie vea su vehículo.

Meredith tuvo que llevarse a Bonnie lejos del Ferrari. No era que a Bonnie le gustara Damon ni que jamás fuera a permitir que la volviera a besar como lo había hecho en la fiesta de Alaric. La muchacha sabía que el joven era peligroso; no tanto como lo había sido Katherine, quizá, pero era malo. Había matado sin ningún miramiento, sólo por diversión. Había matado al señor Tanner, el profesor de historia, en la fiesta de la Casa Encantada que habían organizado el pasado Halloween para recaudar fondos, y podría volver a matar en cualquier momento. Tal vez por eso, Bonnie se sintió como un ratón con la vista fija en una reluciente serpiente negra al mirarlo.

En el interior del automóvil de Meredith, Bonnie y su amiga intercambiaron miradas.

—Stefan no debería haberlo traído —dijo Meredith.

—A lo mejor, él simplemente decidió venir —sugirió Bonnie, que no consideraba que Damon fuera la clase de persona a la que alguien conseguía llevar a ninguna parte.

—¿Por qué tendría que venir? No para ayudarnos, eso es seguro.

Matt permaneció en silencio. El muchacho ni siquiera parecía advertir la tensión que reinaba en el vehículo; se limitaba a mirar fijamente por el parabrisas, ensimismado.

El cielo empezaba a nublarse.

—¿Matt?

—Simplemente, déjalo tranquilo, Bonnie —dijo Meredith.

«Maravilloso», se dijo Bonnie, sintiendo cómo la depresión descendía sobre ella como un oscuro manto. Matt y Stefan y Damon, todos juntos, todos pensando en Elena.

Se estacionaron detrás del viejo granero, junto al automóvil negro. Cuando entraron, Stefan estaba de pie, solo. Se dio media vuelta y Bonnie vio que se había quitado los lentes de sol. Un escalofrío apenas perceptible la recorrió, apenas un leve erizamiento del vello de los brazos y la nuca. Stefan no se parecía a ningún chico que hubiera conocido jamás. Sus ojos eran muy verdes; verdes como las hojas de roble en primavera. Pero en aquel momento mostraban ojeras.

Hubo un momento embarazoso; los tres, allí de pie, a un lado, y mirando a Stefan sin decir palabra. Nadie parecía saber qué decir.

Entonces Meredith se acercó a él y le tomó la mano.

—Tienes aspecto de estar cansado —dijo.

—Vine tan pronto como pude.

La rodeó con un brazo en un breve, casi vacilante abrazo. Jamás habría hecho eso en los viejos tiempos, se dijo Bonnie. Acostumbraba a ser muy reservado.

Se adelantó para darle un abrazo. La piel de Stefan estaba fría debajo de la playera, y tuvo que hacer un esfuerzo para no estremecerse. Al apartarse, tenía los ojos llenos de lágrimas. ¿Qué sentía ahora que Stefan Salvatore estaba de regreso en Fell's Church? ¿Alivio? ¿Tristeza por los recuerdos que traía con él? Todo lo que podía decir era que deseaba llorar.

Stefan y Matt se miraban mutuamente. «Ya estamos todos», pensó Bonnie. Era casi divertido; había la misma expresión en ambos rostros. Dolida y cansada, e intentando no demostrarlo. No importaba lo que sucediera, Elena se encontraría siempre entre ellos.

Por fin, Matt extendió la mano y Stefan la estrechó. Ambos retrocedieron, con aspecto satisfecho por haber acabado ya con aquello.

—¿Dónde está Damon? —preguntó Meredith.

—Anda por ahí. Creí que podríamos estar unos cuantos minutos sin él.

—Queremos estar unas cuantas décadas sin él —dijo Bonnie sin poderse contener, y Meredith indicó:

—No se puede confiar en él, Stefan.

—Creo que te equivocas —respondió él en voz baja—. Puede ser una gran ayuda si se lo propone.

—¿Mientras mata a unos cuantos residentes un día sí y otro no? —dijo Meredith, enarcando las cejas—. No deberías haberlo traído, Stefan.

—Pero es que él no lo hizo.

La voz surgió atrás de Bonnie y aterradoramente cerca. Bonnie dio un salto y se arrojó instintivamente hacia Matt, que la agarró del hombro.

Damon sonrió durante un breve instante, alzando únicamente un lado de la boca. Se había quitado los lentes de sol, pero sus ojos no eran verdes. Eran negros como los espacios que hay entre las estrellas. «Es más apuesto que Stefan», pensó insensatamente Bonnie, encontrando los dedos de Matt y aferrándose a ellos.

—Así que ella es tuya ahora, ¿verdad? —le dijo Damon a Matt con indiferencia.

—No —respondió Matt, pero la mano que sujetaba a Bonnie no se aflojó.

—¿Stefan no te trajo? —inquirió Meredith desde el otro lado.

De todos ellos, parecía la menos afectada por Damon, la que menos le temía, la menos susceptible a él.

—No —dijo Damon, mirando aún a Bonnie.

«No voltea a mirar como otras personas —pensó ésta—. Sigue mirando cualquier cosa, sin importar quién habla».

—Tú lo hiciste —indicó él.

—¿Yo? —Bonnie se encogió un poco, no muy segura de lo que decía.

—Tú. Tú realizaste el conjuro, ¿no es cierto?

—El...

Demonios. Una imagen apareció en la mente de Bonnie: cabellos negros sobre una servilleta blanca. Sus ojos fueron hacia los cabellos de Damon, más finos y lacios que los de Stefan pero igual de oscuros. Evidentemente, Matt había cometido un error al separarlos.

La voz de Stefan sonó impaciente.

—Nos hiciste venir, Bonnie. Ya estamos aquí. ¿Qué sucede?

Tomaron asiento sobre las pacas de hierba seca, todos excepto Damon, que permaneció de pie. Stefan estaba inclinado hacia adelante, con las manos sobre las rodillas, mirando a Bonnie.

—Me contaste... dijiste que Elena te habló.

Hubo una perceptible pausa antes de que pudiera pronunciar el nombre. Tenía el rostro tenso por el control al que sometía a su semblante.

—Sí —consiguió sonreírle—. Tuve un sueño, Stefan, un sueño tan extraño...

Se lo contó, y le contó lo que había sucedido después. Le tomó un buen rato hacerlo. Stefan escuchó con atención, con los ojos verdes llameando cada vez que ella mencionaba a Elena. Cuando le contó cómo había finalizado la fiesta de Caroline y cómo habían encontrado el cuerpo de Sue en el patio trasero, el muchacho se quedó lívido, pero no dijo nada.

—La policía vino y dijo que estaba muerta, pero nosotras ya lo sabíamos —finalizó Bonnie—. Y se llevaron a Vickie; la pobre Vickie estaba como loca. No quisieron dejar que le habláramos, y su madre nos cuelga el teléfono si llamamos. Algunas personas dicen incluso que Vickie lo hizo, lo que es una locura. Pero no quieren creer que Elena nos habló, así que no creerán nada de lo que ella dijo.

—Y lo que ella dijo fue: «él» —interrumpió Meredith—. Varias veces. Es un hombre, alguien con una gran cantidad de poder psíquico.

—Y fue un hombre el que me agarró la mano en el pasillo —dijo Bonnie.

Le contó a Stefan su sospecha sobre Tyler, pero como Meredith lo señaló, Tyler no encajaba con el resto de la descripción. No tenía ni el cerebro ni el poder psíquico para ser la persona sobre la que Elena les estaba advirtiendo.

—¿Qué pasó con Caroline? —preguntó Stefan—. ¿Podría haber visto algo?

—Estaba afuera, en la parte delantera —dijo Meredith—. Encontró la puerta y salió mientras todas corríamos. Escuchó los gritos, pero estaba demasiado asustada como para volver a entrar en la casa. Y para ser sincera, no la culpo.

—De modo que nadie vio en realidad lo que sucedió, excepto Vickie.

—No. Y Vickie no lo puede contar. —Bonnie retomó el relato donde lo había dejado—. Una vez que nos dimos cuenta de que nadie nos creería, recordamos el mensaje de Elena sobre el conjuro de invocación. Imaginamos que debías de ser tú quien ella deseaba que viniera, porque pensaba que podías hacer algo para ayudar. Así que..., ¿puedes?

—Puedo intentarlo —dijo Stefan.

Se levantó y recorrió una corta distancia, dándoles la espalda. Permaneció así en silencio durante un rato, sin moverse. Por fin dio media vuelta y miró a Bonnie a los ojos.

—Bonnie —dijo en tono suave, pero intenso—, ¿en tus sueños realmente hablaste con Elena cara a cara? ¿Crees que si entraras en trance podrías hacerlo otra vez?

Bonnie se sintió un poco asustada por lo que vio en sus ojos. Éstos llameaban con un color verde esmeralda en su rostro pálido. De improviso fue como si pudiera ver tras la máscara de control que tenía puesta. Debajo había tanto dolor, tanta añoranza..., tanta intensidad, que ella apenas podía soportar contemplarlo.

—Podría, quizá... pero, Stefan...

—Entonces lo haremos. Aquí mismo, ahora mismo. Y veremos si puedes llevarme contigo.

Aquellos ojos eran hipnóticos, no debido a algún poder oculto, sino debido a su absoluta fuerza de voluntad. Bonnie quiso hacerlo por él; él conseguía que quisiera hacer cualquier cosa por él. Pero el recuerdo de aquel último sueño era demasiado. No podía enfrentarse a aquel horror otra vez; no podía, de ningún modo.

—Stefan, es demasiado peligroso. Podría abrirme a cualquier cosa... y estoy asustada. Si esa cosa se adueña de mi mente, no sé qué podría pasar. No puedo, Stefan. Por favor. Incluso con una tabla de ouija, es una invitación para que acuda.

Por un momento pensó que él iba a intentar obligarla a hacerlo. La boca del muchacho se cerró en una obstinada línea, y los ojos llamearon con más fuerza aún. Pero luego, lentamente, el fuego se apagó en ellos.

Bonnie sintió que se le desgarraba el corazón.

—Stefan, lo siento —musitó.

—Sencillamente, tendremos que hacerlo a nuestro modo —dijo él.

La máscara había regresado a su lugar, pero la sonrisa parecía forzada, como si le doliera. A continuación habló con más energía.

—Primero tendremos que averiguar quién es ese asesino, qué es lo que pretende aquí. Todo lo que sabemos ahora es que algo maligno ha regresado a Fell's Church.

—Pero, ¿por qué? —preguntó Bonnie—. ¿Por qué querría un ente malvado elegir este lugar precisamente? ¿Acaso no hemos sufrido suficiente?

—Parece una coincidencia un poco extraña, la verdad —indicó Meredith en tono de broma—. ¿Por qué tendríamos que disfrutar de tan excepcional fortuna?

—No es una coincidencia —dijo Stefan, quien se puso de pie y alzó las manos como inseguro de cómo empezar—. Hay algunos lugares en la Tierra que son... diferentes —explicó—, que están llenos de energía psíquica, muy positiva o muy negativa, buena o mala. Algunos de ellos siempre han sido así, como el Triángulo de las Bermudas y la llanura de Salisbury, el lugar donde construyeron Stonehenge. Otros se convierten en lugares así, en especial aquéllos donde se ha derramado gran cantidad de sangre. —Miró a Bonnie.

—Espíritus intranquilos —musitó ella.

—Sí. Hubo una batalla aquí, ¿no es cierto?

—Durante la Guerra de Secesión —respondió Matt—. Fue así como la iglesia del cementerio quedó convertida en ruinas.

Fue una carnicería por ambas partes. Nadie ganó, pero murieron casi todos los que pelearon. Los bosques están llenos de sepulturas.

—Y el suelo quedó empapado de sangre. Un lugar como éste atrae a lo sobrenatural. Atrae el mal hacia él. Es el motivo por el que Katherine se sintiera atraída por Fell's Church, para empezar. Yo también lo sentí cuando vine la primera vez.

—Y ahora algo más ha venido —dijo Meredith, totalmente seria por primera vez—. Pero, ¿cómo se supone que vamos a combatirlo?

—Primero debemos saber con quién combatimos, creo que...

Pero antes de que pudiera finalizar se escuchó un crujido, y una pálida y polvorienta luz solar cayó sobre las pacas de hierba. La puerta del granero se había abierto.

Todo el mundo se puso en tensión, a la defensiva, listos para incorporarse de un salto y huir o pelear. No obstante, la figura que empujaba la enorme puerta hacia atrás con el codo era cualquier cosa menos amenazadora.

La señora Flowers, propietaria de la casa de huéspedes, les sonrió, con los ojillos negros arrugándose en múltiples pliegues. Sostenía una charola.

—Pensé que a ustedes, niños, les podría gustar beber algo mientras platican —dijo con tranquilidad.

Todos intercambiaron miradas de desconcierto. ¿Cómo había sabido que estaban allí? ¿Y cómo podía actuar con tanta calma?

—Aquí tienen —prosiguió la señora Flowers—. Esto es jugo de uva, hecho con mis propias uvas Concord. —Depositó un vaso de papel junto a Meredith, otro junto a Matt, y luego le dio otro a Bonnie—. Y aquí les dejo unas galletitas de jengibre. Recién hechas.

Hizo circular la charola. Bonnie advirtió que no le ofrecía ninguna galleta a Stefan ni a Damon.

—Ustedes dos pueden bajar al sótano si desean probar un poco de mi vino de moras —les dijo a ellos, dirigiéndoles lo que Bonnie habría jurado que era un guiño.

Stefan aspiró profundamente y con cautela.

—Mmm, mire, señora Flowers...

—Y tu antigua habitación está tal y como la dejaste. Nadie ha subido allí desde tu partida. Puedes usarla cuando quieras; no me incomodará en lo absoluto.

Stefan parecía no saber qué decir.

—Bueno..., gracias. Muchas gracias. Pero...

—Si te preocupa que le pueda contar algo a alguien, puedes estar tranquilo. No acostumbro andar de chismosa. Nunca lo he hecho, nunca lo haré. ¿Les gustó el jugo de uva? —inquirió, volteando repentinamente hacia Bonnie.

Bonnie se apresuró a tomar un trago.

—Está muy bueno —dijo con sinceridad.

—Cuando terminen, echen los vasos a la basura. Me gusta que las cosas estén limpias. —La señora Flowers lanzó una mirada alrededor del granero, sacudiendo la cabeza y suspirando—: Qué lástima. Una chica tan bonita. —Le dirigió una mirada penetrante a Stefan, con ojos que eran como cuentas de ónix—. Esta vez tienes que cumplir una tarea hecha a tu medida, muchacho —dijo, y salió sin dejar de sacudir la cabeza.

—¡Vaya! —exclamó Bonnie, siguiéndola con la mirada, atónita.

Todos los demás se limitaron a mirarse entre sí, sin comprender.

—«Una chica tan bonita»... Pero, ¿cuál? —dijo Meredith, al fin—. ¿Sue o Elena?

Lo cierto era que Elena había pasado una semana aproximadamente en aquel mismo granero el pasado invierno; pero se suponía que la señora Flowers no lo sabía.

—¿Le dijiste algo a ella sobre nosotros? —le preguntó Meredith a Damon.

—Ni una palabra. —Damon parecía divertido—. Es una anciana. Está loca.

—Es más perspicaz de lo que cualquiera de nosotros pudo creer —dijo Matt—. Cuando pienso en los días que pasamos vigilando cómo se entretenía en ese sótano... ¿Creen que sabía que la observábamos?

—No sé qué pensar —respondió Stefan lentamente—. Sencillamente estoy contento de que parezca estar de nuestro lado. Y nos dio un lugar seguro donde quedarnos.

—Y jugo de uva, no olvides eso. —Matt le sonrió burlón a Stefan—. ¿Quieres un poco? —Le ofreció el goteante vaso.

—No friegues, puedes meterte ese jugo de uva por...

Pero Stefan casi sonreía, y por un momento Bonnie los vio a los dos tal y como habían sido antes, antes de la muerte de Elena. Amigables, afectuosos, tan contentos de estar juntos como lo estaban Meredith y ella. Sintió una punzada.

«Pero Elena no está muerta —pensó—. Está aquí más que nunca. Está dirigiendo todo lo que decimos y hacemos».

Stefan había recuperado la seriedad.

—Cuando la señora Flowers entró, estaba a punto de decir que sería mejor que nos pusiéramos a trabajar. Y creo que deberíamos empezar con Vickie.

—No podremos verla —replicó Meredith al instante—. Sus padres mantienen alejado a todo el mundo.

—Entonces, simplemente tendremos que evitar a sus padres —declaró Stefan—. ¿Vienes con nosotros, Damon?

—¿Una visita a otra chica bonita? No me la perdería.

Bonnie giró la cabeza hacia Stefan, alarmada, pero él manifestó en tono tranquilizador, mientras la conducía hacia afuera del granero:

—No pasará nada. No la perderé de vista.

Bonnie deseo que así lo hiciera.

6

La casa de Vickie estaba en una esquina, y se acercaron a ella por la calle lateral. Para entonces el cielo estaba ocupado por espesas nubes moradas. La luz poseía casi una cualidad submarina.

—Parece como si fuera a haber tormenta —dijo Matt.

Bonnie le echó un vistazo a Damon. Ni a él ni a Stefan les gustaba la luz brillante, y sentía cómo el Poder emanaba de él como un sordo zumbido bajo la superficie de la piel. Él le sonrió sin mirarla y dijo:

—¿Qué tal una nevada en pleno junio?

Bonnie se estremeció violentamente.

Había dirigido la mirada hacia Damon una o dos veces en el granero y lo había encontrado escuchando el relato con un aire de despreocupada indolencia. A diferencia de Stefan, su expresión no había cambiado en lo absoluto cuando ella mencionó a Elena... o cuando contó lo de la muerte de Sue. ¿Qué sentía realmente él por Elena? Había invocado una tormenta de nieve en una ocasión y la había dejado allí para que se congelara en ella. ¿Qué sentía él en aquellos momentos? ¿Le importaba siquiera atrapar al asesino?

—Ése es el dormitorio de Vickie —dijo Meredith—. La ventana de la parte trasera.

Stefan miró a Damon.

—¿Cuánta gente hay en la casa?

—Dos personas. Un hombre y una mujer. Ella está borracha.

«Pobre señora Bennett», pensó Bonnie.

—Necesito que estén dormidos los dos —dijo Stefan.

Muy a su pesar, Bonnie se sintió fascinada por la oleada de poder que percibió surgiendo de Damon. Las habilidades psíquicas de la muchacha nunca habían sido bastante poderosas como para sentir su esencia plena con anterioridad, pero ahora sí lo eran. Ahora podía percibirla con la misma claridad con que veía la luz violeta que se desvanecía u oler la madreselva en el exterior de la ventana de Vickie.

—Están dormidos —indicó Damon, con un encogimiento de hombros.

Stefan dio unos golpecitos en el cristal.

No hubo respuesta, o al menos no hubo alguna que Bonnie pudiera ver. Pero Stefan y Damon intercambiaron una mirada..

—Está ya en trance —dijo Damon.

—Está asustada. Yo lo haré; me conoce —repuso Stefan, y presionó las yemas de los dedos sobre la ventana—. Vickie, soy Stefan Salvatore —dijo—. Estoy aquí para ayudarte. Vamos, déjame entrar.

Su voz era suave, de modo que apenas se podía escuchar del otro lado del cristal. Pero tras unos instantes, las cortinas se movieron y apareció un rostro.

Bonnie lanzó una audible exclamación ahogada.

Los largos cabellos castaño claro de Vickie estaban desordenados, y tenía la tez blanquecina. Había enormes círculos negros bajo sus ojos, y éstos tenían una mirada fija y vidriosa. Los labios estaban ásperos y agrietados.

—Parece como si estuviera vestida para representar la escena de la locura de Ofelia —dijo Meredith en voz baja—. Con camisón incluido.

—Parece estar poseída —susurró a su vez Bonnie, atemorizada.

—Vickie, abre la ventana —se limitó a decir Stefan.

Mecánicamente, como una muñeca a la que han dado cuerda, Vickie giró el cerrojo de uno de los paneles laterales de la ventana y lo abrió, y Stefan dijo:

—¿Puedo entrar?

Los ojos vidriosos de Vickie pasearon por el grupo reunido en el exterior. Durante un momento, Bonnie pensó que no reconocía a ninguno de ellos. Pero entonces la joven parpadeó y dijo lentamente:

—Meredith... Bonnie... ¿Stefan? Has regresado. ¿Qué haces aquí?

—Pídeme que entre, Vickie —la voz de Stefan era hipnótica.

—Stefan... —Hubo una larga pausa y luego—: Entra.

Ella retrocedió mientras él colocaba una mano en el marco de la ventana y saltaba al otro lado. Matt lo siguió, y luego Meredith. Bonnie, que llevaba puesta una minifalda, permaneció afuera con Damon. Deseó haber llevado un pantalón de mezclilla a la escuela ese día, pero tampoco había podido adivinar que tendría aquella aventura.

—No deberías estar aquí —le dijo Vickie a Stefan, casi con calma—. Va a venir por mí. Te atrapará también a ti.

Meredith la rodeó con un brazo. Stefan se limitó a preguntar:

—¿Quién?

—Él. Viene a mí en sueños. Mató a Sue. —El tono desapasionado de Vickie era más aterrador de lo que habría resultado cualquier actitud histérica.

—Vickie, venimos a ayudarte —dijo Meredith con dulzura—. Todo estará bien ahora. No dejaremos que te haga daño, lo prometo.

Vickie giró en redondo para mirarla con fijeza. Miró a Meredith de pies a cabeza, como si ésta se hubiera transformado de improviso en algo increíble. Luego empezó a reír.

Fue horrible, un ronco estallido de regocijo que sonó como una tos seca. Siguió y siguió hasta el punto en que Bonnie deseó taparse los oídos. Finalmente, Stefan dijo:

—Vickie, detente.

Las carcajadas se desvanecieron en algo parecido a sollozos, y cuando la muchacha alzó la cabeza otra vez, parecía que sus ojos estaban menos vidriosos, aunque visiblemente trastornados.

—Van a morir todos, Stefan —declaró, moviendo la cabeza de un lado a otro—. Nadie puede enfrentarse a él y vivir para contarlo.

—Necesitamos saber cosas sobre él, de modo que podamos combatirlo. Necesitamos tu ayuda —dijo Stefan—. Cuéntame qué aspecto tiene.

—No puedo verlo en mis sueños. No es más que una sombra sin rostro —murmuró Vickie, encorvando los hombros.

—Pero lo viste en la casa de Caroline —dijo Stefan con insistencia—. Vickie, escúchame —añadió cuando la muchacha giró la cabeza bruscamente—. Sé que estás asustada, pero esto es importante, más importante de lo que puedas comprender. No podemos luchar contra él a menos que sepamos a qué nos enfrentamos, y tú eres la única, la única en estos momentos que posee la información que necesitamos. Tienes que ayudarnos.

—No puedo recordar...

La voz de Stefan era inflexible.

—Tengo un modo de ayudarte a recordar —dijo—. ¿Quieres dejarme que lo pruebe?

Transcurrieron lentamente los segundos, luego Vickie emitió un prolongado y sonoro suspiro, a la vez que su cuerpo se quedaba flácido.

—Haz lo que quieras —respondió con indiferencia—. No me importa. No cambiará nada.

—Eres una chica valiente. Ahora mírame, Vickie. Quiero que te relajes. Simplemente mírame y relájate.

La voz de Stefan descendió hasta convertirse en un murmullo arrullador. Siguió así durante unos pocos minutos, y entonces los ojos de Vickie se cerraron.

—Siéntate. —Stefan la guió para que se sentara en la cama y él se sentó junto a ella, mirándola a la cara—. Vickie, te sientes tranquila y relajada ahora. Nada que recuerdes te lastimará —indicó, la voz tranquilizadora—. Ahora, necesito que regreses al sábado por la noche. Estás arriba, en el dormitorio principal de la casa de Caroline. Sue Carson está contigo, y alguien más. Necesito que veas...

—¡No! —Vickie se retorció hacia uno y otro lado, como si intentara escapar de algo—. ¡No! No puedo...

—Vickie, tranquilízate. No te hará daño. No puede verte, pero tú sí puedes verlo. Escúchame.

A medida que Stefan hablaba, los quejidos de Vickie fueron desapareciendo. Pero la joven siguió debatiéndose y retorciéndose.

—Es necesario que lo veas, Vickie. Ayúdanos a combatirlo. ¿Qué aspecto tiene?

—¡Se parece al demonio!

Fue casi un chillido. Meredith se sentó al otro lado de Vickie y le tomó la mano. Miró a Bonnie por la ventana, y ella le devolvió la mirada con los ojos muy abiertos y se encogió levemente de hombros. Bonnie no sabía de qué hablaba Vickie.

—Cuéntame más —dijo Stefan sin alterarse.

La boca de Vickie se crispó. Las aletas de la nariz se hincharon como si oliera algo apestoso. Cuando habló, pronunció cada palabra separadamente, como si le produjeran náuseas.

—Lleva puesta... una gabardina vieja, que aletea contra sus piernas bajo el viento. Él hace que sople el viento. Los cabellos son rubios. Casi blancos. Se le erizan por encima de toda la cabeza. Los ojos son muy azules... de un azul eléctrico. —Vickie se lamió los labios y tragó saliva; mostraba una expresión asqueada—. El azul es el color de la muerte.

Un trueno retumbó y chasqueó en el cielo. Damon echó una veloz mirada hacia lo alto, luego frunció el ceño, entrecerrando los ojos.

—Es alto. Y ríe. Quiere atraparme, riendo. Pero Sue grita: «No, no», e intenta empujarme lejos. Así que la atrapa a ella en mi lugar. La ventana está rota, y la terraza está justo ahí. Sue grita: «No, por favor». Y entonces lo contemplo... lo veo arrojarla... —la respiración de Vickie era irregular, la voz se eleva, histérica.

—Vickie, tranquila. No estás allí realmente. Estás a salvo.

—Por favor, no... ¡Sue! ¡Sue! ¡Sue!

—Vickie, pónme atención. Escucha. Necesito sólo una cosa más. Míralo. Dime si tiene puesta una joya azul...

Pero Vickie sacudía violentamente la cabeza de un lado a otro, sollozando, más histérica a cada segundo que pasaba.

—¡No! ¡No! ¡Soy la siguiente! ¡Soy la siguiente!

De improviso, sus ojos se abrieron de golpe mientras salía del trance por sí misma, entre bocanadas y jadeos. Después giró la cabeza bruscamente.

En la pared, un cuadro repiqueteaba.

El sonido lo retomó el espejo con marco de bambú, luego los frascos de perfume y los bilés que estaban sobre el tocador que había debajo. Con un sonido parecido al de las palomitas de maíz, los aretes empezaron a salir disparados de un alhajero. El repiqueteo fue aumentando de volumen. Un sombrero de paja cayó de un perchero. Y las fotos que estaban pegadas en el espejo se desprendieron. Cintas de audio y video salieron volando de un estante y fueron a parar al piso, igual que los naipes cuando se reparten.

Meredith se había puesto de pie, y también Matt, con los puños apretados.

—¡Hagan que se detenga! ¡Hagan que se detenga! —gritó Vickie, enloquecida.

Pero no se detuvo. Matt y Meredith miraron a su alrededor cuando nuevos objetos se unieron a la danza. Todo lo que podía moverse daba sacudidas, se agitaba, se balanceaba. Era como si la habitación estuviera atrapada en un terremoto.

—¡Detente! ¡Detente! —gritó Vickie con voz aguda, con las manos sobre los oídos.

Encima de la casa retumbó un trueno.

Bonnie dio un violento salto al ver el zigzag del relámpago cruzando el cielo. Instintivamente, buscó algo a lo que aferrarse. Cuando llameó el relámpago, un cartel pegado en la pared de Vickie se desgarró en diagonal, igual que si lo hubiera cortado un cuchillo fantasma. Bonnie contuvo un grito y se sujetó con más fuerza.

Luego, con la misma rapidez que si alguien hubiera oprimido un interruptor, todo el ruido cesó.

La habitación de Vickie se quedó inmóvil. El fleco de la lámpara que estaba sobre el buró se balanceó levemente. El cartel había quedado enrollado en dos pedazos irregulares, hacia arriba y hacia abajo. Poco a poco, Vickie bajó las manos de sus orejas.

Matt y Meredith miraron a su alrededor un tanto temblorosos.

Bonnie cerró los ojos y murmuró algo parecido a una plegaria. Hasta que volvió a abrirlos no advirtió a qué se había estado aferrando. Era la flexible frialdad de una chamarra de piel. Era el brazo de Damon.

Él no se había apartado de ella, sin embargo. No se movió ahora. Estaba inclinado ligeramente hacia adelante, con los ojos entrecerrados, observando la habitación atentamente.

—Miren el espejo —dijo.

Todos lo hicieron, y Bonnie contuvo la respiración, cerrando los dedos con fuerza otra vez. No lo había visto, pero sin duda debió de suceder mientras todo enloquecía en la habitación.

Sobre la superficie del espejo con marco de bambú había tres palabras garabateadas con el bilé de intenso color naranja de Vickie.

Goodnight, Sweetheart, Goodnight.

—Cielos —murmuró Bonnie.

Era el nombre de la canción que ella había escuchado en la radio la noche anterior: «"Buenas noches, cariño, buenas noches"».

Stefan apartó la mirada del espejo para mirar a Vickie. Había algo diferente en él, se dijo Bonnie; se mantenía relajado, pero listo para actuar, como un soldado que acaba de recibir la confirmación de una batalla. Era como si hubiera aceptado un desafío personal de alguna clase.

Sacó algo del bolsillo posterior y lo desdobló, mostrando ramitas de una planta con largas hojas verdes y diminutas flores color malva.

—Esto es verbena, verbena fresca —dijo en voz baja, el tono ecuánime e intenso—. La recogí en las afueras de Florencia; está floreciendo allí ahora. —Tomó la mano de Vickie e introdujo el paquete en ella—. Quiero que te quedes con esto y lo conserves. Pon un poco en cada habitación de la casa y oculta los trozos en algún lugar cerca de las ropas de tus padres, si puedes, de modo que la tengan cerca. Mientras tengas esto contigo, él no puede controlar tu mente. Puede asustarte, Vickie, pero no puede obligarte a hacer nada, como abrir una ventana o una puerta para que entre. Y escúchame, Vickie, porque esto es importante.

Vickie tiritaba, tenía el rostro contraído. Stefan le sujetó ambas manos y la obligó a mirarlo, hablando despacio y con claridad.

—Si no me equivoco, Vickie, él no puede entrar a menos que ustedes se lo permitan. Así que habla con tus padres. Diles que es importante que no permitan la entrada de ningún desconocido en la casa. De hecho, puedo hacer que Damon ponga esa idea en su mente ahora mismo.

Le dirigió una veloz mirada a su hermano, que se encogió levemente y asintió, dando la impresión de que su atención estaba puesta en algún otro lugar. Cohibida, Bonnie retiró la mano de la chamarra del joven.

Vickie tenía la cabeza inclinada sobre la verbena.

—Entrará de algún modo —dijo en voz baja, con espantosa certeza.

—No, Vickie, escúchame. A partir de ahora, vamos a vigilar tu casa; lo estaremos esperando.

—No importa —replicó ella—. No podrán detenerlo. —Empezó a reír y a llorar al mismo tiempo.

—Vamos a intentarlo —dijo Stefan, y miró a Meredith y a Matt, que asintieron—. De acuerdo. Desde este momento no estarás nunca sola. Siempre habrá uno o más de nosotros en el exterior, vigilándote.

Vickie se limitó a sacudir la inclinada cabeza. Meredith le oprimió el brazo y se puso de pie cuando Stefan ladeó la cabeza en dirección a la ventana.

Cuando Matt y ella se reunieron con él allí, Stefan les habló a todos en voz baja.

—No quiero dejarla desprotegida, pero yo no puedo quedarme ahora. Hay algo que debo hacer, y necesito a una de las chicas conmigo. Por otra parte, no quiero dejar ni a Bonnie ni a Meredith solas aquí. —Giró la cabeza hacia Matt—. Matt, podrías...

—Yo me quedaré —dijo Damon.

Todos lo miraron alarmados.

—Bueno, es la solución lógica, ¿no es cierto? —Damon parecía divertido—. Al fin y al cabo, ¿qué esperas que ellos puedan hacer contra él?

—Pueden llamarme. Puedo monitorear sus pensamientos a esa distancia —repuso Stefan, sin ceder ni un milímetro.

—Bueno —dijo Damon en tono juguetón—. También yo puedo llamarte, hermanito, si tengo problemas. Me empieza a aburrir esta investigación tuya, de todos modos. Qué más da si me quedo aquí como en otra parte.

—Vickie necesita que la protejan, no que abusen de ella —replicó Stefan.

La sonrisa de Damon fue encantadora.

—¿Ella?

Indicó con la cabeza a la muchacha que estaba sentada en la cama, acunando la verbena. Desde los cabellos despeinados a los pies descalzos, Vickie no ofrecía una imagen atractiva.

—Puedes confiar en mi palabra, hermano, puedo conseguir algo mejor que eso. —Por un instante, a Bonnie le pareció como si aquellos ojos negros miraran de soslayo hacia ella—. Además, siempre estás diciendo lo mucho que te gustaría confiar en mí —añadió Damon—. Aquí tienes la oportunidad de demostrarlo.

Stefan dio la impresión de querer confiar, de sentirse tentado a hacerlo. También mostró una expresión suspicaz. Damon no dijo nada, se limitó a sonreír con aquella enigmática sonrisa provocadora. «Prácticamente pidiendo que no se confíe en él», pensó Bonnie.

Los dos hermanos permanecieron inmóviles contemplándose uno al otro mientras el silencio y la tensión se extendían entre ellos. En aquel momento, Bonnie pudo ver el aire de familia en sus rostros, uno serio e intenso, el otro imperturbable y levemente burlón, pero ambos inhumanamente hermosos.

Stefan soltó el aire despacio.

—De acuerdo —dijo por fin en voz baja.

Bonnie, Matt y Meredith lo miraban fijamente, pero él no pareció advertirlo. Le habló a Damon como si fueran las únicas dos personas que había allí.

—Te quedarás aquí, afuera de la casa, donde no te vean. Regresaré y te sustituiré cuando haya terminado con lo que estoy haciendo.

Las cejas de Meredith se enarcaron visiblemente, pero la muchacha no hizo comentario alguno. Tampoco Matt. Bonnie intentó acallar sus propios sentimientos de inquietud. «Stefan debe de saber lo que hace —se dijo—. Bueno, será mejor que lo sepa».

—No tardes demasiado —indicó Damon en tono displicente.

Y así fue como los dejaron, a Damon fundiéndose con la oscuridad, a la sombra de los negros nogales del patio trasero de Vickie, y a ésta en su habitación, balanceándose sin pausa.

En el automóvil, Meredith preguntó:

—¿Ahora, qué?

—Tengo que poner a prueba una teoría —dijo Stefan secamente.

—¿Que el asesino es un vampiro? —inquirió Matt desde la parte posterior, donde estaba sentado con Bonnie.

Stefan le dirigió una mirada incisiva.

—Sí.

—Por eso le dijiste a Vickie que no invitara a entrar a nadie —añadió Meredith, que no quería verse superada en cuestiones de razonamiento.

Los vampiros, recordó Bonnie, no podían entrar en un lugar en el que los humanos vivieran y durmieran, a menos que los invitaran.

—Y por eso preguntaste si el hombre tenía puesta una joya azul —siguió Meredith.

—Un amuleto para protegerse de la luz diurna —dijo Stefan, extendiendo la mano derecha, cuyo anular lucía un anillo con un lapislázuli engarzado—. Sin uno de éstos, la exposición directa al sol nos mata. Si el asesino es realmente un vampiro, lleva una piedra como ésta en alguna parte del cuerpo.

Instintivamente, Stefan alzó la mano para tocar brevemente algo que llevaba debajo de la playera. Al instante, Bonnie comprendió de qué se trataba.

El anillo de Elena. Stefan se lo había dado en un principio, y después de que ella muriera, lo había tomado para llevarlo colgado de una cadena alrededor del cuello. Para que aquella parte de ella lo acompañara siempre, había dicho.

Cuando Bonnie miró a Matt, sentado junto a ella, vio que éste tenía los ojos cerrados.

—¿Y cómo podemos saber si es un vampiro? —preguntó Meredith.

—Sólo se me ocurre un modo de hacerlo, y no es muy agradable. Pero debe hacerse.

A Bonnie se le partió el alma. Si Stefan consideraba que no era muy agradable, ella estaba segura de que iba a encontrarlo aún menos agradable.

—¿Cuál es? —inquirió, sin el menor entusiasmo.

—Tengo que echarle un vistazo al cuerpo de Sue.

Se produjo un silencio sepulcral. Incluso Meredith, por lo general tan imperturbable, se mostró consternada. Matt giró la cabeza, apoyando la frente en el vidrio de la ventanilla.

—Debes de estar bromeando —dijo Bonnie.

—Ojalá fuera así.

—Pero..., por el amor de Dios, Stefan. No podemos. No nos dejarán. ¿Qué vamos a decir? «¿Me permite que examine este cadáver en busca de agujeros?».

—Bonnie, basta ya —dijo Meredith.

—No puedo evitarlo —replicó ésta con voz temblorosa—. Es una idea horrible. Y además, la policía ya examinó el cuerpo. No tenía ni una marca, a excepción de los cortes que recibió durante la caída.

—La policía no sabe qué buscar —indicó Stefan.

La voz del muchacho era dura. Escucharla hizo que Bonnie reparara en algo, algo que tenía tendencia a olvidar. Stefan era uno de aquellos seres. Uno de los cazadores. Había visto personas muertas antes. Incluso podría haber matado a algunas.

«Bebe sangre», pensó, y se estremeció.

—¿Y bien? —dijo Stefan—. ¿Sigues a mi lado?

Bonnie intentó hacerse pequeña en el asiento posterior. Las manos de Meredith estaban cerradas con fuerza sobre el volante. Fue Matt quien habló, volteando la cabeza de la ventana.

—No tenemos elección, ¿verdad? —inquirió en tono cansado.

—El cuerpo está expuesto de siete a diez en la funeraria —añadió Meredith en voz baja.

—Tendremos que aguardar hasta después de esa hora, entonces. Una vez que hayan cerrado la funeraria, podremos estar a solas con ella —dijo Stefan.

—Ésta es la cosa más horripilante que he tenido que hacer jamás —musitó Bonnie con desconsuelo.

La capilla funeraria estaba oscura y fría. Stefan había forzado los cerrojos de la puerta exterior con un fino trozo de metal flexible.

La sala de exposición tenía una alfombra gruesa y las paredes estaban revestidas con oscuros recubrimientos de madera. Habría resultado un lugar deprimente incluso con las luces encendidas. En la oscuridad era un lugar sofocante y repleto de formas grotescas. Parecía como si pudiera haber alguien agazapado atrás de cada uno de los muchos arreglos florales situados sobre pedestales.

—No quiero estar aquí —gimió Bonnie.

—Limitémonos a acabar de una vez con esto, ¿de acuerdo? —dijo Matt entre dientes.

Cuando encendió la linterna, Bonnie miró hacia cualquier lugar excepto al que ésta enfocaba. No quería ver el ataúd, no quería. Clavó los ojos en las flores, en un corazón confeccionado con rosas rojas. En el exterior, el trueno retumbó como un animal dormido.

—Déjenme que abra esto..., ya está —decía Stefan.

No obstante su decisión de no hacerlo, Bonnie miró.

La caja era blanca, forrada con raso de un color rosa pálido. El cabello rubio de Sue brillaba sobre él como el cabello de una princesa dormida en un cuento de hadas. Pero Sue no parecía dormida. Estaba demasiado pálida, demasiado inmóvil. Como una figura de cera.

Bonnie se acercó sigilosamente, con los ojos clavados en el rostro de Sue.

«Por eso hace tanto frío aquí dentro —se dijo con firmeza—. Para impedir que la cera se derrita». Aquello ayudó a calmarla un poco.

Stefan alargó un brazo hacia el interior para tocar la blusa rosa de cuello alto de Sue. Soltó el primer botón.

—Por el amor de Dios —musitó Bonnie, escandalizada.

—¿Para qué crees que estamos aquí? —murmuró Stefan como respuesta; pero sus dedos se detuvieron en el segundo botón.

Bonnie observó durante un minuto, y luego tomó una decisión.

—Hazte a un lado —dijo, y como Stefan no se movió enseguida, le dio un empujón.

Meredith se acercó más a ella y ambas formaron un muro

entre Sue y los muchachos. Sus ojos intercambiaron una mirada de comprensión. Si tenían que quitarle la blusa, los chicos no lo harían.

Bonnie desabrochó los pequeños botones mientras Meredith sostenía la luz. La piel de Sue tenía un tacto tan pétreo como su aspecto, fría al contacto con las yemas de sus dedos. Torpemente, echó la blusa hacia atrás para dejar al descubierto una prenda interior de encaje blanco. A continuación se obligó a apartar del pálido cuello el brillante cabello dorado de Sue. El pelo estaba tieso debido a la laca que le habían puesto.

—No hay agujeros —dijo, mirando la garganta.

Se sintió orgullosa de que su voz sonara casi firme.

—No —dijo Stefan con extrañeza—. Pero hay algo más. Miren esto.

Pasó el brazo con suavidad alrededor de Bonnie para señalar un corte, pálido y sin sangre como la piel que lo rodeaba, pero visible como una tenue línea que iba de la clavícula al pecho. Sobre el corazón. El largo dedo de Stefan se movió por el aire sobre él y Bonnie se quedó muy rígida, lista para apartarle la mano de un manotazo si tocaba el cuerpo.

—¿Qué es? —preguntó Meredith, perpleja.

—Un misterio —respondió Stefan, y su voz seguía sonando rara—. Si yo viera una marca como ésta en un vampiro, significaría que el vampiro le daba sangre a un humano. Así es como se hace. Los dientes humanos no pueden perforar nuestra piel, así que nos cortamos nosotros mismos si queremos compartir sangre. Pero Sue no era una vampira.

—¡Por supuesto que no lo era! —exclamó Bonnie.

Intentó rechazar la imagen que su mente quería mostrarle, de Elena inclinándose sobre un corte como aquél en el pecho de Stefan y succionando, bebiendo...

Se estremeció y advirtió que tenía los ojos cerrados.

—¿Hay alguna cosa más que necesites ver? —preguntó, abriéndolos.

—No. Eso es todo.

Bonnie abrochó los botones y volvió a arreglar los cabellos de Sue. Entonces, mientras Meredith y Stefan volvían a bajar la tapa del ataúd, salió rápidamente de la sala de velación y fue hasta la puerta exterior. Se quedó allí, abrazándose a sí misma.

Una mano le tocó levemente el codo. Era Matt.

—Eres más fuerte de lo que pareces —dijo él.

—Sí, bueno...

Intentó encogerse de hombros. Y luego de improviso se echó a llorar, desconsoladamente. Matt la rodeó con sus brazos.

—Lo sé —dijo.

Sólo dijo eso. No le dijo «No llores» o «Tómalo con calma» o «Todo va a salir bien». Simplemente «Lo sé». Su voz proyectaba el mismo desconsuelo que ella sentía.

—Le pusieron fijador en el pelo —sollozó ella—. Sue jamás usaba fijador. Es horrible.

De algún modo, en aquel momento, aquello parecía lo peor de todo.

Él se limitó a abrazarla.

Después de un rato, Bonnie recuperó el aliento. Descubrió que se aferraba a Matt de un modo casi dolorosamente fuerte y aflojó los brazos.

—Te mojé toda la playera —se disculpó, aspirando por la nariz.

—No importa.

Algo en la voz del joven la hizo retroceder y mirarlo. Tenía el mismo aspecto que había mostrado en el estacionamiento de la escuela. Tan perdido... tan desesperanzado.

—Matt, ¿qué sucede? —murmuró—. Por favor.

—Ya te lo dije —respondió él con la mirada fija a lo lejos, en alguna inconmensurable distancia—. Sue yace ahí muerta, y no debería estarlo. Tú misma lo dijiste, Bonnie. ¿Qué clase de mundo es este que permite que una cosa así suceda? Que deja que una chica como Sue sea asesinada sólo por diversión, o que los niños en Afganistán mueran de hambre, o que despellejen vivas a las crías de focas? Si así es el mundo, ¿qué importa todo? Nada vale la pena. —Hizo una pausa y pareció recuperar la serenidad—. ¿Comprendes de qué hablo?

—No estoy segura.

Bonnie ni siquiera pensaba que deseara hacerlo. Era demasiado aterrador. Pero se sintió abrumada por un impulso de consolarlo, de borrar aquella mirada perdida de sus ojos.

—Matt...

—Ya terminamos —dijo Stefan detrás de ellos.

Mientras Matt volteaba en dirección a la voz, la mirada perdida pareció intensificarse.

—En ocasiones creo que todo se ha terminado para todos —dijo Matt, apartándose de Bonnie, pero no explicó a qué se refería con aquello—. Vámonos.

7

Stefan se aproximó sin ganas a la casa de la esquina, temeroso de lo que podría hallar. Esperaba que Damon hubiera abandonado su puesto a aquellas alturas. Para empezar, probablemente había actuado como un idiota al confiar en Damon.

Pero cuando llegó al patio trasero, hubo un vislumbre de movimiento entre los negros nogales. Sus ojos, más agudos que los de un humano porque estaban adaptados a la caza, distinguieron la sombra más oscura recostada contra un tronco.

—Te tardaste mucho.

—Tenía que asegurarme de que los demás llegaran a sus casas sanos y salvos. Y tenía que comer.

—Sangre de animal —dijo Damon desdeñosamente, los ojos fijos en una diminuta mancha redonda en la playera de Stefan—. Conejo, a juzgar por el olor. Eso parece apropiado en cierto modo, ¿verdad?

—Damon... también les di verbena a Bonnie y a Meredith.

—Una sabia precaución —dijo Damon con toda claridad, y mostró los dientes.

Una familiar oleada de irritación se apoderó de Stefan. ¿Por qué tenía Damon que mostrarse siempre tan conflictivo? Hablar con él era como andar entre minas terrestres.

—Ya me voy —prosiguió Damon, colocándose la chamarra sobre un hombro—. Tengo asuntos propios de los que ocuparme. —Le lanzó una sonrisa aplastante por encima del hombro—. No me esperes despierto.

—Damon. —éste giró a medias, sin mirar, pero escuchando—. Lo último que necesitamos es que alguna chica de esta ciudad grite «¡vampiro!» —dijo Stefan—. O muestre las señales. Estas personas ya pasaron por ello antes; no son ignorantes.

—Tendré eso en cuenta.

Fue pronunciado con ironía, pero era lo más parecido a una promesa que Stefan había obtenido de su hermano en toda su vida.

—Y, ¿Damon?

—¿Ahora, qué?

—Gracias.

Fue demasiado. Damon giró en redondo, los ojos fríos y nada atractivos, los ojos de un desconocido.

—No esperes nada de mí, hermanito —dijo en tono amenazador—. Porque te equivocarás siempre. Y tampoco pienses que puedes manipularme. Esos tres humanos puede que te sigan, pero yo no lo haré. Estoy aquí por motivos personales.

Desapareció antes de que Stefan pudiera reunir palabras precisas para una réplica. No habría importado, de todos modos. Damon jamás escuchaba nada de lo que él decía. Damon nunca lo llamaba por su nombre siquiera. Usaba siempre aquel despectivo «hermanito».

Y ahora Damon se había ido a demostrar lo poco digno de confianza que era, se dijo Stefan. Maravilloso. Haría algo especialmente atroz sólo para demostrarle a Stefan que era capaz de ello.

Fatigosamente, Stefan encontró un árbol en el que recostarse y se deslizó a lo largo del tronco hasta sentarse en el suelo para contemplar el cielo nocturno. Intentó pensar en el problema que tenía entre manos, sobre lo que había averiguado esa noche. La descripción que Vickie había dado del asesino. «Alto, cabello rubio y ojos azules», pensó; aquello parecía recordarle a alguien. No alguien que hubiera conocido, pero sí alguien sobre quien había oído hablar...

No servía de nada. No conseguía mantener la mente puesta en el rompecabezas. Estaba cansado y se sentía solo y con una desesperada necesidad de consuelo. Y la cruda verdad era que no había donde obtener consuelo.

«Elena —pensó—, me mentiste».

Era la única cosa en la que ella había insistido, la única cosa que siempre le había prometido. «Suceda lo que suceda, Stefan, estaré contigo. Dime que lo crees». Y él había respondido, impotente bajo su hechizo: «Elena, lo creo. Suceda lo que suceda, estaremos juntos».

Pero ella lo había abandonado. No por elección propia, quizá, pero, ¿qué importaba eso al final? Lo había dejado y se había ido.

Había momentos en los que todo lo que deseaba era seguirla.

«Piensa en otra cosa, en cualquier cosa», se dijo, pero era demasiado tarde. Una vez liberadas, las imágenes de Elena se arremolinaban a su alrededor, demasiado dolorosas para poder soportarlas, demasiado hermosas para apartarlas.

La primera vez que la había besado. La impresión de mareante dulzura experimentada cuando su boca se encontró con la de ella. Y después de eso, un shock tras otro, pero a algún nivel más profundo. Como si ella intentara alcanzar su esencia, una esencia que él casi había olvidado.

Asustado, había sentido cómo le arrancaba sus defensas. Todos sus secretos, toda su resistencia, todos los trucos que usaba para mantener a otras personas a distancia. Elena había irrumpido en medio de todo ello, poniendo al descubierto su vulnerabilidad.

Poniendo al descubierto su alma.

Y al final, él descubrió que eso era lo que quería. Quería que Elena lo viera sin defensas, sin muros. Quería que lo conociera tal y como era.

¿Aterrador? Sí. Cuando ella había descubierto al fin su secreto, cuando lo había hallado alimentándose de aquel pájaro, él se había encogido, avergonzado. Se sintió seguro al ver que ella se apartaba horrorizada ante la visión de la sangre en su boca. Repugnada.

Pero al mirarla a los ojos aquella noche, vio comprensión. Perdón. Amor.

Su amor lo había curado.

Y fue entonces cuando él supo que jamás podrían estar separados.

Otros recuerdos afloraron, y Stefan se aferró a ellos, incluso a pesar de que el dolor lo desgarraba igual que unas uñas afiladas. Sensaciones. El contacto de Elena contra su cuerpo, flexible en sus brazos. El roce de sus cabellos en su mejilla, livianos como el ala de una mariposa nocturna. La curva de los labios de la muchacha, el sabor que tenían. El increíble color azul medianoche de sus ojos.

Todo perdido. Todo fuera de su alcance para siempre.

Pero Bonnie había llegado hasta Elena. El espíritu de Elena, su alma, seguían estando en algún lugar cercano.

Si alguien podía invocarlo, ése debería ser él. Tenía el poder a su disposición. Y tenía más derecho que nadie a buscarla.

Sabía cómo se hacía. «Cierra los ojos. Imagina a la persona a la que quieres atraer». Eso era fácil. Podía ver a Elena, sentirla, olerla. «Entonces llámalos, deja que tu anhelo llegue hasta el vacío. Ábrete y deja que tu necesidad sea percibida».

Era aún más fácil. No le importaba el peligro, así que reunió todo su anhelo, todo su dolor y lo envió al exterior a buscar como si fuera una plegaria.

Y el resultado fue... nada.

Únicamente el vacío y su propia soledad. Únicamente silencio.

Su poder no era el mismo que tenía Bonnie. No podía llegar hasta lo que más amaba, hasta la única cosa que le importaba.

Nunca en la vida se había sentido tan solo.

—¿Quieres qué? —dijo Bonnie.

—Alguna especie de documentos sobre la historia de Fell's Church. En especial sobre los fundadores —respondió Stefan.

Estaban todos sentados en el automóvil de Meredith, que se encontraba estacionado a una discreta distancia de la parte trasera de la casa de Vickie. Era el anochecer del día siguiente y acababan de regresar del funeral de Sue; todos excepto Stefan.

—Esto tiene algo que ver con Sue, ¿verdad? —Los ojos oscuros de Meredith, siempre tan ecuánimes e inteligentes, sondearon los de Stefan—. Crees que has resuelto el misterio.

—Es posible —admitió él.

El joven se había pasado el día pensando. Había dejado atrás el dolor de la noche anterior, y una vez más estaba al mando de la situación. Aunque no podía llegar hasta Elena, podía justificar la fe de la joven en él..., podía hacer lo que ella quería. Y existía consuelo en el trabajo, en la concentración. En mantener lejos toda emoción. Añadió:

—Tengo una idea de lo que puede haber sucedido, pero es una posibilidad muy remota y no quiero hablar de ella hasta que esté seguro.

—¿Por qué? —exigió Bonnie.

Contrastaba tanto con Meredith..., se dijo Stefan. Cabello rojo como el fuego y una vivacidad a juego con éste. Aquel delicado rostro en forma de corazón y la tez clara y traslúcida engañaban, no obstante. Bonnie era inteligente e ingeniosa..., aunque ella misma sólo estuviera empezando a descubrirlo.

—Porque, si me equivoco, un persona inocente podría resultar lastimada. Miren, ahora no es más que una idea. Pero prometo que, si encuentro cualquier prueba esta noche para respaldarla, les contaré todo al respecto.

—Podrías hablar con la señora Grimesby —sugirió Meredith—. Es la bibliotecaria de la ciudad, y sabe gran cantidad de cosas sobre la fundación de Fell's Church.

—Y también está Honoria —dijo Bonnie—. Me refiero a que ella formó parte del grupo de los fundadores.

Stefan la miró rápidamente.

—Creía que Honoria Fell había dejado de comunicarse contigo —dijo con cautela.

—No me refiero a hablar con ella. Porque ya no está —respondió ella con indignación—. Me refiero a su diario. Está en la biblioteca con el de Elena; la señora Grimesby los tiene en exhibición cerca del mostrador de préstamos.

Stefan se sorprendió. No le gustaba del todo la idea de que el diario de Elena estuviera en exhibición. Pero las anotaciones de Honoria podrían ser exactamente lo que buscaba. Honoria no sólo había sido una mujer juiciosa, también había estado muy familiarizada con lo sobrenatural. Era una bruja.

—Pero la biblioteca ya está cerrada ahora —indicó Meredith.

—Eso es aún mejor —dijo Stefan—. Nadie sabrá qué información es la que nos interesa. Dos de nosotros podemos ir allí y entrar, y los otros dos pueden permanecer aquí. Meredith, si tú vienes conmigo...

—Preferiría quedarme aquí, si no te importa —dijo ella—. Estoy cansada —añadió como explicación al ver su expresión—. Y de este modo puedo llevar a cabo mi turno de vigilancia y llegar a mi casa más temprano. ¿Por qué no vas con Matt, y Bonnie y yo nos quedamos aquí?

Stefan seguía mirándola.

—De acuerdo —dijo lentamente—. Estupendo. Si a Matt le parece bien. —Matt se encogió de hombros—. Decidido, pues. Podría tomarnos un par de horas o más. Ustedes dos quédense en el carro con el seguro puesto. Deberían estar a salvo de ese modo.

Si él tenía razón en sus sospechas, no habría más ataques durante un tiempo; durante unos pocos días al menos. Bonnie y Meredith deberían estar a salvo. Pero no podía evitar hacerse preguntas sobre qué había detrás de la respuesta de Meredith. No era simple cansancio, de eso estaba seguro.

—A propósito, ¿dónde está Damon? —preguntó Bonnie cuando él y Matt se disponían a ir a la biblioteca.

Stefan sintió que se le contraían los músculos del estómago.

—No lo sé.

Había estado esperando que alguien lo preguntara. No había visto a su hermano desde la noche anterior, y no tenía ni idea de lo que podría estar haciendo Damon.

—Acabará por aparecer —dijo, y cerró la puerta del lado de Meredith—. Eso es lo que temo.

Matt y él caminaron hasta la biblioteca en silencio, manteniéndose entre las sombras, esquivando las zonas iluminadas. Stefan había regresado para ayudar a Fell's Church, pero estaba seguro de que Fell's Church no quería su ayuda. Volvía a ser un forastero, un intruso allí. Le harían daño si lo atrapaban.

La cerradura de la biblioteca fue fácil de forzar, era sólo un simple mecanismo de resorte. Y los diarios estaban justamente donde Bonnie había dicho que estarían.

Stefan obligó a su mano a mantenerse lejos del diario de Elena. En el interior estaba el testimonio de los últimos días de la joven, escrito por su propia mano. Si empezaba a pensar en eso en aquellos momentos...

Se concentró en el libro encuadernado en piel que estaba al lado. La tinta descolorida de las amarillentas páginas resultaba difícil de leer, pero después de unos pocos minutos sus ojos se habituaron a la apretada escritura intrincada con sus elaboradas florituras.

Era la historia de Honoria Fell y su esposo, quienes junto con los Smallwood y unas cuantas familias más habían ido a aquel lugar cuando aún era un territorio totalmente inexplorado. Se habían enfrentado no sólo a los peligros del aislamiento y el hambre, sino también a la vida salvaje nativa. Honoria contaba el relato de su batalla por la supervivencia de un modo simple y claro, sin sentimentalismo.

Y en aquellas páginas, Stefan encontró lo que buscaba.

Sintiendo un cosquilleo en la nuca, releyó la anotación con cuidado. Por fin se recostó hacia atrás y cerró los ojos.

Había tenido razón. Ya no existía la menor duda en su mente. Y eso significaba que también estaba en lo cierto sobre lo que sucedía en Fell's Church en la actualidad. Por un instante lo inundó una intensa sensación de náusea y una rabia que le hizo desear romper, desgarrar y destrozar algo. Sue. La hermosa Sue que había sido amiga de Elena había muerto por... eso. Un ritual de sangre, una iniciación obscena. Sintió ganas de matar.

Pero entonces la rabia desapareció, reemplazada por una feroz determinación de detener lo que estaba sucediendo y arreglar las cosas.

«Te lo prometo —le dijo a Elena mentalmente—. Lo detendré de algún modo. No importa lo que tenga que hacer».

Alzó los ojos y vio que Matt lo miraba.

El diario de Elena estaba en la mano de Matt, cerrándose sobre el pulgar del muchacho. En aquel momento, los ojos de Matt mostraban un azul tan oscuro como los de Elena. Demasiado oscuros, llenos de confusión y pesar y algo parecido a la amargura.

—Lo encontraste —dijo Matt—. Y es algo malo.

—Sí.

—Tenía que serlo.

Matt volvió a introducir el diario de Elena en la vitrina y se levantó. Había un timbre casi de satisfacción en su voz. Como alguien que acaba de demostrar que tenía razón en algo.

—Podría haberte ahorrado la molestia de venir hasta aquí.

Matt inspeccionó la biblioteca en penumbra, haciendo tintinear unas monedas en su bolsillo. Un observador casual podría haber pensado que estaba relajado, pero la voz lo delataba. La tensión la tornaba áspera.

—Sólo hay que pensar en lo peor que uno se pueda imaginar, y eso siempre resulta cierto —dijo.

—Matt...

Stefan sintió una repentina punzada de inquietud. Había estado demasiado preocupado desde que llegara a Fell's Church por tratar a Matt como era debido, y en aquel momento reparó en que había sido imperdonablemente estúpido. Algo estaba terriblemente mal. Todo el cuerpo de Matt estaba rígido debido a la tensión que había en su interior. Y Stefan pudo percibir la angustia, la desesperación en su mente.

—Matt, ¿qué sucede? —preguntó en voz baja; se puso en pie y fue hacia el muchacho—. ¿Es por algo que hice?

—Estoy perfectamente.

—Estás temblando.

Era cierto. Ligeros temblores recorrían los tensos músculos.

—¡Dije que estoy perfectamente! —Matt se volteó, apartándose de él, con los hombros encorvados, a la defensiva—. De todos modos, ¿qué podrías haber hecho para alterarme? ¿Aparte de quitarme a mi chica y conseguir que la mataran, quiero decir?

Aquella cuchillada era diferente, dio en algún punto alrededor del corazón de Stefan y lo atravesó completamente. Como la espada que lo había matado en una ocasión, hacía mucho tiempo. Intentó sosegarse, sin atreverse a decir nada.

—Lo siento. —La voz de Matt sonó abatida, y cuando Stefan lo miró, vio que los tensos hombros se habían relajado—. Lo que dije fue algo asqueroso.

—Es la verdad. —Stefan guardó silencio por un instante y luego añadió, llanamente—: Pero eso no es todo el problema, ¿verdad?

Matt no respondió. Clavó los ojos en el piso, empujando algo invisible con el costado de su zapato. En el momento en que Stefan iba a darse por vencido, él le dirigió una pregunta.

—¿Cómo es el mundo realmente?

—¿Cómo es... qué?

—El mundo. Tú has visto mucho de él, Stefan. Nos llevas cuatro o cinco siglos de ventaja al resto de nosotros, ¿no es cierto? Así pues, ¿qué pasa? Quiero decir, ¿es básicamente la clase de lugar que vale la pena salvar o es fundamentalmente un montón de porquería?

Stefan cerró los ojos.

—¡Ah!

—¿Y qué me dices de la gente, Stefan? La raza humana. ¿Somos la enfermedad o sólo un síntoma? Quiero decir, toma a alguien como... como Elena. —La voz de Matt tembló brevemente, pero siguió hablando—. Elena murió para que la ciudad siguiera siendo segura para chavas como Sue. Y ahora Sue está muerta. Y todo vuelve a repetirse. Nunca termina. No podemos ganar. Así que, ¿qué dices de eso?

—Matt.

—Lo que realmente pregunto es: ¿de qué sirve? ¿Se trata de algún chiste cósmico que no entiendo? ¿O todo ello es simplemente un enorme error de porquería? ¿Comprendes lo que intento decir?

—Comprendo, Matt. —Stefan se sentó y se pasó las manos por el cabello—. Si te callas durante un minuto, intentaré responderte.

Matt acercó una silla y se sentó a horcajadas sobre ella.

—Estupendo. Hazlo lo mejor que puedas.

Los ojos del muchacho eran duros y desafiantes, pero debajo Stefan percibió el dolor que se había emponzoñado allí.

—He visto mucha maldad, Matt, más de la que puedes imaginar —dijo Stefan—. Incluso la he vivido. Siempre será una parte de mí, no importa cuánto luche contra ella. En ocasiones pienso que toda la raza humana es malvada, por no hablar de mi especie. Y en ocasiones pienso que existe el número suficiente de personas de ambas razas que son tan malvadas como para que no les importe qué le sucede al resto.

»No obstante, si lo miras con detenimiento, no sé más de lo que sabes tú. No puedo decirte si existe un motivo o si las cosas van a acabar saliendo bien alguna vez. —Stefan miró directamente a los ojos de Matt y dijo con toda deliberación—: Pero yo tengo otra pregunta para ti. ¿Y qué?

Matt lo miró fijamente.

—¿Y qué?

—Sí. ¿Y qué?

—¿Y qué si el universo es malvado y si nada de lo que hagamos para intentar cambiarlo va a servir para algo realmente? —La voz de Matt iba ganando volumen junto con su incredulidad.

—Sí, ¿y qué? —Stefan se inclinó hacia el frente—. ¿Y qué vas a hacer tú, Matt Honeycutt, si cada cosa mala que has dicho es cierta? ¿Qué harás tú personalmente? ¿Vas a dejar de pelear y nadarás con los tiburones?

Matt se aferraba al respaldo de su silla.

—¿De qué hablas?

—Puedes hacer eso, ya sabes. Damon lo dice todo el tiempo. Puedes unirte al bando malvado, al bando ganador. Y nadie puede culparte en realidad, porque si el universo es de ese modo, ¿por qué no deberías ser tú también así?

—¡No digas tonterías! —estalló Matt; sus ojos azules llameaban y se había levantado a medias de la silla—. ¡Quizá sea ése el modo de actuar de Damon! Pero sólo porque no haya esperanza no significa que esté bien dejar de pelear. Incluso aunque yo supiera que no hay esperanza, seguiría estando obligado a intentarlo. ¡Tengo que intentarlo, maldita sea!

—Lo sé.

Stefan se recostó en su asiento y sonrió levemente. Era una sonrisa cansada, pero mostraba la afinidad que sentía con Matt. Y por un instante vio en el rostro del joven que Matt comprendía.

—Lo sé porque yo siento lo mismo —prosiguió Stefan—. No hay excusa para darse por vencido sólo porque dé la impresión de que vamos a perder. Debemos intentarlo... porque la otra opción es rendirse.

—No estoy dispuesto a rendirme —dijo Matt con los dientes apretados.

Daba la impresión de que se había abierto paso, a la fuerza, de regreso a un fuego interior que había ardido todo el tiempo.

—Jamás —declaró.

—Sí, bueno, «jamás» es mucho tiempo —dijo Stefan—. Pero por si te sirve de algo, yo también voy a procurar no hacerlo. No sé si será posible, pero voy a intentarlo.

—Eso es lo mínimo que cualquiera puede hacer —repuso Matt.

Lentamente, se levantó de la silla y se irguió. La tensión había desaparecido de sus músculos, y los ojos eran los claros ojos azules casi taladrantes que Stefan recordaba.

—De acuerdo —dijo en voz baja—; si encontraste lo que viniste a buscar, será mejor que regresemos con las muchachas.

Stefan se puso a pensar, llevando su mente a otras cuestiones.

—Matt, si estoy en lo cierto sobre lo que está pasando, las chicas deberían estar bien durante un tiempo. Pero tú adelántate y sustitúyelas en la vigilancia. Mientras estoy aquí, hay algo sobre lo que me gustaría documentarme..., escrito por un tipo llamado Gervase de Tilbury, que vivió a principios del año 1200.

—Antes incluso de tu época, ¿verdad? —dijo Matt, y Stefan le devolvió un remedo de sonrisa.

Los dos permanecieron inmóviles durante un momento, mirándose.

—De acuerdo. Supongo que te veré en la casa de Vickie. —Matt se dio media vuelta hacia la puerta, luego vaciló y, bruscamente, se dio la vuelta otra vez y le extendió la mano—. Stefan..., me alegro de que hayas regresado.

Stefan se la estrechó.

—Me alegro de escucharlo de ti.

Fue todo lo que dijo, pero interiormente sintió un calor que hizo desaparecer aquel dolor punzante.

Y también algo de soledad.

8

Desde donde Bonnie y Meredith estaban sentadas, en el automóvil, sólo podían ver de lejos la ventana de Vickie. Habría sido mejor estar más cerca, pero entonces alguien podría haberlas descubierto.

Meredith vertió en una taza el café que quedaba en el termo y se lo tomó. Luego bostezó. Se contuvo con expresión culpable y miró a Bonnie.

—¿También tú tienes problemas para dormir por la noche?

—Sí, no tengo ni idea de por qué —dijo Meredith.

—¿Crees que los chicos sostendrán una pequeña charla?

Meredith le dirigió una veloz mirada, evidentemente sorprendida; luego sonrió. Bonnie comprendió que Meredith no esperaba que ella se diera cuenta.

—Eso espero —repuso Meredith—. Podría hacerle bien a Matt.

Bonnie asintió y se recostó en el asiento. El carro de Meredith nunca antes le había parecido tan cómodo.

Cuando volvió a mirar a Meredith, la muchacha morena estaba dormida.

«Ah, fantástico. Fabuloso». Bonnie contempló fijamente los restos en su taza de café, haciendo una mueca. No se atrevía a relajarse; si las dos se dormían, podría resultar desastroso. Clavó las uñas en las palmas de sus manos y fijó la vista en la ventana iluminada de Vickie.

Cuando descubrió que la imagen se tornaba borrosa y doble ante sus ojos, supo que había que hacer algo.

Aire fresco. Eso le ayudaría. Sin molestarse en ser excesivamente silenciosa, quitó el seguro de la portezuela y movió hacia arriba la manecilla. La portezuela se abrió con un chasquido, pero Meredith siguió respirando profundamente.

«Debe de estar realmente cansada», pensó Bonnie, saliendo del vehículo. Cerró la puerta con más suavidad, dejando segura a Meredith en el interior. Fue entonces cuando se dio cuenta de que no tenía una llave del automóvil.

Bueno, despertaría a Meredith para que la dejara entrar. Entretanto iría a ver cómo estaba Vickie. Probablemente seguía despierta.

El cielo aparecía encapotado e inquietante, pero la noche era cálida. Detrás de la casa de Vickie, los negros nogales se agitaron levemente. Los grillos cantaban, pero su monótono chirriar sólo parecía formar parte de un silencio mayor.

El aroma de la madreselva invadió los orificios nasales de la joven. Golpeó levemente sobre la ventana de Vickie, con las uñas, atisbando por entre la rendija que había entre las cortinas.

No obtuvo respuesta. En la cama pudo distinguir un bulto cubierto de cobijas con los despeinados cabellos castaños sobresaliendo por la parte superior. Vickie también dormía.

Mientras Bonnie permanecía allí, el silencio pareció espesarse a su alrededor. Los grillos ya no chirriaban, y los árboles estaban quietos. Y sin embargo sentía como si forzara el oído para escuchar algo que sabía que estaba allí.

«No estoy sola», comprendió.

Ninguno de sus sentidos normales se lo indicaba. Pero su sexto sentido, el que le enviaba escalofríos a los brazos y hacía descender el frío por su espalda, el que había despertado recientemente a la presencia del Poder, estaba seguro. Había... algo... cerca. Algo... que la observaba.

Se dio media vuelta, despacio, temerosa de emitir algún sonido. Si no hacía ningún ruido, a lo mejor aquello, fuera lo que fuera, no la atraparía. A lo mejor no advertiría su presencia.

El silencio se había tornado sepulcral, amenazador. Zumbaba en sus oídos con el latido de su propia sangre. Y no podía evitar imaginar lo que podría surgir de él, dando alaridos, en cualquier momento.

Algo con manos calientes y húmedas, se dijo mientras clavaba la mirada en la oscuridad del patio trasero. Negro sobre gris, negro sobre negro, era todo lo que podía ver. Toda forma podía ser cualquier cosa, y todas las sombras parecían moverse. Algo con manos calientes y sudorosas y brazos bastante fuertes como para aplastarla...

El chasquido de una ramita estalló hacia ella igual que un disparo.

Giró en redondo hacia el sonido, forzando vista y oídos. Pero no había más que oscuridad y silencio.

Unos dedos le tocaron la nuca.

Bonnie volvió a darse la vuelta a toda velocidad, casi cayéndose, casi desvaneciéndose. Estaba demasiado asustada como para gritar. Cuando vio de quién se trataba, la impresión le arrebató todos los sentidos y sus músculos se desplomaron.

Habría acabado hecha una madeja sobre el suelo si él no la hubiera sujetado y sostenido en pie.

—Pareces asustada —le dijo Damon con suavidad.

Bonnie sacudió la cabeza. Todavía no había recuperado la voz. Se dijo que todavía podría acabar desmayándose. Pero intentó desasirse de todos modos.

Él no apretó más las manos, pero no la soltó. Y forcejear le resultó de tanta utilidad como intentar romper una pared de ladrillo con las manos desnudas. Se dio por vencida e intentó tranquilizar su respiración.

—¿Me tienes miedo? —inquirió Damon, y luego sonrió, reprobador, como si compartieran un secreto—. No tienes por qué.

«¿Cómo habría conseguido Elena luchar contra esto?». Pero Elena no lo había hecho, por supuesto, comprendió Bonnie. Elena había sucumbido a Damon al final. Damon había vencido y se había salido con la suya.

Él soltó uno de sus brazos para recorrer con un dedo, de un modo muy leve, la curva del labio superior de la muchacha.

—Supongo que debería irme —dijo— y no asustarte más. ¿Es eso lo que quieres?

«Igual que un conejo con una serpiente —pensó Bonnie—. Esto es lo que siente el conejo. Sólo que no supongo que vaya a matarme. Aunque podría morirme yo solita». Sintió como si las piernas se le fueran a derretir en cualquier momento, como si fuera a desplomarse. Había calor y temblor dentro de ella.

«Piensa en algo... rápido». Aquellos ojos negros e insondables ocupaban ya el universo. Le pareció poder ver estrellas en su interior. «Piensa. De prisa».

A Elena no le gustaría, se dijo, justamente cuando los labios de Damon tocaron los suyos. Sí, eso era. Pero el problema era que ella carecía de la energía necesaria para decirlo. El calor aumentaba, recorriéndola hasta ocupar todo su cuerpo, desde las yemas de los dedos hasta las plantas de los pies. Los labios de Damon eran fríos, como seda, ¡pero todo lo demás era tan cálido! No tenía por qué sentir miedo: simplemente, podía dejarse llevar y flotar con aquello. Una sensación de dulzura la recorrió...

—¿Qué diablos está pasando?

La voz rompió el silencio, rompió el hechizo. Bonnie se sobresaltó y descubrió que era capaz de voltear la cabeza. Matt estaba de pie en el extremo del patio, con los puños apretados, los ojos convertidos en dagas de hielo azul. Un hielo tan frío que quemaba.

—Apártate de ella —dijo Matt.

Ante la sorpresa de Bonnie, las manos que sujetaban sus brazos se aflojaron. Retrocedió, estirándose la blusa, un poco sofocada. Su mente volvía a funcionar.

—No pasó nada —le dijo a Matt, con la voz casi normal—. Simplemente estaba...

—Regresa al carro y quédate ahí.

«A ver, espera un minuto» pensó Bonnie. Se alegraba de la llegada de Matt; la interrupción había sido sumamente oportuna. Pero estaba exagerando un poco en su papel de hermano protector.

—Oye, Matt...

—Vamos —dijo él, todavía con la vista fija en Damon.

Meredith no habría dejado que le dieran órdenes de aquel modo. Y Elena, por supuesto, no las obedecería. Bonnie abrió la boca para decirle a Matt que fuera él a sentarse en el carro cuando de improviso notó algo.

Era la primera vez, en meses, que había visto que a Matt realmente le importaba alguna cosa. La luz había regresado a aquellos ojos azules; había en ellos aquel frío destello de cólera que podía lograr que incluso Tyler Smallwood retrocediera. Matt estaba vivo en aquellos momentos, y lleno de energía. Volvía a ser él.

Bonnie se mordió el labio. Durante un momento luchó contra su orgullo, pero después lo venció y bajó los ojos.

—Gracias por rescatarme —murmuró, y abandonó el patio.

Matt estaba tan furioso que no se atrevía a acercarse más a Damon por temor a sentirse impulsado a asestarle un puñetazo. Y la espeluznante negrura de los ojos de Damon le indicaba que no sería una buena idea.

Pero la voz de Damon era tranquila, casi desapasionada.

—Mi gusto por la sangre no es un capricho, ya lo sabes. Es una necesidad con la que tú estás interfiriendo. Sólo hago lo que tengo que hacer.

Aquella cruel indiferencia fue demasiado para Matt. «Piensan en nosotros como comida —recordó—. Ellos son los cazadores, nosotros somos la presa. Y tenía las garras puestas en Bonnie, en Bonnie, que no habría podido pelear ni contra un gatito».

Desdeñosamente, dijo:

—¿Por qué no eliges a alguien de tu propio tamaño, entonces?

Damon sonrió, y la atmósfera se enfrió más.

—¿Como tú?

Matt se limitó a mirarlo fijamente. Sintió cómo se apretaban los músculos de su mandíbula. Al cabo de un momento dijo, con voz tensa:

—Puedes intentarlo.

—Puedo hacer más que intentarlo, Matt.

Damon dio un solo paso hacia él, igual que una pantera al acecho. Involuntariamente, Matt pensó en los felinos de la selva, en su poderoso salto y los afilados y desgarradores dientes. Pensó en el aspecto que tenía Tyler en el cobertizo, el año anterior, cuando Stefan hubo acabado con él. Carne roja. Sólo carne roja y sangre.

—¿Cómo se llamaba aquel profesor de historia? —decía en aquellos momentos Damon, con voz empalagosa.

Parecía divertido ahora, disfrutando con aquello.

—Señor Tanner, ¿verdad? Hice más que intentarlo con él.

—Eres un asesino.

Damon asintió, sin mostrarse ofendido, como si se hubiera tratado de un simple modo de hacer su presentación.

—Por supuesto, me clavó un cuchillo. No planeaba dejarlo totalmente seco, pero me irritó y cambié de idea. Tú me estás irritando ahora, Matt.

Matt tenía las rodillas bloqueadas para evitar salir corriendo. Se trataba de algo más que la elegancia acechante de un felino, de algo más que aquellos sobrenaturales ojos negros clavados en él. Había algo dentro de Damon que le inspiraba terror al cerebro humano. Alguna amenaza que le hablaba directamente a la sangre de Matt, diciéndole que hiciera algo para salir de allí.

Pero no estaba dispuesto a huir. La conversación mantenida con Stefan estaba borrosa en su mente en aquel momento; sin embargo, sí había averiguado una cosa respecto a ella: aunque muriera allí, no huiría.

—No seas estúpido —le dijo Damon, como si hubiera escuchado cada palabra de los pensamientos de Matt—. Jamás te han extraído sangre a la fuerza, ¿verdad? Duele, Matt. Duele mucho.

«Elena», recordó Matt. Aquella primera vez en que ella había bebido su sangre, él había estado asustado, y el miedo ya había sido algo bastante malo. Pero entonces lo había hecho por voluntad propia. ¿Cómo sería cuando él no quisiera hacerlo?

«No huiré. No le daré la espalda».

Mirando todavía a Damon a la cara dijo:

—Si vas a matarme, será mejor que dejes de hablar y lo hagas. Porque puedes hacer que muera, pero eso es todo lo que puedes conseguir que haga.

—Eres aún más estúpido que mi hermano —replicó Damon.

Dio dos pasos y cruzó la distancia que lo separaba de Matt, sujetándolo por la playera, con una mano a cada lado de la garganta.

—Imagino que tendré que enseñarte del mismo modo.

Todo estaba paralizado. Matt podía oler su propio miedo, pero no iba a moverse. No podía moverse ahora.

No importaba. No había cedido. Si moría en aquel momento, moriría sabiendo eso.

Los dientes de Damon eran un destello blanco en la oscuridad. Afilados como cuchillos. Matt casi podía sentir su afilado mordisco antes de que lo tocaran.

«No voy a rendirme», pensó, y cerró los ojos.

El empujón lo tomó totalmente desprevenido. Trastabilló y cayó hacia atrás, a la vez que los ojos se le abrían de golpe. Damon lo había soltado y arrojado lejos.

Inexpresivos, aquellos ojos negros descendieron hasta donde él estaba sentado en el suelo.

—Intentaré expresar esto de tal modo que puedas comprenderlo —dijo Damon—. No quieras tener problemas conmigo, Matt. Soy más peligroso de lo que puedas imaginar. Ahora vete de aquí. Me toca hacer guardia.

En silencio, Matt se puso de pie y se restregó la playera allí donde las manos de Damon la habían arrugado. Y luego se fue, pero no corrió ni se encogió ante la mirada de Damon.

«Gané —pensó—. Sigo vivo, así que gané».

Y había habido una especie de torvo respeto en aquellos ojos negros al final; algo que obligó a Matt a hacerse preguntas sobre algunas cosas. Y realmente lo hizo.

Bonnie y Meredith estaban sentadas en el automóvil cuando Matt regresó. Las dos parecían preocupadas.

—Tardaste mucho en regresar —le dijo Bonnie—. ¿Estás bien?

Matt deseó que la gente dejara de preguntarle siempre lo mismo.

—Estoy perfectamente —respondió, y luego añadió—: De verdad. —Tras meditarlo un momento, decidió que había algo más que debía decir—. Lamento haberte gritado allá atrás, Bonnie.

—No te preocupes —le dijo ella con frialdad; luego, ablandándose, añadió—: Realmente tienes mejor aspecto, ¿sabes? Más como tu antiguo yo.

—¿Sí? —Se restregó la arrugada playera otra vez, mirando a su alrededor—. Bueno, meterse con vampiros es evidentemente un magnífico ejercicio de calentamiento.

—¿Qué hicieron? ¿Agachar las cabezas y embestirse mutuamente desde extremos opuestos del patio? —preguntó Meredith.

—Algo parecido. Dice que va a vigilar a Vickie.

—¿Crees que podemos confiar en él? —inquirió Meredith con seriedad.

Matt reflexionó sobre ello.

—A decir verdad, sí. Es raro, pero no creo que la lastime. Y si el asesino aparece, creo que se va a llevar una sorpresa. Damon tiene ganas de pelea. Lo mejor será que regresemos a la biblioteca a recoger a Stefan.

Stefan no estaba afuera de la biblioteca; pero después de que el vehículo recorriera lentamente la calle de un lado a otro, una o dos veces, se materializó, surgiendo de la oscuridad. Llevaba consigo un grueso libro.

—Allanamiento de morada y robo a gran escala, un libro de la biblioteca —comentó Meredith—. Me pregunto cuál será la condena por este delito.

—Lo tomé prestado —dijo Stefan con expresión ofendida—. Para eso están las bibliotecas, ¿no? Y copié lo que necesitaba del diario.

—¿Te refieres a que lo encontraste? ¿Lo averiguaste? Entonces puedes contárnoslo todo, como lo prometiste —dijo Bonnie—. Vayamos a la casa de huéspedes.

Stefan pareció un tanto sorprendido al enterarse de que Damon había aparecido y se había apostado frente a la casa de Vickie, pero no hizo comentarios. Matt no le contó exactamente cómo había aparecido Damon, y reparó en que Bonnie tampoco lo hacía.

—Estoy casi seguro sobre lo que sucede en Fell's Church, y tengo la mitad del rompecabezas resuelto —explicó Stefan, una vez que estuvieron instalados en su habitación del tapanco de la casa de huéspedes—. Pero sólo existe un modo de demostrarlo, y un solo medio de resolver la otra mitad. Necesito ayuda, pero no es algo que vaya a solicitar a la ligera. —Miraba a Bonnie y a Meredith mientras lo decía.

Éstas se miraron entre sí y luego lo volvieron a mirar a él.

—Ese tipo mató a una de nuestras amigas —le dijo Meredith—. Y está volviendo loca a otra. Si necesitas nuestra ayuda, la tienes.

—Cueste lo que cueste —añadió Bonnie.

—Es algo peligroso, ¿verdad? —quiso saber Matt.

No pudo evitarlo. Como si Bonnie no hubiera pasado ya por suficientes cosas...

—Es peligroso, sí. Pero es su lucha también, ya lo sabes.

—Y en serio que lo es —dijo Bonnie.

Meredith intentaba a todas luces reprimir una sonrisa, y finalmente tuvo que voltear la cara y hacer una mueca.

—Matt regresó —dijo cuando Stefan le preguntó cuál era el chiste.

—Te extranábamos —añadió Bonnie.

Matt no comprendía por qué todos le sonreían, y ello hizo que se sintiera acalorado e incómodo. Fue a colocarse junto a la ventana.

—Sí, es peligroso; no voy a engañarlas —les dijo Stefan a las muchachas—. Pero es la única posibilidad. Es un poco complicado, y será mejor que empiece por el principio. Debemos retroceder hasta la fundación de Fell's Church...

Estuvo hablando hasta bien entrada la noche.

Jueves, 11 de junio, 7:00 horas

Querido Diario:

No pude escribir anoche, porque llegué a casa demasiado tarde. Mamá estaba disgustada otra vez. Se habría puesto histérica de haber sabido lo que estuve haciendo en realidad. Andando por ahí con vampiros y planeando algo que puede hacer que me maten. Que puede hacer que nos maten a todos.

Stefan tiene un plan para atrapar al tipo que asesinó a Sue. Me recuerda a algunos de los planes de Elena... y eso es lo que me preocupa. Siempre parecían magníficos, pero salieron mal en muchísimas ocasiones.

Hablamos sobre quién se haría cargo de la tarea más peligrosa y se decidió que tenía que ser Meredith. Lo cual me conviene; quiero decir que ella es más fuerte y más atlética, y siempre mantiene la calma en los casos de emergencia. Pero me molesta un poco que todo el mundo se decidiera tan rápido por ella, en especial Matt. Quiero decir, que no es que yo sea incompetente del todo. Sé que no soy tan lista como los demás, y por supuesto no soy tan buena para los deportes ni me muestro tan serena bajo presión, pero no soy una completa bruta. Para algo sí he de servir.

De todos modos, vamos a hacerlo después de la graduación. Estamos todos metidos en ello excepto Damon, que estará vigilando a Vickie. Es extraño, pero todos confiamos en él ahora. Incluso yo. A pesar de lo que me hizo anoche, no creo que permita que lastimen a Vickie.

No he vuelto a soñar con Elena. Creo que si lo hago, me pondré a gritar como una auténtica loca. O no volveré a dormir jamás. Simplemente, ya no puedo soportarlo.

En fin, será mejor que me vaya. Con suerte, el domingo tendremos el misterio resuelto y habremos atrapado al asesino. Confío en Stefan.

Sólo espero poder recordar mi parte.

9

—... y así pues, señoras y señores, ¡aquí tienen a la Generación del 92!

Bonnie lanzó su birrete al aire junto con los de todos los demás. «Lo logramos —pensó—. Suceda lo que suceda esta noche, Matt, Meredith y yo hemos conseguido llegar a la graduación». Había habido momentos durante aquel último año escolar en que había dudado seriamente de que lo consiguieran.

Teniendo en cuenta la muerte de Sue, Bonnie había esperado que la ceremonia de graduación fuera anodina o lúgubre. En su lugar, hubo una especie de frenética excitación con respecto a ella. Como si todo el mundo celebrara estar vivo..., antes de que fuera demasiado tarde.

La ceremonia se convirtió en un jolgorio cuando los padres se abalanzaron hacia adelante y los alumnos del último curso del Robert E. Lees se dispersaron en todas direcciones, lanzando exclamaciones y armando alboroto. Bonnie recuperó su birrete y luego miró hacia el objetivo de la cámara de su madre.

«Actúa con normalidad, eso es lo importante», se dijo. Vislumbró brevemente a la tía de Elena, Judith, y a Robert Maxwell, el hombre con el que la tía Judith se había casado recientemente, de pie en un extremo. Robert sujetaba a la hermana pequeña de Elena, Margaret, de la mano. Al verla, le sonrieron valientemente, pero ella se sintió incómoda cuando se le acercaron.

—Ah, señorita Gilbert..., quiero decir, señora Maxwell..., no debería haberlo hecho —dijo cuando la tía Judith le entregó un pequeño ramo de rosas rojas.

Tía Judith sonrió entre las lágrimas que llenaban sus ojos.

—Éste habría sido un día muy especial para Elena —dijo—. Quiero que sea especial para ti, y también para Meredith.

—Ah, tía Judith. —Impulsivamente, Bonnie la rodeó con sus brazos—. Lo siento muchísimo —susurró—. Usted sabe cuánto.

—Todos la extrañamos —respondió ella.

A continuación se apartó y volvió a sonreír, y los tres abandonaron el lugar. Bonnie los siguió con la mirada y luego volteó la cabeza con un nudo en la garganta para contemplar a la enloquecida multitud que festejaba el acontecimiento.

Allí estaba Ray Hernández, el muchacho con el que había asistido a la Fiesta de Inicio de Cursos, invitando a todo el mundo a una fiesta en su casa aquella noche. Estaba el amigo de Tyler, Dick Carter, haciendo el ridículo como de costumbre. Tyler sonreía descaradamente mientras su padre tomaba una foto tras otra. Matt escuchaba, con expresión nada impresionada, a un reclutador de futbol americano de la Universidad James Mason. Meredith estaba de pie a poca distancia, sosteniendo un ramo de rosas rojas y con aspecto meditabundo.

Vickie no estaba allí. Sus padres la habían mantenido en casa, diciendo que no estaba en condiciones de salir. Caroline tampoco estaba allí. Seguía viviendo en el departamento de Heron. Su madre le había dicho a la de Bonnie que tenía gripe, pero Bonnie sabía la verdad. Caroline estaba asustada.

«Y a lo mejor tiene razón —pensó, yendo hacia Meredith—. Caroline es quizá la única de nosotras que llegará viva a la semana próxima».

«Tengo que parecer normal. Actuar con normalidad». Llegó hasta el grupo de Meredith, quien estaba enrollando la bolita roja y negra de su birrete alrededor del ramo, retorciéndola entre sus elegantes dedos nerviosos.

Bonnie echó una veloz mirada a su alrededor. Estupendo. Aquél era el lugar. Y ése era el momento.

—Ten cuidado con eso; la estropearás —dijo en voz alta.

La expresión de meditabunda melancolía de Meredith no se alteró. Siguió contemplando la bolita, enroscándola.

—No parece justo —dijo— que nosotros los recibamos y Elena no. Eso no está bien.

—Lo sé, es horrible —dijo Bonnie; pero mantuvo el tono de voz frívolo—. Ojalá hubiera algo que pudiéramos hacer al respecto, pero no podemos.

—Está muy mal —siguió Meredith, como si no la hubiera escuchado—. Aquí estamos nosotros bajo la luz del sol, graduándonos, y allí está ella bajo esa... lápida.

—Lo sé, lo sé —repuso Bonnie en un tono tranquilizador—. Meredith, te estás alterando mucho. ¿Por qué no intentas pensar en alguna otra cosa? Oye, cuando regreses de cenar con tus padres, ¿quieres ir a la fiesta de Raymond? Aunque no nos hayan invitado, podemos colarnos en ella.

—¡No! —dijo Meredith con extraordinaria vehemencia—. No quiero ir a ninguna fiesta. ¿Cómo puedes pensar siquiera en eso, Bonnie? ¿Cómo puedes ser tan superficial?

—Bueno, tenemos que hacer algo...

—Te diré lo que voy a hacer yo. Voy a subir al cementerio después de cenar. Voy a poner esto en la tumba de Elena. Es ella quien se lo merece. —Los nudillos de Meredith estaban blancos mientras sacudía la borla que sostenía en la mano.

—Meredith, no seas idiota. No puedes ir allí arriba, en especial de noche. Eso es de locos. Matt diría lo mismo.

—Bueno, no se lo estoy pidiendo a Matt. No se lo estoy pidiendo a nadie. Voy a ir yo sola.

—No puedes. Cielos, Meredith, siempre pensé que eras inteligente...

—Y yo siempre pensé que tú tenías algo de sensibilidad. Pero es evidente que ni siquiera quieres pensar en Elena. ¿O es sólo porque quieres a su antiguo novio para ti?

Bonnie la abofeteó.

Fue un fuerte y sonoro bofetón, asestado con gran cantidad de energía. Meredith inhaló con fuerza, con una mano sobre la mejilla cada vez más enrojecida. Todos los que las rodeaban, las observaban atónitos.

—Hasta aquí llegamos, Bonnie McCullough —dijo Meredith después de un instante, con un tono de voz sumamente calmado—. No pienso volver a dirigirte la palabra jamás.

Giró sobre sus talones y se alejó.

—¡Por mí, encantada! —le gritó Bonnie a la espalda que se alejaba.

Varios pares de ojos se desviaron a toda prisa cuando Bonnie miró a su alrededor. Pero no había duda de que Meredith y ella habían sido el centro de atención durante varios minutos. Bonnie se mordió el interior de la mejilla para mantener el rostro serio y se dirigió hacia donde estaba Matt, al que había abandonado el reclutador.

—¿Qué tal te fue? —murmuró la muchacha.

—Estupendo.

—¿Crees que la bofetada fue algo excesivo? En realidad no habíamos planeado eso. Yo más o menos me dejé llevar por el momento. Quizá fue demasiado evidente...

—Estuvo perfecto, simplemente perfecto.

Matt tenía un aspecto preocupado. No tenía aquella expresión apagada, apática y encerrada en sí misma de los últimos meses, sino otra claramente abstraída.

—¿Qué sucede? ¿Pasa algo con nuestro plan? —dijo Bonnie.

—No, no. Escucha, Bonnie, he estado pensando. Tú fuiste quien descubrió el cuerpo del señor Tanner en la Casa Encantada, el pasado Halloween, ¿verdad?

Bonnie se sobresaltó. La recorrió un involuntario escalofrío de repugnancia.

—Bueno, yo fui la primera que supo que estaba muerto, realmente muerto, en lugar de que estuviera actuando. ¿Por qué demonios quieres hablar de eso ahora?

—Porque a lo mejor tú puedes responder a esta pregunta: ¿pudo el señor Tanner haberle clavado un cuchillo a Damon?

—¿Qué?

—Bueno, ¿pudo haberlo hecho?

—Yo... —Bonnie pestañeó y frunció el entrecejo; luego se encogió de hombros—. Supongo. Sí, claro. Era la escena de un sacrificio druídico, recuerda, y el cuchillo que usamos era un cuchillo auténtico. Hablamos sobre usar uno falso, pero puesto que el señor Tanner estaría acostado a un lado, supusimos que no habría ningún problema. De hecho... —la frente de Bonnie se arrugó más—, creo que cuando encontramos el cuerpo, el cuchillo estaba en un lugar diferente de donde lo habíamos colocado al principio. Pero, claro, cualquiera podría haberlo movido. Matt, ¿por qué lo preguntas?

—Por algo que Damon me dijo —respondió él, clavando la mirada a lo lejos otra vez—. Me preguntaba si podría ser cierto.

—Ah, ya. —Bonnie aguardó a que él dijera más, pero no lo hizo—. Bueno —dijo ella por fin—, si todo está aclarado, ¿puedes regresar a la Tierra, por favor? ¿Y no crees que tal vez deberías rodearme con tu brazo? ¿Sólo para demostrar que estás de mi lado y que no existe ninguna posibilidad de que vayas a presentarte en la tumba de Elena esta noche con Meredith?

Matt profirió un bufido, pero la mirada ausente desapareció de sus ojos. Por un breve instante la rodeó con un brazo y la apretó contra él.

«*Déjà vu*», se dijo Meredith mientras permanecía de pie frente a la reja del cementerio. El problema era que no podía recordar exactamente cuál de sus anteriores experiencias en el cementerio le recordaba esa noche. Había habido tantas...

En cierto modo, todo había empezado aquí. Había sido aquí donde Elena había jurado no descansar hasta que Stefan le perteneciera. También había hecho que Bonnie y Meredith juraran ayudarla..., con sangre. «¡Qué apropiado!», pensó en aquel momento.

Y había sido aquí donde Tyler había agredido sexualmente a Elena la noche del Baile de Inicio de Cursos. Stefan había acudido en su auxilio, y eso había sido el principio para ellos. Ese cementerio había visto muchas cosas.

Incluso había visto a todo el grupo ascender en fila la colina hasta la iglesia en ruinas, el pasado diciembre, en busca de la madriguera de Katherine. Siete de ellos habían descendido a la cripta: la misma Meredith, Bonnie, Matt y Elena, con Stefan, Damon y Alaric. Pero sólo seis habían salido sin problemas. Cuando sacaron a Elena de allí, fue para enterrarla.

Ese cementerio había sido el principio, y el final también. Y quizá también habría otro final esa noche.

Meredith empezó a caminar.

«Ojalá estuvieras aquí ahora, Alaric —pensó—. Me harían bien tu optimismo y tu sentido común acerca de lo sobrenatural... y tampoco me importaría disponer de tus músculos».

La lápida de Elena estaba en el cementerio nuevo, por supuesto, donde aún se cuidaba la hierba y las tumbas mostraban coronas de flores. La lápida era muy sencilla, casi sin adornos, con una breve inscripción. Meredith se inclinó y depositó su ramo de rosas frente a ella. Luego, lentamente, añadió la bolita roja y negra de su birrete. Bajo aquella luz tenue, ambos colores parecieron el mismo, como sangre seca. Se arrodilló y juntó las manos sosegadamente. Aguardó.

A su alrededor el cementerio estaba tranquilo. Parecía estar esperándola, conteniendo la respiración, a la expectativa. Las hileras de lápidas blancas se extendían a ambos lados de ella, brillando levemente. Meredith aguzó el oído para captar cualquier sonido.

Y entonces oyó uno. Unas fuertes pisadas.

Con la cabeza inclinada, permaneció quieta, fingiendo no haber advertido nada.

Las pisadas sonaron más próximas, sin molestarse siquiera en mostrar sigilo.

—Hola, Meredith.

Meredith volteó la cabeza con rapidez.

—Ah... Tyler —dijo—. Me asustaste. Pensaba que estabas..., no importa.

—¿Sí? —Los labios de Tyler se echaron hacia atrás en una mueca inquietante—. Bueno, lamento que te sientas decepcionada. Pero soy yo, sólo yo y nadie más.

—¿Qué haces aquí, Tyler? ¿No hay ninguna fiesta interesante?

—Yo podría hacerte la misma pregunta. —Los ojos de Tyler descendieron hasta la lápida y la borla, y su rostro se ensombreció—. Pero imagino que ya conozco la respuesta. Estás aquí por ella. Elena Gilbert, «una luz en la oscuridad» —leyó sarcásticamente.

—Eso es cierto —dijo Meredith sin alterarse—. «Elena» significa luz, ya lo sabes. Y, desde luego, estaba rodeada de oscuridad. Casi la venció, pero ella ganó al final.

—Tal vez —repuso Tyler, y movió la mandíbula pensativamente, entrecerrando los ojos—. Pero, ¿sabes una cosa, Meredith?, hay algo curioso en la oscuridad. Siempre hay más esperando a que llegue su turno.

—Como esta noche —indicó Meredith, alzando los ojos hacia el cielo, que estaba despejado y salpicado de estrellas apenas visibles—. Está muy oscuro esta noche, Tyler. Pero más tarde o más temprano el sol saldrá.

—Sí, claro, pero la luna sale primero. —Tyler lanzó una risita divertida de improviso, como ante algún chiste que sólo él veía—. Eh, Meredith, ¿has visto alguna vez la tumba de la familia Smallwood? Vamos y te la mostraré. No está lejos.

«Del mismo modo que se la mostró a Elena», pensó Meredith. En cierto modo estaba disfrutando con aquella confrontación verbal, pero en ningún momento perdió de vista el motivo por el que ella estaba allí. Sus dedos fríos se hundieron en el bolsillo de la chamarra y encontraron el diminuto ramito de verbena que traía allí.

—Mejor no, Tyler. Creo que prefiero permanecer aquí.

—¿Estás segura de eso? Un cementerio es un lugar peligroso para estar sola en él.

«Espíritus inquietos», pensó Meredith, y lo miró directamente a la cara.

—Lo sé.

Él volvía a sonreír burlón, exhibiendo unos dientes que eran como lápidas.

—De todos modos, puedes verla desde aquí si tienes buena vista. Mira hacia allí, en dirección al cementerio viejo. Bien, ¿ves algo que brilla como de color rojo en el centro?

—No.

Había una pálida luminosidad por encima de los árboles, al este, y Meredith mantuvo los ojos fijos en ella.

—¡Ah! Vamos, Meredith. No lo estás intentando. Una vez que salga la luna lo verás mejor.

—Tyler, no puedo perder más tiempo aquí. Me voy.

—No, no te vas —dijo él.

Y entonces, mientras los dedos de la muchacha se cerraban con más fuerza sobre la verbena, encerrándola en el puño, él añadió con un tono lisonjero:

—Quiero decir que no te vas a ir hasta que te cuente la historia de la lápida, ¿verdad? Es una historia fantástica. Verás, la lápida está hecha de mármol rojo, la única de esa clase de todo el cementerio. Y esa bola de la parte superior... ¿la ves?... debe de pesar como una tonelada. Pero se mueve. Gira cada vez que va a morir un Smallwood. Mi abuelo no lo creía; le hizo una marca en la parte delantera. Acostumbraba a venir e inspeccionarla cada mes, más o menos. Entonces un día vino y se encontró con que la marca estaba en la parte posterior. La bola había girado totalmente hacia atrás. Él hizo todo lo que pudo para volver a girarla, pero no lo consiguió. Era demasiado pesada. Y esa noche, mientras dormía, murió. Lo enterraron debajo de ella.

—Probablemente sufrió un ataque al corazón por el esfuerzo excesivo —replicó Meredith cáusticamente, pero sentía un hormigueo en las palmas de las manos.

—Tú eres rara, ¿verdad? Siempre tan serena. Siempre tan centrada. Hace falta mucho para conseguir que grites, ¿no es cierto?

—Me voy, Tyler. Ya he tenido suficiente.

La dejó alejarse unos pasos, luego dijo:

—Aunque gritaste aquella noche en casa de Caroline, ¿verdad?

Meredith volteó hacia él.

—¿Cómo sabes eso?

Tyler puso los ojos en blanco.

—Reconoce que tengo algo de inteligencia, ¿sí? Sé muchas cosas, Meredith. Por ejemplo, sé lo que hay en tu bolsillo.

Los dedos de la joven se quedaron quietos.

—¿A qué te refieres?

—Verbena, Meredith. *Verbena officinalis*. Tengo un amigo que sabe de esas cosas.

Tyler estaba concentrado ahora, la sonrisa ampliándose, mientras observaba el rostro de la muchacha como si fuera su programa favorito de televisión. Como un gato cansado de jugar con un ratón, se iba acercando.

—Y también sé para qué sirve. —Lanzó una mirada exagerada a su alrededor y se llevó un dedo a los labios—. Shhh. Vampiros —murmuró; luego echó la cabeza atrás y rió estrepitosamente.

Meredith dio un paso atrás.

—Crees que eso te va a ayudar, ¿verdad? Pero te contaré un secreto.

Los ojos de Meredith midieron la distancia entre ella y el sendero. Mantuvo el rostro calmado, pero en su interior se iniciaron unos violentos temblores. No sabía si sería capaz de llevar a cabo aquello.

—No vas a ir a ninguna parte, nena —dijo Tyler, y una mano enorme asió la muñeca de Meredith; estaba caliente y húmeda allí donde ella podía percibirla, bajo el puño de la chamarra—. Te quedarás aquí para recibir tu sorpresa.

El cuerpo del muchacho estaba encorvado ahora, la cabeza adelantada, y tenía una jubilosa sonrisa lasciva en los labios.

—Suéltame, Tyler. ¡Me estás lastimando!

El pánico estalló por todos los nervios de Meredith al contacto de la carne de Tyler con la suya. Pero la mano se limitó a sujetarla con más fuerza, aplastando tendón contra hueso en su muñeca.

—Éste es un secreto, pequeña, que nadie más sabe —dijo Tyler acercándola a ella, el aliento caliente en el rostro de Meredith—. Viniste aquí preparada contra los vampiros. Pero yo no soy un vampiro.

El corazón de Meredith latía con violencia.

—¡Suéltame!

—Primero quiero que mires hacia allí. Puedes ver la lápida ahora —dijo, haciéndola girar de modo que no pudo evitar mirar.

Y él tenía razón; sí podía verla, como un monumento rojo con una reluciente esfera en lo alto. O... no una esfera. Aquella bola de mármol parecía... parecía...

—Ahora mira hacia el este. ¿Qué ves allí, Meredith? —siguió Tyler, la voz ronca de excitación.

Era la luna llena, que había salido mientras él le había estado hablando y que en aquellos momentos flotaba sobre las colinas, perfectamente redonda y enormemente hinchada, una enorme e hinchaba bola roja.

Y eso era lo que parecía la lápida. Una luna llena rebosando sangre.

—Viniste aquí protegida contra los vampiros, Meredith —dijo Tyler detrás de ella, con la voz aún más ronca—. Pero los Smallwood no somos vampiros. Somos otra cosa.

Y entonces gruñó.

Ninguna garganta humana habría podido emitir aquel sonido. No era la imitación de un animal: era totalmente real. Un feroz gruñido gutural que siguió y siguió, e hizo que Meredith girara violentamente la cabeza para mirarlo, para contemplarlo con incredulidad. Lo que veía era tan horrible que su mente se negaba a aceptarlo.

Meredith gritó.

—Te dije que era una sorpresa. ¿Qué te parece? —dijo Tyler.

La voz sonaba apagada por la saliva, y la roja lengua asomaba por entre las hileras de largos colmillos. El rostro ya no era un rostro. Sobresalía de un modo grotesco convertido en hocico, y los ojos eran amarillos, con pupilas en forma de rendija. El cabello rubio rojizo le brotaba también de las mejillas y descendía por su nuca, convertido en una capa de pelaje.

—Puedes gritar todo lo que quieras, aquí arriba nadie te escuchará —añadió.

Cada músculo del cuerpo de Meredith estaba rígido, intentando alejarse de él. Fue una reacción visceral, que ella no habría podido evitar aunque lo hubiera deseado. El aliento de Tyler era muy caliente y olía a animal, a animal salvaje. Las uñas que hundía en su muñeca eran garras toscas y negras. Meredith no tenía fuerzas para volver a gritar.

—Existen otros seres aparte de los vampiros a los que les gusta la sangre —dijo Tyler con aquella nueva voz que resoplaba ruidosamente al hablar—. Y quiero probar la tuya. Pero primero nos divertiremos un rato.

Aunque todavía se mantenía sobre sus dos piernas, el cuerpo estaba encorvado y extrañamente deformado. Los forcejeos de Meredith eran débiles mientras él la obligaba a tumbarse en el suelo. Era una muchacha fuerte, pero él lo era mucho más, con los músculos hinchándose debajo de la playera mientras la inmovilizaba.

—Siempre has sido demasiado para mí, ¿no es cierto? Bien, ahora descubrirás lo que te has estado perdiendo.

«No puedo respirar», pensó Meredith, enloquecida. Él tenía el brazo sobre su garganta, impidiendo el paso del aire. Oleadas grises cruzaron por su mente. Si perdía el conocimiento ahora...

—Vas a desear haber muerto tan de prisa como Sue.

El rostro de Tyler flotó sobre ella, rojo como la luna, con aquella lengua larga balanceándose. Con la otra mano le sujetaba los brazos por encima de la cabeza.

—¿Has escuchado alguna vez el cuento de Caperucita Roja?

El color gris se convertía ya en negrura, salpicada de lucecitas. «Como estrellas —pensó Meredith—. Estoy cayendo en las estrellas...».

—¡Tyler, quítale las manos de encima! ¡Suéltala, ahora! —gritó la voz de Matt.

El gruñido babeante de Tyler se interrumpió con un gemido de sorpresa. El brazo que oprimía la garganta de Meredith dejó de presionar, y el aire penetró veloz en los pulmones de la joven.

Sonaban fuertes pisadas alrededor de la muchacha.

—He estado esperando mucho tiempo para hacer esto, Tyler —dijo Matt, agarrando por los pelos la cabeza de cabello rubio rojizo y jalándola hacia atrás.

Acto seguido, el puño de Matt se estrelló contra el recién surgido hocico de Tyler. Un chorro de sangre brotó de la húmeda nariz de animal.

Tyler profirió un sonido que le heló el corazón a Meredith y luego saltó sobre Matt, retorciéndose en el aire, con las garras extendidas. Matt cayó hacia atrás a causa de la embestida, y Meredith, aturdida, intentó levantarse del suelo. No pudo; todos sus músculos temblaban sin control. Pero otra persona arrancó a Tyler de Matt como si pesara menos que una muñeca.

—Igual que en los viejos tiempos, Tyler —dijo Stefan, depositando a Tyler sobre sus pies y mirándolo cara a cara.

Tyler lo contempló fijamente durante un minuto y luego intentó salir huyendo.

Era veloz y se movía entre las hileras de tumbas con la agilidad de un animal. Pero Stefan era más veloz y le cortó el paso.

—Meredith, ¿estás herida? ¿Meredith?

Bonnie se arrodillaba ya junto a ella. Meredith asintió —seguía sin poder hablar— y dejó que Bonnie sostuviera su cabeza.

—Sabía que deberíamos haberlo detenido antes, lo sabía —siguió diciendo Bonnie con aire de preocupación.

Stefan arrastraba ya a Tyler de regreso.

—Siempre supe que eras un imbécil —dijo, empujando a Tyler contra una lápida—, pero no sabía que fueras tan imbécil. Yo había pensado que habrías aprendido a no atacar a las chicas en los cementerios, pero no. Y tenías que presumir de lo que le hiciste a Sue, además. Eso no fue inteligente, Tyler.

Meredith los miró mientras permanecían cara a cara. Tan

distintos, se dijo. Incluso a pesar de que ambos eran criaturas de la oscuridad en cierto modo. Stefan estaba pálido y sus ojos verdes llameaban llenos de cólera y amenaza, pero existía una dignidad, casi una pureza en él. Era como un ángel severo esculpido en duro mármol. Tyler simplemente parecía un animal atrapado. Estaba acurrucado, respirando afanosamente, con sangre y saliva mezclándosele sobre el pecho. Sus ojos amarillos brillaban llenos de odio y temor, y los dedos se movían como si quisiera arañar algo. Un sonido leve surgió de su garganta.

—No te preocupes, en esta ocasión no te voy a dar una paliza —dijo Stefan—. No a menos que intentes huir. Vamos a ir todos a la iglesia para tener una pequeña charla. A ti te gusta contar historias, Tyler; bien, vas a contarme una ahora.

Tyler se abalanzó sobre él, saltando directamente desde el suelo a la garganta de Stefan. Pero Stefan estaba preparado. Meredith sospechó que tanto Stefan como Matt disfrutaron con los siguientes minutos, eliminando la agresividad acumulada, pero ella no lo hizo, así que apartó la mirada.

Al final, amarraron a Tyler con cuerda. Podía caminar, arrastrar los pies al menos, y Stefan sujetó la parte posterior de su playera y lo condujo sin miramientos sendero arriba, hacia la iglesia.

Una vez adentro, Stefan empujó a Tyler hacia el suelo, cerca de la tumba abierta.

—Ahora —dijo— vamos a hablar. Y tú vas a cooperar, Tyler, o lo vas a lamentar muchísimo.

10

Meredith se sentó sobre la pared derruida de la iglesia en ruinas, que le llegaba a la altura de las rodillas.

—Dijiste que sería peligroso, Stefan, pero no dijiste que ibas a dejar que me estrangulara.

—Lo siento. Esperaba que nos diera alguna información, en especial después de que admitiera que había estado allí cuando Sue murió. Pero no debería haber esperado tanto.

—¡No he admitido nada! No pueden demostrar nada —dijo Tyler.

El gruñido animal volvía a aparecer en la voz, pero durante la caminata el rostro y el cuerpo habían regresado a la normalidad. O más bien habían regresado al aspecto humano, se dijo Meredith. La hinchazón y los moretones y la sangre seca no tenían nada de normal.

—Esto no es un tribunal de justicia, Tyler —dijo ella—. Tu padre no puede ayudarte ahora.

—Pero si lo fuera, tendríamos un caso muy bueno —añadió Stefan—. Suficiente para encerrarte por intento de asesinato, creo.

—Eso, si alguien no funde las cucharas de té de la abuela para confeccionar una bala de plata —añadió Matt.

Tyler paseó la mirada de uno a otro.

—No les voy a decir nada.

—Tyler, ¿sabes qué eres? Eres un insolente —dijo Bonnie—. Y los insolentes siempre hablan.

—No te importa inmovilizar a una chica contra el suelo y amenazarla —dijo Matt—, pero cuando sus amigos aparecen te mueres de miedo.

Tyler se limitó a fulminarlos con la mirada.

—Bueno, si tú no quieres hablar, imagino que tendré que hacerlo yo —indicó Stefan.

Se inclinó hacia el suelo y tomó el grueso libro que había sacado de la biblioteca. Con un pie en el borde de la tumba, apoyó el libro sobre su rodilla y lo abrió. En aquel momento, Meredith se dijo que resultaba aterradoramente parecido a Damon.

—Éste es un libro de Gervase de Tilbury, Tyler —dijo—. Lo escribió hacia el año 1210. Los hombres lobo son una de las cosas sobre las que habla.

—¡No puedes probar nada! No tienes ninguna prueba...

—¡Cállate, Tyler! —Stefan lo miró—. No necesito probarlo. Puedo verlo, incluso ahora. ¿Ya olvidaste lo que soy? —Se hizo el silencio, y a continuación Stefan prosiguió—: Cuando llegué aquí hace unos días, había un misterio. Una chica estaba muerta. Pero, ¿quién la mató? Y ¿por qué? Todas las pistas que podía ver parecían contradictorias.

»No era un asesinato común, no el de un psicópata humano suelto por las calles. Tenía el testimonio de alguien en quien confiaba respecto a eso... y pruebas independientes, además. Un asesino común no puede manejar un tablero del juego de la ouija mediante telequinesia. Un asesino común no puede hacer que salten los fusibles de una planta eléctrica situada a cientos de kilómetros.

»No, se trataba de alguien con unos poderes físicos y psíquicos tremendos. Por todo lo que Vickie me contó, parecía que se trataba de un vampiro.

»Excepto que Sue Carson seguía conservando su sangre. Un vampiro le habría succionado al menos una parte. Ningún vampiro podría resistirse a eso, en especial si es un asesino. De ahí surge la sensación de euforia, y la euforia es la razón para matar. Pero el médico de la policía no encontró agujeros en las venas, y sólo una pequeña pérdida de sangre. No tenía sentido.

»Y había otra cosa. Tú estuviste en esa casa, Tyler. Cometiste el error de agarrar a Bonnie esa noche, y luego cometiste el error de hablar demasiado al día siguiente, diciendo cosas que no podrías saber a menos que hubieras estado allí.

»Así que, ¿qué teníamos? ¿Un vampiro experimentado, un asesino despiadado con poder extraordinario? ¿O un matón de secundaria incapaz de llegar al baño sin tropezar con sus propios pies? ¿Cuál? Las pruebas indicaban en ambas direcciones, y yo no conseguía decidirme.

»Entonces fui a ver el cuerpo de Sue. Y ahí estaba el mayor misterio de todos. Un corte aquí. —El dedo de Stefan dibujó una clara línea que descendía desde su clavícula—. Típico corte tradicional... que efectúan los vampiros para compartir su propia sangre. Pero Sue no era un vampiro, y ella no se hizo ese corte. Alguien se lo hizo mientras yacía agonizando en el suelo.

Meredith cerró los ojos y escuchó cómo Bonnie tragaba saliva junto a ella. Extendió una mano, encontró la de Bonnie y la sujetó con fuerza, pero siguió escuchando. Stefan no había entrado en aquella clase de detalles en la explicación que les había dado anteriormente.

—Los vampiros no necesitan hacerles cortes como ése a sus víctimas; usan los dientes —siguió Stefan, y su labio superior se alzó ligeramente para mostrar sus propios dientes—. Pero si un vampiro quisiera extraer sangre para que bebiera otra persona, podría hacerle un corte en lugar de morder. Si un vampiro quisiera darle a alguien más ese primer y especial gusto, podría hacer eso.

»Y eso me puso a pensar en la sangre. La sangre es importante, ¿sabes? A los vampiros les da vida, poder. Es todo lo que necesitamos para sobrevivir, y hay ocasiones en que la necesidad de ella nos enloquece. Pero es buena para otras cosas también. Por ejemplo... la iniciación.

»Iniciación y Poder. En ese momento empecé a pensar en esas dos cosas, a relacionarlas con lo que había visto de ti, Tyler, cuando estuve en Fell's Church la otra vez. Pequeñas cosas en las que no me había fijado en realidad. Pero recordé algo que Elena me había contado sobre la historia de tu familia, y decidí comprobarlo en el diario de Honoria Fell.

Stefan alzó un trozo de papel de entre las páginas del libro que sostenía.

—Y ahí estaba, escrito por Honoria. Saqué una fotocopia de la página para podértela leer. El pequeño secreto familiar de los Smallwood..., si uno es capaz de leer entre líneas.

Bajando los ojos hacia el papel, leyó:

—«*12 de noviembre. Las velas están hechas, el lino hilado. Tenemos poca harina de maíz y sal, pero alcanzarán para todo el invierno. Anoche hubo una emergencia: unos lobos atacaron a Jacob Smallwood cuando regresaba del bosque. Curé la herida con arándano y corteza de sauce, pero es profunda y estoy asustada. Al llegar a mi casa consulté las runas. Aparte de Thomas, no le he contado a nadie los resultados».*

»Consultar las runas significa realizar una adivinación —añadió Stefan, alzando la mirada—. Honoria era lo que nosotros llamaríamos una bruja. Sigue escribiendo aquí sobre "problemas con lobos" en varias otras zonas del poblado; parece ser que de improviso se produjeron ataques frecuentes, en especial a chicas jóvenes. Cuenta cómo ella y su esposo empezaron a inquietarse cada vez más. Y finalmente, dice esto:

»*"20 de diciembre. Los Smallwood han vuelto a tener problemas con el lobo. Oímos los gritos hace unos pocos minutos, y Thomas dijo que había llegado la hora. Preparó las balas ayer. Ya cargó el rifle e iremos hacia allí. Si salimos con vida, volveré a escribir.*

"21 de diciembre. Fuimos a casa de los Smallwood anoche. No se podía hacer nada por Jacob. Matamos al lobo.

"Enterraremos a Jacob en el pequeño cementerio al pie de la colina. Que su alma encuentre la paz en la muerte".

»En la historia oficial de Fell's Church —explicó Stefan—, eso ha sido interpretado como que Thomas Fell y su esposa fueron hasta la casa de los Smallwood y encontraron a Jacob Smallwood siendo atacado por un lobo otra vez, y que el lobo lo mató. Pero eso es erróneo. Lo que realmente dice no es que el lobo mató a Jacob Smallwood, sino que mataron a Jacob Smallwood, el lobo.

Stefan cerró el libro.

—Tu tatara-tatara lo que sea abuelo, Tyler, era un hombre lobo. Se convirtió en eso cuando lo atacó otro hombre lobo. Y transmitió el virus del hombre lobo al hijo que nació ocho meses y medio después de su muerte. Del mismo modo que tu padre te lo transmitió a ti.

—Siempre supe que había algo raro en ti, Tyler —intervino

Bonnie, y Meredith abrió los ojos—. Jamás pude definir qué era, pero en el fondo de mi mente algo me decía que eras repulsivo.

—Bromeábamos sobre ello —dijo Meredith, la voz todavía ronca—. Sobre tu «magnetismo animal» y tus enormes dientes blancos. Simplemente, nunca supimos lo cerca que estábamos de acertar.

—En ocasiones, los médiums pueden percibir esa clase de cosas —concedió Stefan—. A veces, incluso la gente común. Yo debería haberlo visto, pero estaba absorto en otras cosas. De cualquier modo, eso no es excusa. Y, evidentemente, alguien más, el asesino con poderes psíquicos, lo vio enseguida. ¿No es cierto, Tyler? Un hombre vestido con una gabardina vieja vino a verte. Era alto, de cabellos rubios y ojos azules, e hizo alguna especie de trato contigo. A cambio de... algo... te mostraría cómo reclamar tu herencia. Cómo convertirte en un auténtico hombre lobo.

»Porque, según Gervase de Tilbury —Stefan le dio un golpecito al libro que tenía sobre su rodilla—, un hombre lobo al que no han mordido necesita que lo inicien. Eso significa que puedes llevar encima el virus del hombre lobo toda tu vida pero no saberlo nunca, porque nunca se ha activado. Generaciones de Smallwood han vivido y han muerto, pero el virus estaba aletargado en ellos porque no conocían el secreto de cómo despertarlo. Pero el hombre de la gabardina lo sabía. Sabía que tienes que matar y probar la sangre fresca. Después de eso, con la primera luna llena ya puedes cambiar. —Stefan alzó la vista, y Meredith siguió su mirada hasta el blanco disco de la luna en el cielo.

Aparecía limpia y bidimensional en aquellos instantes, ya no era un sombrío globo rojo.

Una expresión suspicaz cruzó las facciones carnosas de Tyler, y luego una mirada de renovada furia.

—¡Me engañaron! ¡Planearon esto!

—Muy listo —dijo Meredith, y Matt repuso:

—No me digas.

Bonnie se humedeció un dedo y escribió un imaginario «1» sobre un tablero invisible.

—Sabía que no podrías resistirte a seguir a una de las chicas hasta aquí si creías que vendría sola —dijo Stefan—. Pensarías que el cementerio sería el lugar perfecto para matar; tendrías una intimidad total. Y sabía que no podrías evitar presumir sobre lo que habías hecho. Esperaba que le hablaras a Meredith sobre el otro asesino, el que realmente arrojó a Sue por la ventana, el que le hizo el corte para que pudieras beber sangre fresca. El vampiro, Tyler. ¿Quién es? ¿Dónde se esconde?

La mirada cargada de odio de Tyler se transformó en una mueca de desprecio.

—¿Crees que te diré eso? Es mi amigo.

—No es tu amigo, Tyler. Te utiliza. Y es un asesino.

—No te involucres más, Tyler —añadió Matt.

—Eres ya un cómplice. Esta noche intentaste matar a Meredith. Muy pronto no vas a poder echarte para atrás, aunque quieras. Sé razonable y ponle fin a esto ahora. Cuéntanos lo que sabes.

Tyler les mostró los dientes.

—No voy a decirles nada. ¿Cómo van a obligarme a hacerlo?

Los demás intercambiaron miradas. La atmósfera cambió y se cargó de tensión a medida que todos volteaban hacia Tyler.

—Realmente, no lo entiendes, ¿verdad? —le dijo Meredith con voz sosegada—. Tyler, tú ayudaste a matar a Sue. Murió debido a un ritual obsceno para que pudieras convertirte en esa cosa que vi. Planeabas matarme, y a Vickie y a Bonnie también, estoy segura. ¿Crees que sentimos lástima por ti? ¿Crees que te trajimos hasta aquí para ser amables contigo?

Hubo un silencio. La mueca burlona empezaba a desaparecer de los labios de Tyler, que paseó la mirada de una cara a otra.

Todas eran implacables. Incluso el menudo rostro de Bonnie aparecía inexorable.

—Gervase de Tilbury menciona una cosa interesante —dijo Stefan, casi en tono afable—. Existe una cura para los hombres lobo, aparte de la tradicional bala de plata. Escuchen. —Bajo la luz de la luna, empezó a leer, del libro que tenía sobre la rodilla—: "*Informan y sostienen de modo generalizado médicos serios y respetados que si a un hombre lobo se le despoja de uno de sus miembros, éste recuperará con toda seguridad su cuerpo original*". Gervase pasa a continuación a contar la historia de Raimbaud de Auvergne, un hombre lobo que se curó cuando un carpintero le cortó una de las patas posteriores. Por supuesto, eso fue sin duda horrorosamente doloroso, pero, según cuenta la historia, Raimbaud le dio las gracias al carpintero por «librarlo para siempre de aquella maldita y deplorable forma». —Stefan alzó la cabeza—. Bien, pienso que si Tyler no quiere ayudarnos con información, lo menos que podemos hacer es asegurarnos de que no salga y vuelva a matar. ¿Qué opinan ustedes?

Matt tomó la palabra.

—Creo que es nuestro deber curarlo.

—Todo lo que tenemos que hacer es quitarle uno de sus miembros —estuvo de acuerdo Bonnie.

—Yo ya pensé en uno —dijo Meredith con los dientes apretados.

Los ojos de Tyler empezaban a desorbitarse. Bajo la mugre y la sangre, su rostro normalmente sonrojado había palidecido.

—¡Están tratando de asustarme!

—Trae el hacha, Matt —dijo Stefan—. Meredith, tú quítale uno de los zapatos.

Tyler intentó patearla cuando ella se acercó, apuntándole al rostro. Matt le inmovilizó la cabeza con una llave.

—No empeores más las cosas, Tyler.

El pie descalzo que quedó al descubierto era grande, la planta tan sudorosa como las palmas de Tyler. Pelos ásperos brotaban de sus dedos. La visión le provocó escalofríos a Meredith.

—Acabemos con esto —dijo la muchacha.

—¡Están bromeando! —aulló Tyler, debatiéndose de tal modo que Bonnie tuvo que acercarse, agarrar su otra pierna y arrodillarse sobre ella—. ¡No pueden hacerlo! ¡No pueden!

—Manténganlo inmóvil —indicó Stefan.

Trabajando juntos, tendieron a Tyler sobre el suelo, la cabeza sujeta por el brazo de Matt, las piernas estiradas e inmovilizadas por las muchachas. Asegurándose de que Tyler podía ver lo que hacía, Stefan colocó en equilibrio una rama sobre el borde de la tumba; luego alzó el hacha y la descargó con fuerza, partiendo el palo de un solo golpe.

—Está bastante afilada —dijo—. Meredith, enróllale el pantalón. Después amárrale un poco de esa cuerda arriba del tobillo, tan fuerte como puedas para que sirva de torniquete. De lo contrario, se desangrará.

—¡No pueden hacerlo! —gritaba Tyler a todo pulmón—. ¡No pueden hacerloooo!

—Grita todo lo que quieras, Tyler. Aquí arriba, nadie te escuchará, ¿de acuerdo? —dijo Stefan.

—¡No eres mejor que yo! —aulló Tyler en medio de una rociada de baba—. ¡También eres un asesino!

—Sé exactamente lo que soy —respondió Stefan—. Créeme, Tyler. Lo sé. ¿Todo el mundo está preparado? Bien. Sujétenlo fuerte; dará un brinco cuando yo lo haga.

Los alaridos de Tyler habían dejado de ser palabras. Matt lo sujetaba de modo que pudiera ver cómo Stefan se arrodillaba y apuntaba, alzando la hoja del hacha por encima del tobillo de Tyler para calcular fuerza y distancia.

—Ahora —anunció Stefan, alzando mucho el arma.

—¡No! ¡No! ¡Hablaré con ustedes! ¡Hablaré! —se desgañitó Tyler.

Stefan le dirigió una veloz mirada.

—Demasiado tarde —dijo, y dejó caer el hacha.

Rebotó en el suelo de piedra con un ruido metálico y un chasquido, pero el ruido quedó ahogado por los alaridos de Tyler, que pareció necesitar varios minutos para darse cuenta de que la hoja no le había tocado el pie. Calló para recuperar el aliento sólo cuando sintió que se asfixiaba, y dirigió unos ojos enloquecidos y a punto de saltarle de las órbitas en dirección a Stefan.

—Empieza a hablar —dijo éste con voz glacial y despiadada.

Pequeños lloriqueos surgían en aquellos momentos de la garganta de Tyler, que tenía espuma en los labios.

—No sé su nombre —jadeó—. Pero su aspecto es como el que tú dijiste. Y tienes razón; ¡es un vampiro! Lo vi chuparle toda la sangre a un ciervo enorme mientras éste todavía pateaba. Me mintió —añadió Tyler mientras el gruñido volvía a arrastrarse hasta su voz—. Me dijo que sería más fuerte que nadie, tan fuerte como él. Dijo que podría tener a cualquier chica que quisiera, de cualquier modo que quisiera. El muy asqueroso mintió.

—Te dijo que podías matar y quedar impune —dijo Stefan.

—Dijo que podía acabar con Caroline esa noche. Se lo merecía por el modo en que me plantó. Quería hacerla suplicar..., pero consiguió salir de la casa de algún modo. Podía tener a Caroline y a Vickie, me dijo. Todo lo que él quería era a Bonnie y a Meredith.

—Pero tú acabas de intentar matar a Meredith.

—Eso es ahora. Las cosas son distintas ahora, estúpido. Dijo que estaba bien.

—¿Por qué? —le preguntó Meredith a Stefan en voz baja.

—A lo mejor porque ustedes ya habían cumplido con su propósito —dijo—. Me habían traído aquí. —Luego siguió—. De acuerdo, Tyler, demuéstranos que estás cooperando. Dinos cómo podemos atrapar a ese tipo.

—¿Atraparlo? ¡Están chiflados! —Tyler prorrumpió en desagradables carcajadas, y Matt apretó el brazo que le rodeaba la garganta—. Puedes asfixiarme todo lo que quieras; estoy diciendo la verdad. Me dijo que es uno de los Antiguos, uno de los Originales, lo que sea que eso signifique. Dijo que ha estado creando vampiros desde antes de la época de las pirámides. Dijo que había hecho un trato con el diablo. Podrías clavarle una estaca en el corazón y no le haría nada en absoluto. No pueden matarlo. —Las carcajadas se volvieron incontrolables.

—¿Dónde se esconde, Tyler? —dijó Stefan bruscamente—. Todo vampiro necesita un lugar donde dormir. ¿Dónde está el suyo?

—Me mataría si les dijera eso. Me comería, mi chavo. Hijole, si te contara lo que le hizo a aquel venado antes de que muriera...

—La risa de Tyler se iba convirtiendo en algo parecido a sollozos.

—En ese caso será mejor que nos ayudes a destruirlo antes

de que pueda encontrarte, ¿no es cierto? ¿Cuál es su punto débil? ¿Cómo es vulnerable?

—Dios, aquel pobre ciervo... —Tyler lloriqueaba.

—¿Qué nos puedes decir de Sue? ¿Lloraste por ella? —inquirió Stefan en tono seco, y levantó el hacha—. Creo —dijo— que nos estás haciendo perder el tiempo.

El hacha ascendió.

—¡No! ¡No! Hablaré; les diré algo... Miren, existe una clase de madera que puede herirlo; no matarlo, pero sí lastimarlo. ¡Lo admitió, pero no me dijo cuál era! ¡Les juro que es la verdad!

—No es suficiente, Tyler —dijo Stefan.

—Por el amor de Dios..., les diré adónde va a ir esta noche. Si llegán allí bastante rápido, quizá puedan detenerlo.

—¿Qué quieres decir? ¿Adónde va a ir esta noche? Habla rápido, Tyler.

—Va a ir a casa de Vickie, ¿okey? Dijo que esta noche tendríamos una cada uno. Eso es útil, ¿verdad? ¡Si se dan prisa, quizá podrán llegar a tiempo!

Stefan se había quedado helado, y Meredith sintió que el corazón se le desbocaba. Vickie. Ni siquiera habían pensado en un ataque contra Vickie.

—Damon la está custodiando —dijo Matt—. ¿Verdad, Stefan? ¿Cierto?

—Se supone que sí —respondió él—. Lo dejé allí al anochecer. Si ocurriera algo, me habría llamado...

—Chicos —murmuró Bonnie, sus ojos estaban abiertos de par en par y sus labios temblaban—, creo que será mejor que vayamos allí ahora mismo.

La miraron fijamente por un momento, y luego todo el mundo se puso en movimiento. El hacha repicó contra el suelo al soltarla Stefan.

—¡Eh, no pueden dejarme así! ¡No puedo manejar! ¡Vendrá a buscarme! ¡Regresen y desátenme las manos! —vociferó Tyler.

Ninguno de ellos respondió.

Corrieron todo el camino colina abajo y se amontonaron en el automóvil de Meredith. La joven salió a toda velocidad, tomando las curvas peligrosamente rápido y pasándose los semáforos en rojo, aunque había una parte de ella que no quería llegar a la casa de Vickie; que quería dar media vuelta y manejar en dirección contraria.

«Estoy tranquila; yo soy la que siempre está tranquila», pensó. Pero eso era exteriormente. Meredith sabía muy bien lo tranquila que una podía parecer por fuera cuando en el interior todo se hacía pedazos.

Dieron vuelta a la última esquina, entraron en la calle Birch y Meredith pisó el freno.

—¡Dios mío! —exclamó Bonnie desde el asiento posterior—. ¡No! ¡No!

—Rápido —dijo Stefan—. Todavía puede existir una posibilidad.

Abrió de golpe la portezuela y salió antes de que el vehículo se hubiera detenido. Pero en el asiento de atrás, Bonnie sollozaba.

11

El automóvil se detuvo con un patinazo detrás de una de las patrullas de la policía que estaba estacionada a media calle. Había luces por todas partes, luces que centelleaban, azules, rojas y ámbar, había luces brillando en la casa de los Bennett.

—Quédense aquí —dijo Matt, con firmeza, y salió, siguiendo a Stefan.

—¡No!

Bonnie alzó la cabeza violentamente; quiso agarrarlo y arrastrarlo de regreso. La sensación de náusea que había sentido desde el momento en que Tyler había mencionado a Vickie la estaba abrumando. Era demasiado tarde; había sabido desde el primer momento que era demasiado tarde. Matt sólo iba a conseguir que lo mataran también a él.

—Tú quédate, Bonnie; mantén el seguro puesto. Iré con ellos —le dijo Meredith.

—¡No! ¡Estoy harta de que todo el mundo me diga que me quede! —lloró Bonnie, forcejeando con el cinturón de seguridad y consiguiendo desabrocharlo finalmente.

Seguía llorando, pero veía bastante bien para salir del vehículo y avanzar en dirección a la casa de Vickie. Escuchó a Meredith detrás de ella.

Toda la actividad parecía concentrada en la parte delantera: gente que hablaba a gritos, una mujer que lloraba, las voces estridentes de las radios de la policía. Bonnie y Meredith se dirigieron directamente a la parte posterior, a la ventana de Vickie. «¿Qué le pasó a este marco?», pensó Bonnie, angustiada, mientras se acercaban. Que lo que contemplaba no estaba bien, era innegable; sin embargo, era difícil decir concretamente qué pasaba. La ventana de Vickie estaba abierta..., pero en realidad no podía estar abierta; el vidrio de un ventanal nunca se puede abrir, se dijo Bonnie. Pero entonces, ¿cómo era posible que las cortinas aletearan hacia el exterior igual que los faldones de una camisa?

No estaba abierto, estaba roto. Por todo el sendero de grava había cristales que crujían bajo sus pies. Habían quedado fragmentos, que recordaban dientes sonrientes, en el marco pelado. Alguien había entrado a la fuerza en la casa de Vickie.

—Ella le pidió que entrara —gritó Bonnie con angustiada rabia—. ¿Por qué lo hizo? ¿Por qué?

—Quédate aquí —le dijo Meredith, intentando humedecerse los resecos labios.

—Deja de decirme eso. Puedo soportarlo, Meredith. Estoy furiosa, eso es todo. Lo odio. —Sujetó el brazo de Meredith y avanzó.

El enorme agujero se fue acercando. Las cortinas ondulaban. Había espacio suficiente entre ellas para ver hacia el interior.

En el último instante, Meredith empujó a Bonnie a un lado y miró primero ella por la abertura. No importaba. Los sentidos psíquicos de Bonnie estaban despiertos y se lo estaban contando todo sobre aquel lugar. Era como el cráter que queda en el suelo después del choque y la explosión de un meteoro, o como el esqueleto carbonizado de un bosque tras un fuego arrasador. Poder y violencia repiqueteaban todavía en el aire, pero el acontecimiento principal había finalizado. El lugar había sido profanado.

Meredith giró en redondo, apartándose de la ventana, y se dobló hacia adelante, a punto de vomitar. Cerrando con fuerza los puños, de modo que las uñas se clavaran en sus palmas, Bonnie se inclinó hacia adelante y miró adentro.

El olor fue lo que primero la afectó. Un olor húmedo, carnoso y como a cobre. Casi podía paladearlo, y sabía igual que cuando uno se muerde accidentalmente la lengua. El estéreo tocaba algo que no pudo oír por encima de los gritos procedentes de la parte delantera y el zumbido de sus propios oídos. Los ojos, adaptándose después de la oscuridad del exterior, sólo veían rojo. Únicamente rojo.

Porque ése era el nuevo color de la habitación de Vickie. El azul pastel había desaparecido. El papel de la pared era rojo, el edredón era rojo. Color rojo en grandes y notorias salpicaduras por todo el suelo. Como si un niño hubiera conseguido una cubeta de pintura roja y se hubiera puesto a jugar con ella.

El tocadiscos emitió un clic y la aguja retrocedió hasta el principio. Con un sobresalto, Bonnie reconoció la canción cuando ésta volvió a empezar.

Era *Goodnight, Sweetheart, Goodnight*.

—Monstruo —jadeó Bonnie.

Sintió un dolor agudo en el estómago, y su mano sujetó el marco de la ventana con más y más fuerza.

—¡Eres un monstruo! ¡Te odio! ¡Te odio!

Meredith la escuchó y se irguió, girando. Se echó hacia

atrás los cabellos con una mano temblorosa y se esforzó por respirar profundamente unas cuantas veces, intentando dar la impresión de que podía enfrentarse a aquello.

—Te cortaste la mano —le dijo—. Déjame que la vea.

Bonnie ni siquiera se había dado cuenta de que sujetaba cristales rotos. Dejó que Meredith le agarrara la mano, pero en lugar de permitirle examinarla, le dio un giro y aferró con fuerza la mano helada de su amiga. Meredith tenía un aspecto horrible: los ojos oscuros vidriosos, los labios de un blanco azulado, y temblorosos. Pero Meredith seguía intentando cuidar de ella, intentando mantener aún la entereza.

—Vamos —dijo, mirando a su amiga con fijeza—. Llora, Meredith. Grita, si quieres hacerlo. Pero sácalo de algún modo. No tienes por qué mantener la serenidad ahora y guardarlo todo adentro. Tienes todo el derecho a perderla hoy.

Por un momento, Meredith se limitó a permanecer allí, temblando, pero luego sacudió la cabeza, haciendo un horrible intento para sonreír.

—No puedo. Simplemente, no soy capaz de hacerlo. Ándale, deja que te mire la mano.

Bonnie habría discutido, pero entonces apareció Matt a la vuelta de la esquina. Se sobresaltó violentamente al ver a las muchachas allí de pie.

—¿Qué están haciendo...? —empezó a decir, y entonces vio la ventana.

—Está muerta —dijo Meredith en tono cortante.

—Lo sé. —Matt parecía una mala fotografía de sí mismo, una imagen borrosa—. Me lo dijeron en la entrada. Están sacando... —Se detuvo.

—La regamos. A pesar de que se lo prometimos... —Meredith calló también; no había nada más que decir.

—Pero la policía tendrá que creernos ahora —dijo Bonnie, mirando a Matt y luego a Meredith, encontrando algo por lo que sentirse agradecida—. Tendrán que hacerlo.

—No —respondió Matt—, no lo harán, Bonnie. Porque dicen que es un suicidio.

—¿Un suicidio? ¿Es que no vieron esa habitación? ¿Llaman a eso un suicidio? —lloró Bonnie, alzando la voz.

—Dicen que estaba desequilibrada. Dicen que... consiguió unas tijeras...

—Dios mío —dijo Meredith, dándose media vuelta.

—Creen que a lo mejor se sentía culpable por haber matado a Sue.

—Alguien entró a la fuerza en esta casa —declaró Bonnie con ferocidad—. ¡Tienen que admitirlo!

—No —la voz de Meredith era apacible, como si estuviera muy cansada—. Mira la ventana. El cristal está todo en el exterior. Alguien lo rompió desde adentro.

«Y eso es lo otro que no encaja», pensó Bonnie.

—Probablemente lo hizo él, al salir —dijo Matt, y se miraron entre sí, en señal de silenciosa derrota.

—¿Dónde está Stefan? —le preguntó Meredith a Matt en voz baja—. ¿Está en la parte delantera, donde todo el mundo puede verlo?

—No, una vez que averiguamos que estaba muerta, se encaminó hacia aquí. Yo venía a buscarlo. Debe de estar por ahí, en alguna parte...

—¡Shhh! —dijo Bonnie.

Los gritos procedentes de la parte delantera habían cesado. También los alaridos de la mujer. En la relativa quietud pudieron escuchar una voz suave que surgía de atrás de los negros nogales del fondo del patio.

—¡... mientras se suponía que estabas vigilándola!

El tono hizo que a Bonnie se le erizara la piel.

—¡Es él! —dijo Matt—. Y está con Damon. ¡Vamos!

Una vez entre los árboles, Bonnie pudo oír la voz de Stefan con claridad. Los dos hermanos estaban cara a cara bajo la luz de la luna.

—Confié en ti, Damon. ¡Confié en ti! —decía Stefan.

Bonnie nunca lo había visto tan enojado, ni siquiera con Tyler en el cementerio. Pero se trataba de algo más que enojo.

—Y tú simplemente permitiste que sucediera —siguió Stefan, sin dedicarles ni una mirada a Bonnie y a los demás cuando aparecieron, sin darle a Damon una oportunidad de responder—. ¿Por qué no hiciste nada? Si eras demasiado cobarde como para pelear con él, podrías al menos haberme llamado. ¡Pero te limitaste a permanecer aquí!

El rostro de Damon era duro, inexpresivo. Los ojos negros brillaban, y no había nada de lánguido o superficial en su postura en aquellos momentos. Parecía tan inflexible y quebradizo como una hoja de vidrio. Abrió la boca, pero Stefan lo interrumpió.

—Es culpa mía. Debería haberlo sabido. En realidad, lo sabía. Todos ellos lo sabían, me advirtieron, pero no quise escuchar.

—¡Ah! ¿Lo hicieron?

Damon lanzó una brusca mirada en dirección a Bonnie, que se mantenía al margen. Un escalofrío la recorrió.

—Stefan, espera —dijo Matt—. Creo que...

—¡Debería haberles hecho caso! —seguía rugiendo Stefan, que no pareció haber escuchado a Matt—. Debería haberme quedado con ella. Le prometí que estaría a salvo... ¡y mentí! Murió pensando que la había traicionado. —Bonnie pudo ver entonces la culpa en su rostro, corroyéndolo como un ácido—. Si me hubiera quedado aquí...

—¡Tú también estarías muerto! —murmuró Damon—. No se trata de un vampiro común. Te habría partido en dos como una ramita seca...

—¡Y eso habría sido mejor! —vociferó Stefan, respirando agitadamente—. ¡Habría preferido morir con ella antes que quedarme a un lado y contemplarlo! ¿Qué sucedió, Damon? —Había conseguido controlarse, y estaba calmado, demasiado calmado; los verdes ojos ardían febriles en su rostro pálido; la voz fue despiadada, venenosa, cuando habló—. ¿Estabas demasiado ocupado persiguiendo a alguna otra chica entre los matorrales? ¿O simplemente demasiado indiferente para interferir?

Damon no dijo nada. Estaba igual de pálido que su hermano, cada músculo tenso y rígido. Oleadas de negra furia lo recorrían mientras contemplaba a Stefan.

—O tal vez disfrutaste con ello —siguió diciendo Stefan, dando otro medio paso al frente que lo colocó frente al rostro de Damon—. Sí, probablemente fue eso; te gustó eso de estar con otro asesino. ¿Lo hizo bien, Damon? ¿Te dejó mirar?

Damon echó el puño hacia atrás y le asestó un golpe a su hermano.

Sucedió demasiado de prisa para que el ojo de Bonnie pudiera seguirlo. Stefan cayó hacia atrás sobre el mullido suelo, con las largas piernas extendidas. Meredith gritó algo y Matt se colocó frente a Damon de un salto.

«Valiente —pensó Bonnie—, pero estúpido». El aire chasqueaba lleno de electricidad. Stefan se llevó una mano a la boca y encontró sangre, negra a la luz de la luna. Bonnie corrió junto a él, tambaleante, y lo sujetó del brazo.

Damon volvía a acercarse a su hermano. Matt retrocedió ante él, pero no por completo. Se dejó caer junto a Stefan, sentado sobre los talones, con una mano levantada.

—¡Es suficiente, chicos! Es suficiente, ¿entendieron? —gritó.

Stefan intentaba incorporarse, pero Bonnie aferró su brazo con más firmeza.

—¡No! ¡Stefan, no! ¡No! —suplicó.

Meredith le agarró el otro brazo.

—¡Damon, déjalo ya! ¡Déjalo! —decía Matt en tono seco.

«Estamos todos locos inmiscuyéndonos en esto —pensó Bonnie—. Intentando separar a dos vampiros furiosos que pelean. Nos van a matar, simplemente para que nos callemos. Damon aplastará a Matt como si fuera una mosca».

Pero Damon se había detenido, porque Matt estaba cerrándole el paso. Durante un largo rato, la escena permaneció congelada, sin que nadie se moviera, todo el mundo rígido por la tensión. Luego, poco a poco, la postura de Damon se relajó.

Bajó las manos, las abrió y aspiró lentamente. Bonnie se dio cuenta de que ella también había estado conteniendo la respiración, y la soltó.

El rostro de Damon era frío como el de una estatua esculpida en hielo.

—Muy bien, haz las cosas a tu modo —dijo, y su voz también era fría—. Pero yo no tengo nada que hacer aquí. Me voy. Y esta vez, hermano, si me sigues, te mataré. Promesa o no promesa.

—No te seguiré —dijo Stefan desde donde estaba sentado, y su voz sonó como si hubiera tragado cristales triturados.

Damon se arremangó la chamarra y se la colocó bien y, tras dirigirle una veloz mirada a Bonnie, a la que apenas pareció ver, se dio media vuelta para irse. Luego volteó de nuevo y dijo con voz clara y precisa, cada palabra como una flecha dirigida a Stefan:

—Te lo advertí —dijo—. Sobre lo que soy y sobre quién vencería. Deberías haberme escuchado, hermanito. Quizá aprendiste algo esta noche.

—Aprendí de qué sirve confiar en ti —replicó Stefan—. Vete de aquí, Damon. No quiero volver a verte jamás.

Sin decir otra palabra, Damon giró y se perdió en la oscuridad.

Bonnie soltó el brazo de Stefan y hundió su cabeza entre las manos.

Stefan se puso de pie, sacudiéndose igual que un gato al que hubieran sujetado en contra de su voluntad. Se alejó a cierta distancia de los demás, con el rostro volteado para que no lo vieran. Luego, simplemente se quedó allí parado. La cólera parecía haberlo abandonado con la misma rapidez con que había aparecido.

«¿Qué decimos ahora? —se preguntó Bonnie, alzando los ojos—. ¿Qué podemos decir?». Stefan tenía razón en una cosa: ellos le habían advertido respecto a Damon y no les había hecho caso. Realmente, había parecido creer que se podía confiar en su hermano. Y luego todos se habían descuidado, confiando en Damon porque era lo más fácil y porque necesitaban esa ayuda. Nadie se había opuesto a dejar que Damon vigilara a Vickie esa noche.

La culpa era de todos. Pero Stefan se ensañaría consigo mismo, sintiéndose culpable por lo sucedido. Ella sabía que eso era lo que había tras la descontrolada furia del joven contra Damon: su propia vergüenza y su remordimiento. Se preguntó si Damon lo sabía, o si le importaba. Y se preguntó qué había sucedido realmente esa noche. Ahora que Damon se había ido, probablemente no lo sabrían nunca.

No importaba, se dijo, era mejor que él se hubiera ido.

Ruidos externos iban ganando terreno: vehículos que se ponían en marcha en la calle, el corto estallido de una sirena, puertas que se cerraban ruidosamente. Estaban a salvo entre el pequeño grupo de árboles por el momento, pero no podían permanecer allí.

Meredith tenía una mano presionada contra su frente y los ojos cerrados. Bonnie pasó la mirada de ella a Stefan, y luego a las luces de la silenciosa casa de Vickie, al otro lado de los árboles. Una oleada de total agotamiento la inundó. Toda la adrenalina que la había estado animando a lo largo de la velada parecía haberse esfumado. Ni siquiera se sentía enojada ya por la muerte de Vickie; únicamente deprimida y enferma, y muy, muy cansada. Deseó poder arrastrarse hasta su cama, en su casa y cubrirse la cabeza con las cobijas.

—Tyler —dijo en voz alta.

Y cuando todos giraron la cabeza para mirarla, siguió:

—Lo dejamos en la iglesia en ruinas. Y es nuestra última esperanza ahora. Tenemos que obligarlo a ayudarnos.

Aquello puso en movimiento a todo el mundo. Stefan se dio media vuelta silenciosamente, sin hablar y sin trabar la mirada con nadie mientras los seguía de regreso a la calle. Las patrullas de la policía y la ambulancia se habían ido, y viajaron hasta el cementerio sin incidentes.

Pero cuando llegaron a la iglesia en ruinas, Tyler no estaba allí.

—Le dejamos los pies desatados —resopló Matt, con una mueca de disgusto consigo mismo—. Debe de haberse ido caminando, porque su carro sigue ahí abajo.

«O podrían habérselo llevado», pensó Bonnie. No había ninguna señal en el suelo de piedra que indicara cuál de las dos cosas había sucedido.

Meredith fue hacia la pared baja y se sentó sobre ella, presionándose con una mano la parte superior de la nariz.

Bonnie se dejó caer contra el campanario.

Habían fracasado por completo. Ése era en resumidas cuentas el resultado de la noche. Ellos habían perdido y él había vencido. Todo lo que habían hecho ese día había finalizado en derrota.

Y se daba cuenta de que Stefan estaba asumiendo toda la responsabilidad sobre su espalda.

Le echó un vistazo a la inclinada cabeza oscura, en el asiento delantero, mientras avanzaban de regreso a la casa de huéspedes. Otra idea pasó por su mente, una que hizo que sus nervios se estremecieran alarmados. Stefan era todo lo que tenían para que los protegiera ahora que Damon se había ido. Y si el mismo Stefan estaba débil y exhausto...

Bonnie se mordió el labio mientras Meredith detenía el automóvil frente al granero. Una idea empezaba a formarse en su cabeza. Le provocó inquietud, incluso miedo, pero otra mirada a Stefan fortaleció su decisión.

El Ferrari seguía estacionado detrás del granero; al parecer Damon lo había abandonado. Bonnie se preguntó cómo planeaba desplazarse, y luego pensó en unas alas. Aterciopeladas y potentes alas negras de cuervo que reflejaban arcos iris en sus plumas. Damon no necesitaba un vehículo.

Entraron en la casa de huéspedes sólo el tiempo suficiente para que Bonnie llamara por teléfono a sus padres y les dijera que iba a pasar la noche con Meredith. Ésa era su idea. Pero después de que Stefan había subido por la escalera hacia su habitación del tapanco, Bonnie detuvo a Matt en el frente de la casa.

—Matt, ¿puedo pedirte un favor?

Él giró en redondo, abriendo completamente los azules ojos.

—Ésa es una frase sospechosa. Cada vez que Elena decía esas palabras concretas...

—No, no, esto no es nada terrible. Sólo quiero que cuides a Meredith, que compruebes que está bien una vez que llegue a su casa y todo eso.

Señaló a la otra muchacha, que caminaba ya en dirección al automóvil.

—Pero tú vendrás con nosotros.

Bonnie echó una veloz mirada hacia la escalera a través de la puerta abierta.

—No. Creo que me quedaré unos minutos. Stefan puede llevarme a mi casa en el carro. Sólo quiero hablar con él sobre algo.

Matt se mostró desconcertado.

—¿Hablar con él sobre qué?

—Sobre algo. No puedo explicarlo ahora. ¿Lo harás, Matt?

—Pero... bueno, está bien. Estoy demasiado cansado como para que me importe. Haz lo que quieras. Te veré mañana. —Se alejó con aspecto desconcertado y un poco enojado.

Bonnie, por su parte, también se sintió desconcertada por la actitud del joven. ¿Por qué tendría que importarle, cansado o no, si ella hablaba con Stefan? Pero no había tiempo que perder dándole vueltas a aquello. Se volteó hacia la escalera y, enderezando los hombros, ascendió por ella.

Faltaba el foco de la lámpara del techo del cuarto, y Stefan había encendido una vela. El joven estaba recostado de cualquier modo sobre la cama, con una pierna afuera y la otra adentro, y los ojos cerrados. Tal vez dormido. Bonnie se acercó de puntillas y tomó fuerzas inhalando profundamente.

—¿Stefan?

—Pensaba que se habían ido —dijo, abriendo los ojos.

—Ellos ya se fueron. Yo no.

«Dios, está muy pálido», pensó Bonnie e, impulsivamente, se lanzó al ataque.

—Stefan, he estado pensando. Ahora que Damon no está, eres nuestra única posibilidad contra el asesino. Eso significa que tienes que estar fuerte, tan fuerte como puedas. Y, bueno, se me ocurrió que tal vez... ya sabes... podrías necesitar...

Su voz titubeó. Inconscientemente, había empezado a juguetear con el montón de pañuelos de papel que formaban un vendaje improvisado sobre la palma de su mano. Ésta seguía sangrando lentamente allí donde se había cortado con el cristal.

La mirada de Stefan descendió con la suya hasta la mano. Luego, los ojos se alzaron rápidamente hasta el rostro de la muchacha, leyendo la confirmación en ellos. Hubo un largo momento de silencio.

A continuación, él negó con la cabeza.

—Pero, ¿por qué? Stefan, no quiero meterme en cuestiones personales, pero la verdad es que no pareces estar muy bien. No vas a resultar de mucha ayuda si te debilitas. Y... no me importa, si sólo tomas un poco. Quiero decir, no voy a sentir su pérdida nunca, ¿verdad? Y no ha de doler tanto. Y...

Una vez más, su voz se apagó. Él se limitaba a mirarla, lo que resultaba muy desconcertante.

—Bueno, ¿por qué no? —exigió, sintiéndose ligeramente decepcionada.

—Porque —respondió él con dulzura— hice una promesa. Quizá no exactamente con esas misma palabras, pero... fue una promesa, de cualquier modo. No tomaré sangre humana como comida, porque eso significa usar a una persona como si fuera ganado. Y no la intercambiaré con nadie, porque eso significa amor, y...

En esta ocasión fue él quien no pudo finalizar. Pero Bonnie comprendió.

—Jamás existirá nadie más, ¿no es cierto? —preguntó.

—No; no para mí.

Stefan estaba tan cansado que su control decaía, y Bonnie podía ver atrás de la máscara. Y de nuevo vio aquel dolor y su necesidad, tan poderosos que tuvo que apartar la mirada de él.

Un extraño y tenue escalofrío de premonición y desaliento se deslizó por su corazón. Con anterioridad se había preguntado si Matt llegaría a superar lo de Elena, y éste lo había hecho, al parecer. Pero Stefan...

Stefan, comprendió, mientras se le agudizaba el escalofrío, era diferente. Sin importar cuánto tiempo transcurriera, sin importar lo que hiciera, su herida jamás cicatrizaría realmente. Sin Elena, sería siempre una mitad de sí mismo, sólo estaría vivo a medias.

Bonnie tenía que pensar en algo, hacer algo, para alejar aquella horrible sensación de terror. Stefan necesitaba a Elena; no podía estar completo sin ella. Esa noche había empezado a resquebrajarse, columpiándose peligrosamente entre un autocontrol demasiado estricto y la cólera desatada. Si sólo pudiera ver a Elena durante un minuto y hablar con ella...

Había subido a darle a Stefan un regalo que él no quería. Pero había otra cosa que sí quería, comprendió, y sólo ella tenía el poder de dársela.

Sin mirarlo, con la voz ronca, le dijo:

—¿Te gustaría ver a Elena?

De la cama sólo emergió un silencio sepulcral. Bonnie permaneció sentada, contemplando cómo las sombras de la habitación se balanceaban y temblaban. Por fin, arriesgó una mirada hacia él, de reojo.

Stefan respiraba afanosamente, los ojos cerrados, el cuerpo tensado como la cuerda de un arco. Intentando, diagnosticó Bonnie, conseguir la energía necesaria para resistir la tentación.

Y perdiendo. Bonnie pudo verlo.

Elena siempre había significado demasiado para él.

Cuando los ojos de Stefan se encontraron con los suyos, eran sombríos, y su boca estaba cerrada en una tensa línea. La tez ya no estaba pálida, sino sonrojada. El cuerpo seguía temblando totalmente en tensión y a la expectativa.

—Podrías resultar lastimada, Bonnie.

—Lo sé.

—Te abrirás a fuerzas que están fuera de tu control. No puedo garantizar que pudiera protegerte de ellas.

—Lo sé. ¿Cómo quieres hacerlo?

Él le tomó la mano con ferocidad.

—Gracias, Bonnie —murmuró.

La muchacha sintió que se ruborizaba.

—Por nada —dijo.

¡Ay, Dios! Era guapísimo. Aquellos ojos..., dentro de un minuto o bien iba a saltarle encima o a derretirse sobre su cama. Con una placentera y angustiosa sensación virtuosa, retiró su mano de la de él y volteó la cabeza hacia la vela.

—¿Qué te parece si entro en trance e intento llegar hasta ella, y luego, una vez que establezca contacto, intento encontrarte y arrastrarte adentro? ¿Crees que eso funcionaría?

—Podría ser, si yo también intento llegar hasta ti —dijo él, retirando de ella aquella intensidad y concentrándola en la vela—. Puedo tocar tu mente... Cuando estés lista, yo lo percibiré.

—De acuerdo.

La vela era blanca; la cera de los laterales, lisa y brillante. La llama se irguió y luego descendió otra vez. Bonnie la contempló con fijeza hasta que se ensimismó en ella, hasta que el resto de la habitación se apagó a su alrededor. No había nada más que la llama, ella y la llama. Entraba en la llama.

Una luminosidad insoportable la envolvió. Luego ella la atravesó y penetró en la oscuridad.

Hacía frío en la funeraria. Bonnie echó una inquieta mirada a su alrededor, preguntándose cómo había llegado allí, intentando poner en orden sus ideas. Estaba totalmente sola, y por algún motivo eso la preocupaba. ¿No se suponía que debía de haber también alguien más allí? Estaba buscando a alguien.

Había luz en la habitación contigua. Fue hacia ella, y el corazón le empezó a latir violentamente. Era una sala de visita y estaba llena de candelabros altos, con las velas blancas centelleando y estremeciéndose. En medio de ellas había un ataúd blanco con la tapa abierta.

Paso a paso, como si algo jalara de ella, Bonnie se acercó al féretro. No quería mirar adentro, pero tenía que hacerlo. Había algo en aquel ataúd esperándola.

Toda la habitación estaba bañada por la suave luz blanca de las velas. Era como flotar en una isla de resplandor. Pero seguía sin querer mirar...

Moviéndose como si lo hiciera a cámara lenta, llegó hasta el ataúd, clavó la mirada en el forro de raso blanco del interior. Estaba vacío.

Bonnie lo cerró y se recostó en él, suspirando.

Entonces captó movimiento en la periferia de su campo visual y giró en redondo.

Era Elena.

—Cielos, me asustaste —dijo Bonnie.

—Creí que te había dicho que no vinieras aquí —respondió Elena.

En esta ocasión llevaba los cabellos sueltos, cayendo sobre sus hombros y espalda, el pálido blanco dorado de una llama. Se cubría con un fino vestido blanco que refulgía suavemente a la luz de las velas. Ella misma parecía una vela, luminosa, radiante. Los pies estaban descalzos.

—Vine para...

Bonnie se quedó sin saber qué decir, sintiendo que alguna idea estaba martirizándola en alguna parte de su mente. Se trataba de su sueño, su trance. Tenía que recordar.

—Vine para permitirte ver a Stefan —dijo.

Los ojos de Elena se desorbitaron, los labios se abrieron. Bonnie reconoció la expresión de anhelo, la añoranza casi irresistible. No hacía ni quince minutos que la había visto en el rostro de Stefan.

—¡Ah! —murmuró Elena, luego tragó saliva y sus ojos se nublaron—. Sí, Bonnie... pero no puedo.

—¿Por qué no?

Brillaban lágrimas en los ojos de Elena ahora, y sus labios temblaban.

—¿Y si las cosas empiezan a cambiar? ¿Y si él viene, y...?

Se llevó una mano a la boca, y Bonnie recordó el último sueño, donde los dientes iban cayendo como lluvia. Los ojos de la muchacha se encontraron con los de Elena, comprendiendo, horrorizados.

—¿No te das cuenta? No podría soportar que sucediera algo así —murmuró Elena—. Si me viera de ese modo... Y yo aquí no puedo controlar las cosas; no soy lo bastante poderosa. Bonnie, por favor, no lo dejes pasar. Dile lo mucho que lo lamento. Dile...

Cerró los ojos y empezó a llorar.

—Está bien.

Bonnie sintió como si fuera a empezar a llorar también, pero Elena tenía razón. Se proyectó hacia la mente de Stefan para explicárselo, para ayudarle a soportar la decepción. Pero tan pronto la tocó, supo que había cometido un error.

—¡Stefan, no! Elena dice que...

No importaba. La mente de Stefan era mucho más fuerte que la suya, y en el mismo instante en que ella había establecido contacto, él había tomado el control. Había percibido el tono de la conversación con Elena, pero no pensaba aceptar un no como respuesta. Impotente, Bonnie sintió cómo la anulaban, sintió cómo su mente se acercaba cada vez más al círculo de luz formado por los candelabros. Percibió la presencia del joven allí, percibió cómo tomaba forma. Se dio media vuelta y lo vio, el cabello oscuro, el rostro tenso, los ojos verdes fieros como los de un halcón. Y entonces, sabiendo que no había nada más que pudiera hacer, retrocedió para permitirles estar a solas.

12

Stefan escuchó una voz que susurraba, apagada por el dolor:

—Oh, no.

Una voz que jamás había creído poder escuchar de nuevo, que jamás olvidaría. Oleadas de escalofríos se desataron sobre su piel, y sintió que un violento temblor iniciaba en su interior. Volteó hacia la voz, fijando en ella su atención al instante, la mente casi desconectándose al ser incapaz de manejar tantas emociones violentas a la vez.

Tenía los ojos empañados, y sólo pudo distinguir una estela resplandeciente como de un millar de velas. Pero no importaba. La percibía allí. La misma presencia que había percibido el primer día de su llegada a Fell's Church, una luz de un blanco dorado que penetraba en el interior de su consciencia. Llena de fría belleza, pasión abrasadora y vitalidad. Que exigía que avanzara hacia ella, que olvidara todo lo demás.

Elena. Realmente era Elena.

Su presencia lo dominó, llenándolo hasta las yemas de los

dedos. Todos su ávidos sentidos estaban fijos en aquella estela de luminosidad, buscándola. Necesitándola.

Entonces ella salió.

Avanzó despacio, vacilante. Como si apenas pudiera obligarse a hacerlo. Stefan estaba atrapado por la misma parálisis.

Elena.

Vio cada una de sus facciones como si fuera la primera vez. El cabello de un dorado pálido flotando alrededor del rostro y los hombros como un halo. La tez clara y perfecta. El cuerpo esbelto y ágil, en aquel momento ladeado lejos de él, con una mano alzada en actitud de protesta.

—Stefan. —El susurro llegó, y era realmente su voz.

La voz de Elena pronunciando su nombre. Pero había tal dolor en ella que quiso correr hasta la muchacha, abrazarla, prometerle que todo saldría bien.

—Stefan, por favor... no puedo...

Veía ya sus ojos. El azul oscuro del lapislázuli, salpicado de oro bajo aquella luz. Ojos muy abiertos por el dolor y húmedos de lágrimas no derramadas. Le desgarró las entrañas.

—¿No quieres verme? —La voz surgió seca como el polvo.

—No quiero que tú me veas. Stefan, él puede hacer que suceda cualquier cosa. Y nos encontrará. Vendrá aquí...

Alivio y un júbilo doloroso inundaron a Stefan. Apenas era capaz de concentrarse en las palabras de Elena, y no importaba. El modo en que ella había pronunciado su nombre era suficiente. Aquel «Stefan» le decía todo lo que le importaba.

Fue hacia ella sin hacer ruido, su propia mano alzándose para tomar la suya. Vio el movimiento de protesta de su cabeza, vio que la acelerada respiración le entreabría los labios. De cerca, la tez tenía un resplandor interior, como una llama brillando a través de cera traslúcida. Gotitas de humedad estaban atrapadas en las pestañas, igual que diamantes.

Aunque seguía negando con la cabeza, seguía protestando, ella no apartó la mano. Ni siquiera cuando los dedos extendidos de Stefan la tocaron, presionando sobre las frías yemas como si ambos estuvieran en lados opuestos de un cristal.

Y a esa distancia, los ojos de Elena no podían eludir los suyos. Se miraban uno a otro, se miraban y no apartaban los ojos. Hasta que por fin ella dejó de susurrar «Stefan, no» y se limitó a musitar su nombre.

Stefan era incapaz de pensar. El corazón amenazaba con saltarle del pecho. Nada importaba, excepto que ella estaba allí, que ellos estaban allí juntos. No reparó en el extraño entorno, no le importó quién pudiera estar observando.

Lentamente, muy lentamente, cerró la mano sobre la de Elena, entrelazando los dedos de ambos, tal y como tenían que estar. La otra mano se alzó hacia el rostro de la muchacha.

Los ojos de Elena se cerraron al sentir el contacto, y la mejilla se inclinó sobre la mano. Él notó la humedad en los dedos y una carcajada se atoró en su garganta. Lágrimas en un sueño. Pero eran reales, ella era real. Elena.

Una sensación de dulzura lo traspasó. Experimentó un placer tan agudo que era doloroso, simplemente al apartarle las lágrimas del rostro con el dedo pulgar.

Toda la frustrada ternura de los últimos seis meses, toda la emoción que había mantenido encerrada en su corazón durante aquel tiempo, brotó en cascada, sumergiéndolo. Ahogándolos a ambos. Bastó sólo un leve movimiento, y él ya la abrazaba.

Un ángel entre sus brazos, sereno y vibrando lleno de vida y belleza. Un ser de llamas y aire. Ella se estremeció en su abrazo; luego, con los ojos aún cerrados, alzó los labios.

No hubo nada frío en el beso. Hizo que saltaran chispas de los nervios de Stefan, fundiendo y disolviendo todo lo que había a su alrededor. Sintió que el control se deshacía, el control que él tanto se había esforzado por conservar desde que la perdiera. Todo en su interior estaba siendo liberado violentamente, todos los nudos desatados, todas las compuertas abiertas. Sintió las propias lágrimas mientras la apretaba contra él, intentando fundirlos a ambos en una sola carne, un cuerpo. Para que nada pudiera volver a separarlos jamás.

Ambos lloraban sin interrumpir el beso. Los delgados brazos de Elena le rodeaban el cuello ahora, cada centímetro de ella encajando en él como si jamás hubiera pertenecido a ningún otro lugar. Él podía paladear la sal de las lágrimas de Elena sobre sus labios, y esto lo empapó de dulzura.

Él sabía, vagamente, que había alguna otra cosa en la que debería pensar. Pero el primer contacto eléctrico con la fría piel de la muchacha le había arrebatado el razonamiento de la mente. Estaban en el centro de un remolino de fuego; le daba lo mismo si el universo estallaba, se desmoronaba o se convertía en cenizas, mientras él pudiera mantenerla a salvo.

Pero Elena temblaba.

No simplemente debido a la emoción, a la intensidad que hacía que él se sintiera mareado y embriagado de placer. De miedo. Podía percibirlo en la mente de la muchacha y quería protegerla, resguardarla y acariciarla y matar a cualquiera que osara asustarla. Emitiendo algo parecido a un gruñido, alzó el rostro para mirar a su alrededor.

—¿Qué es? —preguntó, escuchando el tono áspero del depredador en su propia voz—. Cualquiera que intente hacerte daño...

—Nada puede hacerme daño. —Seguía aferrada a él, pero se

echó hacia atrás para mirarlo al rostro—. Tengo miedo por ti, Stefan, por lo que él puede hacerte. Y por lo que podría hacerte ver... —La voz le tembló—. Stefan, vete ahora, antes de que él venga. Puede encontrarte a través de mí. Por favor, por favor, vete...

—Pídeme cualquier otra cosa y la haré —respondió él.

El asesino tendría que cortarlo en tiras nervio a nervio, músculo a músculo, célula a célula para obligarlo a abandonarla.

—Stefan, es sólo un sueño —dijo Elena con desesperación, derramando nuevas lágrimas—. En realidad, no podemos tocarnos, no podemos estar juntos. No está permitido.

A Stefan no le importaba. No parecía un sueño. E incluso en un sueño no estaba dispuesto a renunciar a Elena, no, por nadie. Ninguna fuerza en el cielo o el infierno podía obligarlo a...

—Falso, colega. ¡Sorpresa! —dijo una nueva voz, una voz que Stefan no había escuchado nunca.

La reconoció instintivamente, no obstante, como la voz de un asesino. Un cazador entre cazadores. Y cuando se dio media vuelta, recordó lo que Vickie, la pobre Vickie, había dicho. «Se parece al demonio».

Sí, si el demonio era apuesto y rubio.

Vestía una gabardina raída, tal y como Vickie la había descrito. Sucia y andrajosa. Se parecía a cualquier mendigo de cualquier ciudad grande, excepto que era sumamente alto y los ojos eran muy claros y penetrantes. Azul eléctrico, como un cielo escarchado. El cabello era casi blanco y permanecía totalmente de punta, como erizado por una ráfaga de viento helado. La amplia sonrisa hizo enfermar a Stefan.

—Salvatore, supongo —dijo, efectuando una levísima reverencia—. Y, por supuesto, la hermosa Elena. La hermosa difunta Elena. ¿Has venido a reunirte con ella, Stefan? Ustedes dos estaban simplemente destinados a estar juntos.

Parecía joven, mayor que Stefan, pero todavía joven. No lo era.

—Stefan, vete ahora —susurró Elena—. A mí no puede hacerme daño, pero tú eres diferente. Puede hacer que suceda algo que te seguirá fuera del sueño.

El brazo de Stefan siguió rodeando con firmeza a la muchacha.

—¡Bravo!

El hombre de la gabardina aplaudió, mirando a su alrededor como para alentar a un público invisible. Se tambaleó levemente, y, de haber sido humano, Stefan habría pensado que estaba borracho.

—Stefan, por favor —susurró Elena.

—Sería descortés marcharse antes de haber sido presentados adecuadamente siquiera —dijo el hombre rubio; con las manos en los bolsillos de la gabardina, se acercó uno o dos pasos—. ¿No quieres saber quién soy?

Elena movió la cabeza, no como signo de negación, sino de derrota, y la dejó caer sobre el hombro de Stefan. Él colocó una mano detrás de sus cabellos, deseando proteger cada parte de ella de aquel demente.

—Quiero saberlo —dijo, mirando al hombre rubio por encima de la cabeza de Elena.

—No sé por qué no me lo preguntaste en un principio —respondió el hombre, rascándose la mejilla con el dedo medio—, en lugar de acudir a todos los demás. Yo soy el único que puede decírtelo. He estado por aquí durante mucho tiempo.

—¿Cuánto? —preguntó Stefan, sin mostrarse impresionado.

—Realmente, mucho tiempo... —La mirada del hombre rubio se tornó soñadora, como si se remontara en el tiempo—. Desgarraba preciosas gargantas blancas cuando tus antepasados construían el Coliseo. Maté junto al ejército de Alejandro. Combatí en la guerra de Troya. Soy viejo, Salvatore. Soy uno de los Originales. En mis recuerdos más tempranos empuñaba un hacha de bronce.

Lentamente, Stefan asintió.

Había escuchado hablar de los Antiguos. Corrían rumores sobre ellos entre los vampiros, pero nadie que Stefan hubiera conocido había conocido realmente a uno. Cada vampiro era creado por otro vampiro, transformado mediante el intercambio de sangre. Pero en algún lugar, en el pasado, habían existido los Originales, los que no habían sido creados. Estaban en el punto donde la continuidad del linaje se detenía. Nadie sabía cómo habían acabado siendo vampiros. Pero sus poderes eran legendarios.

—Ayudé en la caída del Imperio romano —prosiguió él en tono soñador—. Nos llamaban bárbaros..., ¡simplemente no comprendían! ¡La guerra, Salvatore! No existe nada como la guerra... Europa resultaba emocionante entonces. Decidí quedarme en la campiña y disfrutar. Es curioso, ¿sabes?, la gente nunca parecía sentirse cómoda cerca de mí. Acostumbraban a huir o a sostener cruces en alto. —Sacudió la cabeza—. Pero una mujer vino y pidió mi ayuda. Era una doncella que vivía en el hogar de un barón, y su joven señora estaba enferma. Muriéndose, dijo. Quería que yo hiciera algo al respecto. Y así... —La sonrisa regresó y se ensanchó, volviéndose más amplia, extremadamente amplia—. Lo hice. Ella era un cosita hermosa.

Stefan había girado el cuerpo para mantener a Elena lejos del hombre rubio, y ahora, por un momento, volteó también él la cabeza. Debería haberlo sabido, debería haberlo adivinado. Así pues, todo regresaba a él. La muerte de Vickie, y la de Sue, en última instancia, se le podían achacar a él. Él había iniciado la cadena de acontecimientos que finalizaban allí.

—Katherine —dijo, alzando la cabeza para mirar al hombre—. Eres el vampiro que cambió a Katherine.

—Para salvar su vida —indicó el hombre, como si a Stefan le costara aprender una lección—. Que tu novia, aquí presente, le quitó.

Un nombre. Stefan buscaba un nombre en su mente, sabiendo que Katherine se lo había mencionado, igual que debía de haberle descrito al hombre en alguna ocasión. Pudo escuchar las palabras de Katherine en su cabeza: «Desperté en plena noche y vi al hombre que Gudren, mi doncella, había traído. Sentí miedo. Su nombre era Klaus, y había escuchado decir a la gente del pueblo que era malvado...».

—Klaus —dijo el hombre rubio con suavidad, como mostrándose de acuerdo con algo—. Así, al menos, era como ella me llamaba. Regresó junto a mí después de que dos muchachos italianos la dejaron plantada. Ella lo había hecho todo por ellos, los había convertido en vampiros, les había dado vida eterna, pero fueron desagradecidos y la ahuyentaron. Muy extraño.

—No fue así como sucedió —murmuró Stefan.

—Lo que fue aún más extraño es que ella jamás te olvidó, Salvatore. A ti, especialmente. Se pasaba el tiempo efectuando comparaciones poco halagüeñas entre nosotros. Intenté hacerla entrar en razón, pero nunca funcionó en realidad. Quizá debería haberla matado yo mismo, no lo sé. Pero para entonces me había acostumbrado a tenerla cerca. Nunca fue la más brillante. Pero alegraba la vista, y sabía cómo divertirse. Yo le enseñé a disfrutar al matar. Al final, su cerebro se trastornó un poco, pero, ¿y qué? No la tenía conmigo por su cerebro.

Ya no existía ningún vestigio de amor por Katherine en el corazón de Stefan, pero descubrió que todavía podía odiar al hombre que la había convertido en lo que fue al final.

—¿Yo? ¿Yo, colega? —Klaus señaló su propio pecho con incredulidad—. Tú convertiste a Katherine en lo que es ahora, o más bien tu amiguita lo hizo. En estos momentos, ella es polvo. Alimento de gusanos. Pero tu amorcito se encuentra ligeramente fuera de mi alcance en la actualidad. Vibrando en un plano más elevado, ¿no es eso lo que dicen los místicos, Elena? ¿Por qué no vienes a vibrar aquí abajo con el resto de nosotros?

—Si al menos pudiera —murmuró Elena, alzando la cabeza y mirándolo con odio.

—Ah, bueno. Entretanto, tengo a tus amigas. Sue era una chica muy dulce, según he escuchado. —Se lamió los labios—. Y Vickie era deliciosa. Delicada, pero con cuerpo, con un lindo bouquet. Más parecida a una joven de diecinueve que a una de diecisiete.

Stefan dio un veloz paso al frente, pero Elena lo sujetó.

—¡Stefan, no lo hagas! Éste es su territorio, y sus poderes mentales son más poderosos que los nuestros. Lo controla todo.

—Precisamente. Éste es mi territorio. Irrealidad. —Klaus sonrió burlón, volviendo a mostrar su fija mueca de psicópata—. Donde tus peores pesadillas se hacen realidad, gratis. Por ejemplo —dijo, mirando a Stefan—, ¿te gustaría ver qué aspecto tiene realmente tu amorcito en este momento? ¿Sin su maquillaje?

Elena emitió un sonido sordo, casi un gemido. Stefan la sujetó con más fuerza.

—¿Cuánto hace que murió? ¿Unos seis meses? ¿Sabes qué le sucede a un cuerpo cuando lleva enterrado seis meses? —Klaus volvió a lamerse los labios, como un perro.

Stefan comprendió entonces. Elena se estremeció, con la cabeza inclinada, e intentó apartarse de él, pero él apretó más los brazos a su alrededor.

—No temas —le dijo con dulzura. Y a Klaus—: Estás perdiendo el control. No soy un humano que se sobresalta ante las sombras y la visión de la sangre. Conozco la muerte, Klaus. No me asusta.

—No, pero ¿te entusiasma? —La voz de Klaus descendió de volumen, suave, embriagadora—. ¿No resultan excitantes el hedor, la putrefacción, los fluidos de la carne en descomposición? ¿No son estimulantes?

—Stefan, suéltame. Por favor.

Elena se debatía, empujándolo con las manos, manteniendo todo el tiempo la cabeza torcida hacia un lado, de modo que no pudiera verle el rostro. La voz parecía al borde de las lágrimas.

—Por favor.

—El único poder que posees aquí es el poder de la ilusión —le dijo Stefan a Klaus.

Sujetó a Elena contra sí, con la mejilla presionada contra los cabellos de la muchacha. Percibía los cambios en el cuerpo que abrazaba. El pelo bajo su mejilla parecía tornarse áspero, y el cuerpo de Elena se encogía.

—En ciertos suelos, la piel puede curtirse como si fuera cuero —le aseguró Klaus, sonriente y con los ojos brillantes.

—Stefan, no quiero que me mires...

Con los ojos puestos en Klaus, Stefan apartó a un lado con suavidad los repentinamente ásperos cabellos blancos y acarició el perfil del rostro de Elena, sin hacer caso de la aspereza que encontraban las yemas de sus dedos.

—Pero, obviamente, en la mayoría de los casos se limita a descomponerse. Menuda forma de desaparecer. Lo pierdes todo: piel, carne, músculos, órganos internos; todo de regreso a la tierra...

El cuerpo que Stefan sostenía entre sus brazos continuaba

encogiéndose. El muchacho cerró los ojos y lo sujetó con más fuerza mientras el odio hacia Klaus ardía en su interior. Una ilusión, era todo una ilusión...

—Stefan...

Fue un susurro seco, débil como el roce de un papel que el viento arrastra por el pavimento. Flotó en el aire por un minuto y luego se desvaneció, y Stefan se encontró sosteniendo un montón de huesos.

—Y finalmente acaba así, en más de doscientas piezas distintas de fácil ensamblaje. Se presenta con su propio, útil y práctico estuche...

En el extremo opuesto del círculo de luz sonó un chirrido. El ataúd blanco situado allí se abría solo, la tapa empezaba a levantarse.

—¿Por qué no haces los honores, Salvatore? Ve a colocar a Elena en el lugar que le corresponde.

Stefan había caído de rodillas, temblando, contemplando los delgados huesos que tenía en las manos. Era todo una ilusión; Klaus no hacía más que controlar el trance de Bonnie y mostrarle a Stefan lo que quería que éste viera. En realidad no había lastimado a Elena, pero la ardiente furia protectora que bullía en el interior de Stefan no quería reconocerlo. Con cuidado, Stefan depositó los frágiles huesos sobre el suelo y los tocó una vez, dulcemente. Luego alzó los ojos hacia Klaus, con los labios torcidos en una mueca despectiva.

—Esto no es Elena —dijo.

—Por supuesto que lo es. La reconocería en cualquier parte —Klaus extendió las manos y declamó—: «Conocí una mujer, amorosa hasta los huesos...».

—No.

El sudor empezaba a perlar la frente de Stefan. Trató de dejar fuera la voz de Klaus y se concentró, con los puños bien apretados y los músculos a punto de estallar por el esfuerzo. Combatir la influencia de Klaus era como empujar una roca colina arriba. Pero allí donde yacían, los delicados huesos empezaron a temblar, y una tenue luz dorada brilló a su alrededor.

—«A un trapo y a un hueso y a un mechón de pelo..., el idiota los llamaba su dama perfecta...».

La luz titilaba, danzaba, uniendo entre sí los huesos. Cálida y dorada, se enrolló a su alrededor, envolviéndolos mientras éstos se alzaban en el aire. Lo que había allí de pie en aquel momento era una forma sin rasgos distintivos que emitía un suave resplandor. El sudor penetró en los ojos de Stefan, y éste sintió como si los pulmones le fueran a estallar.

—«La arcilla está inmóvil, pero la sangre es vagabunda...».

Los cabellos de Elena, largos y sedosos, se distribuyeron sobre los resplandecientes hombros. Las facciones de Elena, borrosas al principio y luego claramente definidas, se formaron sobre el rostro. Tiernamente, el joven reconstruyó cada detalle. Pestañas espesas, nariz pequeña, labios entreabiertos igual que pétalos de rosa. Luz blanca se arremolinó alrededor de la figura, creando un fino traje.

—«Y la grieta en la taza de té abre un sendero hacia la tierra de los muertos...».

—No.

Una sensación de mareo embargó a Stefan mientras percibía cómo la última oleada de Poder surgía con un suspiro de su interior. Un hálito de vida hinchó el pecho de la figura y los ojos azules como el lapislázuli se abrieron.

Elena sonrió, y él percibió cómo la llamarada del amor que ella sentía describía un arco para ir a su encuentro.

—Stefan.

La cabeza estaba erguida, orgullosa como la de cualquier reina.

Stefan giró la cabeza hacia Klaus, que había dejado de hablar y lo fulminaba con la mirada sin decir nada.

—Ésta —dijo Stefan con claridad— es Elena. No el cascarón vacío que dejó tras ella en el suelo. Ésta es Elena, y nada de lo que hagas podrá afectarla jamás.

Extendió la mano, y Elena la tomó y fue hacia él. Cuando se tocaron, el joven sintió una sacudida, y luego percibió cómo los poderes de la muchacha fluían hacia su interior, fortaleciéndolo. Permanecieron juntos, uno al lado del otro, haciéndole frente al hombre rubio. Stefan no se había sentido nunca tan ferozmente victorioso en su vida, ni tan fuerte.

Klaus los miró con fijeza durante tal vez veinte segundos, y después se puso como loco.

El rostro se contrajo en una expresión de odio. Stefan pudo sentir oleadas de poder maligno azotándolos a él y a Elena, y usó todas sus energías para resistirlas. La vorágine de oscura furia intentaba destrozarlos, aullando por la habitación, destruyendo todo lo que encontraba en su camino. Las velas se apagaban y volaban por el aire como atrapadas en un tornado. El sueño se rompía a su alrededor, haciéndose pedazos.

Stefan se aferró a la otra mano de Elena. El viento azotaba los cabellos de la muchacha, arremolinándolos alrededor de su rostro.

—¡Stefan!

Elena gritaba, intentando hacerse escuchar. Entonces oyó su voz en su cabeza. «¡Stefan, escúchame! Hay una cosa que puedes hacer para detenerlo. Necesitas una víctima, Stefan..., encuentra a una de sus víctimas. Sólo una víctima sabrá...».

El nivel de ruido era insoportable, como si el tejido mismo del espacio y el tiempo se desgarraran. Stefan sintió que le arrebataban las manos de Elena de las suyas y, con un grito de desesperación, alargó los brazos para volver a atraparla, pero no sintió nada. Estaba ya agotado por el esfuerzo de combatir a Klaus y no pudo mantener la consciencia. La oscuridad lo atenazó y lo sumergió en un remolino.

Bonnie lo había visto todo.

Resultaba extraño, pero una vez que se hizo a un lado para permitir que Stefan fuera al encuentro de Elena, ella pareció perder presencia física en el sueño. Fue como si ya no fuera un actor, sino el escenario sobre el que se desarrollaba la acción. Podía observar, pero no podía hacer nada más.

Al final, había sentido miedo. No era bastante fuerte como para mantener el sueño entero, y todo acabó estallando, arrojándola fuera del trance, de regreso a la habitación de Stefan.

El joven estaba tendido en el piso y parecía muerto. Estaba muy pálido, inmóvil. Pero cuando Bonnie jaló de él, intentando llevarlo hasta la cama, el pecho se le hinchó y lo escuchó inhalar con un jadeo entrecortado.

—¿Stefan? ¿Te sientes bien?

Él paseó una mirada desesperada por la habitación, como si intentara encontrar algo.

—¡Elena! —dijo, y entonces se interrumpió, a todas luces recuperando la memoria.

Se le contrajo el rostro. Durante un terrible instante, Bonnie pensó que iba a llorar, pero Stefan se limitó a cerrar los ojos y hundió la cabeza entre las manos.

—La perdí. No pude retenerla.

—Lo sé. —Bonnie lo contempló por un momento; luego, haciendo acopio de valor, se arrodilló frente a él, tocando sus hombros—. Lo siento.

La cabeza del muchacho se alzó bruscamente, los ojos verdes secos, pero tan dilatados que parecían negros. Tenía las fosas nasales ensanchadas y los labios tensados hacia atrás, mostrando los dientes.

—¡Klaus! —Escupió el nombre como si fuera una maldición—. ¿Lo viste?

—Sí —respondió Bonnie, echándose hacia atrás y tragando saliva mientras sentía que el estómago se le revolvía—. Está loco, ¿verdad, Stefan?

—Sí —dijo él—. Y hay que detenerlo.

—Pero, ¿cómo? —Después de ver a Klaus, Bonnie estaba más asustada que nunca, más asustada y menos segura de sí misma—. ¿Qué podría detenerlo, Stefan? Jamás he sentido nada como ese Poder.

—Pero ¿es que no...? —Stefan volteó la cabeza rápidamente hacia ella—. Bonnie, ¿no escuchaste lo que Elena dijo al final?

—No. ¿A qué te refieres? No pude escuchar nada; soplaba un leve huracán en aquel momento.

—Bonnie... —Stefan tenía la mirada ausente, llena de reflexión, y habló como para sí—. Eso significa que él probablemente tampoco lo escuchó. Así que no lo sabe y no intentará impedírnoslo.

—¿Impedirnos qué? Stefan, ¿de qué hablas?

—De encontrar a una víctima. Escucha, Bonnie, Elena me dijo que si podemos hallar a una víctima superviviente de Klaus, podremos encontrar un modo de detenerlo.

Bonnie se sentía totalmente confusa.

—Pero..., ¿por qué?

—Porque los vampiros y sus donantes, sus presas, comparten pensamientos brevemente mientras se efectúa el intercambio de sangre. En ocasiones, el donante puede averiguar cosas sobre el vampiro de ese modo. No siempre, pero sí de vez en cuando. Eso es lo que debe de haber sucedido, y Elena lo sabe.

—Todo eso está muy bien... Excepto por un pequeño detalle —dijo Bonnie con aspereza—. ¿Puedes decirme por favor quién diablos puede haber sobrevivido a un ataque de Klaus?

Esperó que Stefan se mostrara abatido, pero no fue así.

—Un vampiro —se limitó a decir—. Un humano al que Klaus haya convertido en vampiro podría ser considerado una víctima. Siempre que hayan intercambiado sangre y sus mentes se hayan tocado.

—Ah. Ya. Así que... si podemos encontrar a un vampiro que él haya creado... Pero, ¿dónde?

—Quizá en Europa. —Stefan empezó a deambular por la habitación con ojos entrecerrados—. Klaus tiene una larga historia, y algunos de sus vampiros seguro que están allí. Puede que tenga que ir a buscar a uno.

Bonnie se sintió totalmente consternada.

—Pero, Stefan, no puedes abandonarnos. ¡No puedes!

Stefan se detuvo donde estaba, al otro lado de la habitación, y se quedó muy quieto. Luego volteó por fin de cara a ella.

—No quiero hacerlo —dijo con voz serena—. E intentaremos pensar en otra solución primero; tal vez podamos atrapar a Tyler otra vez. Esperaré una semana, hasta el próximo sábado. Pero es posible que tenga que irme, Bonnie. Lo sabes tan bien como yo.

Hubo un larguísimo silencio entre ellos. Bonnie luchó contra el ardor de sus ojos, decidida a mostrarse adulta y madura. No era un bebé y lo demostraría ahora, de una vez por todas. Trabó su mirada con la de Stefan y asintió despacio.

13

Viernes, 19 de junio, 23:45 horas

Querido Diario:

Dios mío, ¿qué vamos a hacer? Ésta ha sido la semana más larga de mi vida. Hoy fue el último día de clases y mañana Stefan se irá. Se irá a Europa en busca de un vampiro convertido en tal por Klaus. Dice que no quiere dejarnos desprotegidos. Pero va a hacerlo.

No encontramos a Tyler. Su carro desapareció del cementerio, y él no ha aparecido por la escuela. Se ha perdido todos los exámenes finales de esta semana. Aunque al resto de nosotros no nos ha ido mucho mejor. Ojalá el Robert E. Lee fuera como las instituciones que tienen sus exámenes finales antes de la graduación. No sé si escribo en inglés o en swahili estos días.

Odio a Klaus. Por lo que vi, está tan loco como Katherine... y es incluso más cruel. Lo que le hizo a Vickie..., pero no puedo ni hablar sobre eso, o empezaré a llorar otra vez. Estuvo jugando con nosotras en la fiesta de Caroline como un gato con un ratón. Y lo hizo el día del cumpleaños de Meredith, también; aunque supongo que no podía saberlo. No obstante, parece conocer muchas cosas. No habla como un extranjero, no como Stefan cuando llegó aquí la primera vez, y lo sabe todo sobre nuestra cultura, incluso canciones de los cincuenta. Quizá lleva aquí bastante tiempo...

Bonnie dejó de escribir y empezó a exprimirse el cerebro con desesperación. Todo aquel tiempo habían estado pensando en víctimas de Europa, en vampiros. Pero por el modo en que Klaus hablaba, era evidente que llevaba en el país mucho tiempo. No parecía en absoluto un extranjero. Y había decidido atacar a las chicas el día del cumpleaños de Meredith...

Bonnie se levantó, alargó la mano hacia el teléfono y marcó el número de Meredith. Una adormecida voz masculina respondió.

—Señor Sulez, soy Bonnie. ¿Puedo hablar con Meredith?

—¡Bonnie! ¿Acaso no sabes qué hora es?

—Sí. —Bonnie pensó con rapidez—. Pero se trata de..., se trata de un examen que tuvimos hoy. Por favor, tengo que hablar con ella.

Hubo una larga pausa y luego un profundo suspiro.

—Un momento.

Bonnie tamborileó impacientemente con los dedos mientras esperaba. Por fin sonó el chasquido de otro teléfono al ser descolgado.

—Bonnie —dijo la voz de Meredith—. ¿Qué sucede?

—Nada, quiero decir...

Bonnie era sumamente consciente de que la línea estaba abierta, de que el padre de Meredith no había colgado y podía estar escuchando.

—Es sobre... ese problema alemán sobre el que hemos estado trabajando. Recuerda. Aquel que no conseguíamos resolver para el examen final. ¿Ya te acordaste? Aquel en el que hemos estado buscando a la persona que puede ayudarnos a resolverlo. Bueno, creo que ya sé quién es.

—¿Lo sabes? —Bonnie pudo percibir cómo Meredith luchaba para encontrar las palabras correctas—. Bueno... ¿quién es? ¿Es necesario hacer llamadas de larga distancia?

—No —dijo Meredith—, no lo es. Está muchísimo más cerca de casa, Meredith. Muchísimo. De hecho, podríamos decir que está justamente en tu patio trasero, colgado de tu árbol genealógico.

La línea permaneció en silencio tanto tiempo que Bonnie se preguntó si su amiga seguía allí.

—¿Meredith?

—Estoy pensando. ¿Tiene esta solución algo que ver con coincidencias?

—Pues no.

Bonnie se relajó y sonrió levemente, sombría. Meredith lo había captado ya.

—Nada que ver con coincidencias. Es más bien un caso de la historia que se repite. Qué está repitiéndose deliberadamente, si entiendes a lo que me refiero.

—Sí —respondió Meredith, y sonaba como si se recuperara de una fuerte impresión, lo que no era extraño—. ¿Sabes?, creo que podrías tener razón. Pero todavía está la cuestión de persuadir a... esa persona... para que nos ayude.

—¿Crees que eso podría ser un problema?

—Podría ser. En ocasiones, la gente se pone muy nerviosa... en lo referente a un test. A veces incluso es como si perdiera la razón.

A Bonnie se le derrumbó el entusiasmo. Eso era algo que no

se le había ocurrido. ¿Y si él no les podía decir nada? ¿Y si había perdido la razón hasta tal punto?

—Todo lo que podemos hacer es intentarlo —dijo, haciendo que su voz sonara tan optimista como pudo—. Mañana tendremos que hacer la prueba.

—Sale, pues. Te recogeré al mediodía. Buenas noches, Bonnie.

—Buenas noches, Meredith —y Bonnie añadió—: Lo siento.

—No, creo que esto puede ser lo mejor. Para que esta historia no siga repitiéndose eternamente. Adiós.

Bonnie presionó el botón para desconectar el auricular. Luego permaneció sentada durante unos cuantos minutos, sin mover el dedo, mirando fijamente hacia la pared. Por fin colgó el auricular y volvió a abrir el diario. Colocó un punto en la última frase y añadió una nueva:

Iremos a ver al abuelo de Meredith mañana.

—Soy un idiota —dijo Stefan en el automóvil de Meredith al día siguiente.

Se dirigían a Virginia Occidental, a la institución de salud mental de la que era paciente el abuelo de Meredith. Iba a ser un viaje bastante largo.

—Somos todos idiotas. Excepto Bonnie —dijo Matt, e incluso en medio de su ansiedad, Bonnie sintió una sensación de calidez al oírlo.

Pero Meredith sacudía la cabeza con los ojos fijos en la carretera.

—Stefan, tú no podías darte cuenta, así que deja de torturarte. No sabías que Klaus apareció en la fiesta de Caroline en el aniversario del ataque a mi abuelo. Y no se nos ocurrió ni a Matt ni a mí que Klaus podría llevar en el país tanto tiempo porque nunca lo vimos ni lo escuchamos hablar. Pensábamos en personas a las que podría haber atacado en Europa. En realidad, Bonnie era la única que podía embonar todas las piezas, porque ella tenía toda la información.

Bonnie sacó la lengua. Meredith captó el gesto por el retrovisor y enarcó una ceja.

—Simplemente, no quiero que te conviertas en una presumida —dijo.

—No lo haré; la modestia es una de mis cualidades más fascinantes —replicó Bonnie.

Matt soltó un bufido, pero luego dijo:

—Sigo pensando que fue muy inteligente.

Lo que le volvió a provocar aquella sensación de orgullo.

La institución de salud mental era un lugar terrible. Bonnie intentó con todas sus fuerzas ocultar su horror y su asco, pero sabía que Meredith podía percibirlos. Los hombros de Meredith estaban muy erguidos en actitud de defensivo orgullo mientras avanzaba por los corredores delante de ellos. Bonnie, que hacía muchos años que la conocía, veía la humillación que encubría aquel orgullo. Los padres de Meredith habían considerado que el estado de su abuelo era tal vergüenza para la familia que jamás permitieron que se le mencionara delante de los extraños. Había proyectado una sombra sobre toda la familia.

Y ahora Meredith les mostraba aquel secreto a unos desconocidos por primera vez. Bonnie sintió un torrente de amor y admiración por su amiga. Era muy propio de Meredith hacerlo sin alboroto, con dignidad, sin dejar que nadie viera lo mucho que le costaba. Pero la institución de salud mental seguía siendo terrible.

No era un lugar sucio ni estaba lleno de maníacos enfurecidos ni nada parecido. Los pacientes se veían limpios y bien cuidados. Pero había algo en los olores a desinfectante del hospital y en los pasillos atestados de sillas de ruedas inmóviles y en los ojos inexpresivos que hacía que Bonnie quisiera salir corriendo.

Era como un edificio repleto de zombies. Bonnie vio a una anciana, cuyo rosado cuero cabelludo se veía a través de sus finos cabellos blancos, desplomada con la cabeza sobre la mesa junto a una muñeca de plástico desnuda. Cuando Bonnie extendió la mano desesperadamente, se encontró con la mano de Matt, que ya sujetaba la suya. Siguieron a Meredith de ese modo, agarrándose tan fuerte que resultaba doloroso.

—Ésta es su habitación.

En el interior había otro zombie, éste con cabellos blancos que todavía mostraban alguna que otra salpicadura de un tono negro parecido al de los cabellos de Meredith. El rostro era una masa de arrugas y líneas; los ojos estaban legañosos y bordeados de rojo y miraban sin ver.

—Abuelo —dijo Meredith, arrodillándose frente a su silla de ruedas—. Abuelo, soy yo, Meredith. He venido a visitarte. Tengo algo importante que preguntarte.

Los ancianos ojos ni siquiera parpadearon.

—A veces nos reconoce —dijo Meredith con voz tranquila, sin emoción—. Pero en la actualidad la mayoría de las veces no lo hace.

El anciano se limitó a seguir mirando fijamente.

Stefan se agachó sobre sus talones.

—Déjame probar —dijo, y mirando directamente al rostro arrugado empezó a hablar suavemente, tranquilizador, como lo había hecho con Vickie.

Pero los opacos ojos ni siquiera pestañearon. Se limitaron a seguir mirando fijamente sin ver. El único movimiento era un leve temblor continuo en las nudosas manos colocadas sobre los brazos de la silla de ruedas.

Y sin importar lo que Meredith y Stefan hicieran, ésa fue toda la respuesta que pudieron obtener.

Al final fue Bonnie quien lo intentó, usando sus poderes psíquicos. Pudo percibir algo en el anciano, alguna chispa de vida atrapada en la cárcel de aquella carne. Pero no pudo llegar hasta ella.

—Lo siento —dijo, recostándose hacia atrás y apartándose los cabellos de los ojos—. Es inútil. No puedo hacer nada.

—Tal vez podamos venir en otra ocasión —indicó Matt.

Pero Bonnie sabía que no era cierto. Stefan se iría al día siguiente; nunca podría haber otra ocasión. Y había parecido una idea tan buena... El resplandor que le había proporcionado calidez antes se había convertido en cenizas ahora, y sentía el corazón pesado como un pedazo de plomo. Dio media vuelta y vio que Stefan empezaba a abandonar la habitación.

Matt le puso una mano debajo del codo para ayudarla a incorporarse y conducirla afuera. Y tras permanecer durante un minuto con la cabeza inclinada en actitud de desánimo, Bonnie se lo permitió. Era difícil reunir fuerzas suficientes para colocar un pie delante del otro. Echó un vistazo hacia atrás con expresión aturdida para ver si Meredith los seguía...

Y gritó con fuerza. Meredith estaba de pie en el centro de la habitación, de cara a la puerta, con el desaliento pintado en el rostro. Pero detrás de ella, la figura de la silla de ruedas había despertado por fin. En una silenciosa explosión de movimiento, se había alzado por encima de ella, los ojos legañosos abiertos de par en par y la boca aún más abierta. El abuelo de Meredith parecía atrapado en el acto de saltar: los brazos extendidos hacia adelante, la boca formando un silencioso alarido. Los gritos de Bonnie resonaron en las vigas del techo.

Entonces todo sucedió a la vez. Stefan volvió a abalanzarse hacia el interior, Meredith giró en redondo, Matt alargó la mano para sujetarla. Pero la anciana figura no saltó. Permaneció inmóvil, alzándose por encima de todos ellos, mirando por encima de sus cabezas, al parecer viendo algo que ninguno de ellos podía ver. Finalmente, empezaron a surgir sonidos de su garganta, sonidos que formaron una ondulante palabra.

—¡Vampiro! ¡Vampiiiiro!

La habitación se llenó de cuidadores que apremiaron a Bonnie y a los demás para que salieran mientras ellos refrenaban al anciano. Sus gritos aumentaron el caos.

—¡Vampiro! ¡Vampiro! —aullaba el abuelo de Meredith, como si quisiera advertir a toda la ciudad.

Bonnie sintió pánico; ¿miraba a Stefan el anciano? ¿Era una acusación?

—Por favor, tienen que salir ahora. Lo siento, pero tienen que irse —decía una enfermera.

Los estaban empujando hacia fuera de la habitación. Meredith se resistió mientras la obligaban a salir al pasillo.

—¡Abuelo...!

—¡Vampiro! —siguió aullando aquella voz aterradora.

Y luego:

—¡Madera de fresno blanco! ¡Vampiro! Madera de fresno blanco...

La puerta se cerró de golpe.

Meredith jadeó, intentando reprimir las lágrimas. Bonnie tenía las uñas clavadas en el brazo de Matt. Stefan volteó hacia ellos, los ojos verdes desorbitados por la conmoción.

—Ya les dije que se tienen que ir ahora —repetía la agobiada enfermera con impaciencia.

Los cuatro hicieron caso omiso de ella. Se miraban unos a otros, mientras el atónito desconcierto daba paso a la comprensión en sus rostros.

—Tyler dijo que sólo había una clase de madera que podía hacerle daño... —empezó a decir Matt.

—La madera de fresno blanco —dijo Stefan.

—Tenemos que descubrir dónde se esconde —dijo Stefan durante el camino de regreso; él manejaba, ya que Meredith se había sentido incapaz de hacerlo—. Eso es lo primero. Si hacemos las cosas precipitadamente, podríamos prevenirlo.

Los ojos verdes del joven brillaban con una curiosa mezcla de triunfo y torva determinación, y hablaba con un tono crispado y veloz. Estaban todos con los nervios a flor de piel, se dijo Bonnie, como si hubieran estado tomando anfetaminas toda la noche. Tenían los nervios tan exaltados que cualquier cosa podía suceder.

También percibía una sensación de cataclismo inminente. Como si todo estuviera llegando a un punto crítico, como si todos los acontecimientos que habían tenido lugar desde la fiesta de cumpleaños de Meredith llegaran a su término.

«Esta noche —pensó—. Esta noche sucederá todo». Parecía extrañamente apropiado que ocurriera en la víspera del solsticio.

—¿La víspera de qué? —preguntó Matt.

Bonnie ni siquiera había advertido que estaba hablando en voz alta.

—La víspera del solsticio —dijo—. Es hoy, el día anterior al solsticio de verano.

—No me digas. Druidas, ¿verdad?

—Ellos lo celebraban —confirmó Bonnie—. Es un día para la magia, para marcar el cambio de las estaciones. Y... —vaciló—. Bueno, es como todos los otros días festivos, como Halloween o el solsticio de invierno. Un día en el que la línea entre el mundo visible y el invisible es muy fina. En que es posible ver fantasmas, acostumbraban a decir. En que suceden cosas.

—Cosas —dijo Stefan, girando para entrar en la carretera principal que conducía a Fell's Church—, y sí van a suceder.

Ninguno de ellos era consciente de lo pronto que ocurriría eso.

La señora Flowers estaba en el jardín de la parte trasera. Habían llegado directamente a la casa de huéspedes en su busca. La mujer estaba podando rosales, y el aroma a verano la envolvía.

Frunció el entrecejo y pestañeó cuando todos se arremolinaron a su alrededor y le preguntaron a toda prisa dónde podían encontrar un fresno blanco.

—Hablen más despacio, hablen más despacio —dijo, escudriñando sus rostros desde debajo del ala de su sombrero de paja—. ¿Qué quieren? ¿Fresno blanco? Hay uno allí abajo, detrás de los robles de la parte posterior. Eh, deténganse un minuto... —añadió cuando todos se disponían a irse a toda velocidad.

Stefan cortó de un tajo una rama del árbol con una navaja que Matt sacó de su bolsillo. «Me gustaría saber cuándo empezó a traerla consigo», pensó Bonnie. También se preguntó qué pensaría la señora Flowers de ellos cuando regresaron, con los dos muchachos transportando entre ambos, sobre los hombros, la rama cubierta de hojas de un metro ochenta de longitud.

Pero la señora Flowers se limitó a mirar sin decir nada. Aunque cuando estuvieron más cerca de la casa les gritó:

—Llegó un paquete para ti, muchacho.

Stefan giró la cabeza, con la rama aún sobre el hombro.

—¿Para mí?

—Tenía tu nombre escrito. Un paquete y una carta. Los encontré en la entrada delantera a primera hora de la tarde. Los dejé arriba, en tu habitación.

Bonnie miró a Meredith, luego a Matt y a Stefan, devolviéndoles por turno sus perplejas miradas de suspicacia. La expectación que reinaba en el ambiente se incrementó de improviso, de un modo casi insoportable.

—Pero, ¿de quién puede ser? ¿Quién puede saber siquiera que estás aquí...? —empezó a decir mientras subían la escalera que conducía al tapanco.

Y entonces calló, sintiendo aletear el miedo entre sus costillas. Una premonición zumbaba por su interior como un mosquito molesto, pero la hizo a un lado. «No ahora —pensó—, no ahora».

Pero no había modo de evitar ver el paquete que había sobre el escritorio de Stefan. Los muchachos apoyaron la rama de fresno blanco contra la pared y fueron a mirarlo, un paquete alargado y plano envuelto en papel marrón, con un sobre color crema encima.

En la parte delantera, con una familiar escritura torcida, habían garabateado «Stefan».

Era la letra que habían visto en el espejo.

Todos se quedaron contemplando el paquete como si fuera un escorpión.

—¡Cuidado! —exclamó Meredith cuando Stefan alargó lentamente la mano hacia él.

Bonnie sabía a qué se refería su amiga. Ella misma sentía como si aquella cosa fuera a estallar o a escupir un gas venenoso o a convertirse en una criatura con dientes y zarpas.

El sobre que Stefan tomó era cuadrado y resistente, confeccionado con buen papel y con un acabado de primera calidad. Como la invitación de un príncipe al baile, se dijo Bonnie. Pero de modo incongruente había varias huellas de dedos sucios en la superficie, y los bordes estaban mugrientos. Bueno..., Klaus no tenía un aspecto demasiado pulcro en el sueño.

Stefan le echó un vistazo a la parte delantera y luego a la de atrás, y después rasgó el sobre para abrirlo. Extrajo una única hoja de papel grueso. Los otros tres se amontonaron a su alrededor para mirar por encima de su hombro mientras la desdoblaba. Entonces Matt soltó una exclamación.

—Pero qué..., ¡está en blanco!

Lo estaba. Por ambos lados. Stefan le dio la vuelta y examinó cada lado. Tenía el rostro tenso, sin delatar nada. Todos los demás se relajaron, no obstante, emitiendo sonidos de repugnancia. Una broma estúpida. Meredith había alargado la mano hacia el paquete, que parecía bastante plano como para estar vacío también, cuando Stefan se quedó rígido de improviso, inhalando con un jadeo. Bonnie le echó una veloz mirada y dio un brinco. La mano de Meredith se quedó paralizada sobre el paquete, y Matt lanzó una maldición.

En el papel en blanco, que las dos manos de Stefan sujetaban bien estirado, estaban apareciendo letras. Eran negras, escritas con largos trazos descendentes, como si cada una la trazara un cuchillo invisible mientras Bonnie observaba. Mientras las leía, el temor creció en su interior.

Stefan:

¿Intentamos resolver esto como caballeros? Tengo a la chica. Ven a la vieja granja del bosque después de que oscurezca y hablaremos, sólo nosotros dos. Ven solo y la dejaré ir. Trae a cualquier otra persona y ella morirá.

No había firma, pero al final aparecieron las palabras:

Esto es entre tú y yo.

—¿Qué chica? —quiso saber Matt, paseando la mirada de Bonnie a Meredith, como para asegurarse de que seguían allí—. ¿Qué chica?

Con un impetuoso gesto, los elegantes dedos de Meredith desgarraron el paquete y sacaron lo que había en su interior. Una pañoleta color verde pálido con un dibujo de enredaderas y hojas. Bonnie lo recordaba perfectamente, y una visión acudió a ella como un torrente. Confeti y regalos de cumpleaños, orquídeas y chocolate.

—Caroline —susurró, y cerró los ojos.

Aquellas dos últimas semanas habían sido tan extrañas, tan distintas de la vida normal de una escuela secundaria, que casi se había olvidado de la existencia de Caroline. Caroline se había ido a vivir a un departamento en otra ciudad para escapar, para estar a salvo..., pero Meredith ya le había dicho en un principio: «Puede seguirte hasta Heron, estoy segura».

—Simplemente, ha jugado con nosotros otra vez —murmuró Bonnie—. Nos dejó llegar hasta aquí, incluso ir a ver a tu abuelo, Meredith, y luego...

—Tiene que haberlo sabido —coincidió Meredith—. Debe de haber sabido todo el tiempo que buscábamos a una víctima. Y ahora nos dio jaque mate. A menos que... —Los oscuros ojos se iluminaron con repentina esperanza—. Bonnie, ¿no crees que Caroline podría haber dejado caer el pañuelo la noche de la fiesta? ¿Y que él simplemente lo recogió?

—No.

La premonición zumbaba más cerca, y Bonnie le dio un manotazo, intentando mantenerla apartada. No la quería, no quería saber. Pero se sentía segura de una cosa: no se trataba de un engaño. Klaus tenía a Caroline.

—¿Qué vamos a hacer? —preguntó en voz baja.

—Sé lo que no vamos a hacer: vamos a escucharlo —dijo Matt—. «Intentar resolverlo como caballeros»; él basura, no un caballero. Es una trampa.

—Claro que es una trampa —dijo Meredith con impaciencia—. Esperó hasta descubrir cómo hacerle daño a él, y ahora intenta separarnos. ¡Pero no funcionará!

Bonnie había estado observando el rostro de Stefan con creciente desaliento. Porque mientras Matt y Meredith hablaban indignados, él había estado doblando sin hacer ruido la carta y devolviéndola al sobre. En aquellos instantes permanecía de pie, contemplándola, con el rostro en calma, sin que le afectara nada de lo que sucedía a su alrededor. Y la mirada de sus ojos verdes asustaba a la muchacha.

—Podemos hacer que se le estropee el plan —decía Matt—. ¿Estás de acuerdo, Stefan? ¿Te parece bien?

—Creo —dijo Stefan con cuidado, concentrándose en cada palabra— que voy a ir al bosque después de que oscurezca.

Matt asintió, y como el defensa de futbol americano que era, empezó a trazar un plan.

—Bien, tú vas y lo distraes. Y entretanto, nosotros tres...

—Ustedes tres —prosiguió Stefan con la misma deliberación y mirándolo directamente— se van a su casa. A la cama.

Hubo una pausa que a los tensos nervios de Bonnie les pareció interminable. Los otros dos se limitaron a mirar atónitos a Stefan.

Finalmente, Meredith dijo, en tono conciliador:

—Bueno, va a ser difícil atraparlo si estamos en la cama, a menos que tenga la amabilidad de venir a visitarnos.

Aquello rompió la tensión, y Matt dijo, respirando profunda y dolorosamente:

—De acuerdo, Stefan, comprendo cómo te sientes respecto a esto...

—Lo digo totalmente en serio, Matt —lo interrumpió Stefan—. Klaus tiene razón; esto es entre él y yo. Y dice que vaya solo o lastimará a Caroline. Así que voy a ir solo. Es mi decisión.

—Es tu funeral —le gruñó Bonnie, casi histérica—. Stefan, estás loco. No puedes hacer eso.

—Ya verás como lo hago.

—No te dejaremos...

—¿Ustedes creen —dijo Stefan, mirándola— que me podrían detener si lo intentaran?

El silencio que siguió fue sumamente incómodo. Mirándolo con fijeza, Bonnie sintió como si Stefan hubiera cambiado de algún modo ante sus ojos. El rostro parecía más afilado, la postura diferente, como para recordarle los ágiles y fuertes músculos de depredador que había bajo sus ropas. De improviso parecía distante, un extraño. Aterrador.

Bonnie desvió la mirada.

—Seamos razonables respecto a esto —empezó a decir Matt, cambiando de táctica—. Mantengamos la calma y discutámoslo...

—No hay nada que discutir. Yo voy a ir. Ustedes, no.

—Nos debes más que eso, Stefan —dijo Meredith, y Bonnie

agradeció la voz serena de su amiga—. Está bien, puedes separar al grupo; estupendo, no lo discutiré. Lo entendemos. Pero después de todo lo que hemos pasado juntos, nos merecemos una discusión más concienzuda antes de que salgas corriendo hacia allí.

—Dijiste que también era una lucha de las chicas —añadió Matt—. ¿Cuándo decidiste que ya no lo es?

—¡Cuando descubrí quién era el asesino! —dijo Stefan—. Klaus está aquí por mi culpa.

—¡No, no es cierto! —exclamó Bonnie—. ¿Hiciste tú que Elena matara a Katherine?

—¡Hice que Katherine regresara junto a Klaus! Así es como empezó esto. E involucré a Caroline; de no haber sido por mí, ella jamás habría odiado a Elena, jamás se habría mezclado con Tyler. Tengo una deuda moral hacia ella.

—Simplemente, quieres creer eso —casi aulló Bonnie—. ¡Klaus nos odia a todos nosotros! ¿Realmente piensas que va a permitir que te vayas de allí tranquilamente? ¿Crees que planea dejarnos en paz a los demás?

—No —respondió Stefan, y tomó la rama que estaba apoyada contra la pared.

Sacó el cuchillo de Matt de su propio bolsillo y empezó a cortar las ramitas, convirtiéndola en una lanza blanca y recta.

—¡Fantástico, vas a enfrentarte a él en combate singular! —dijo Matt, furioso—. ¿No te das cuenta de que es una estupidez? ¡Vas a meterte en su trampa! —Dio un paso hacia Stefan—. Aunque no creas que entre los tres podemos detenerte...

—No, Matt. —La voz baja y ecuánime de Meredith atravesó la habitación—. No servirá de nada.

Stefan la miró, con los músculos que rodeaban sus ojos endureciéndose, pero ella se limitó a devolverle la mirada, con rostro firme y tranquilo.

—Así que estás decidido a enfrentarte a Klaus cara a cara, Stefan. De acuerdo. Pero antes de que te vayas, al menos asegúrate de tener una posibilidad de ganar. —Con toda serenidad, la muchacha empezó a desabrocharse la blusa para mostrar el cuello.

Bonnie experimentó una sacudida, incluso a pesar de que ella había ofrecido lo mismo sólo una semana antes. Pero aquello había sido en privado, por el amor de Dios; se dijo. Después se encogió de hombros. Público o privado, ¿qué diferencia había?

Miró a Matt, cuyo rostro reflejaba la consternación que sentía. Entonces vio que la frente de Matt se fruncía y el inicio de aquella expresión obstinada, terca, que acostumbraba aterrar a los entrenadores de los equipos de futbol americano adversarios. Los ojos azules giraron hacia los suyos, y ella asintió, irguiendo la barbilla. Sin decir una palabra, Bonnie bajó el cierre de la ligera chamarra que llevaba puesta, y Matt se quitó la playera.

Stefan paseó la mirada por cada una de las tres personas que se estaban desnudando tan decididamente en su habitación, intentando ocultar su propia conmoción. Pero negó con la cabeza, con la blanca lanza frente a él como un arma.

—No.

—No seas imbécil, Stefan —soltó Matt.

Incluso en medio de la confusión de aquel momento terrible, algo dentro de Bonnie se detuvo a admirar el pecho desnudo del muchacho.

—Somos tres. Deberías ser capaz de tomar una buena cantidad sin lastimar a ninguno de nosotros.

—¡Dije que no! ¡No por venganza, no para combatir al mal

con el mal! No por ningún motivo. Pensaba que tú lo comprenderías. —La mirada que Stefan le dedicó a Matt era amarga.

—¡Lo que comprendo es que vas a morir ahí afuera! —gritó Matt.

—¡Tiene razón!

Bonnie presionó los nudillos de su mano contra sus labios. La premonición se abría paso a través de sus defensas. No quería permitirle el paso, pero ya no tenía la energía necesaria para resistirse. Con un estremecimiento, sintió cómo la traspasaba y escuchó las palabras en su mente.

—Nadie puede enfrentarse a él y vivir para contarlo—dijo con una voz llena de dolor—. Eso es lo que dijo Vickie, y es cierto. Lo siento, Stefan. ¡Nadie puede enfrentarse a él y sobrevivir!

Por un momento, sólo por un momento, le pareció que él podría escucharla. Entonces, el rostro de Stefan volvió a endurecerse y dijo con frialdad:

—No es tu problema. Deja que yo me preocupe por ello.

—Pero si no existe ningún modo de vencer... —empezó a decir Matt.

—¡Eso no es lo que dijo Bonnie! —replicó Stefan en tono cortante.

—¡Sí, lo es! ¿De qué diablos hablas? —gritó Matt.

Resultaba difícil hacer que Matt perdiera la calma, pero una vez que eso sucedía, no la recuperaba con facilidad.

—Stefan, ya he tenido suficiente...

—¡Y también yo! —replicó éste con un rugido; en un tono que Bonnie no le había escuchado nunca antes—. ¡Estoy harto de todos ustedes, harto de sus discusiones tontas y su debilidad de carácter... y de sus premoniciones también! Éste es mi problema.

—Pensaba que éramos un equipo... —gritó Matt.

—Nosotros no somos un equipo. ¡Ustedes son un grupo de humanos estúpidos! ¡Con todo lo que les ha sucedido, en lo más profundo, simplemente quieren vivir sus insignificantes vidas seguras en sus casitas seguras hasta que vayan a dar a sus seguras sepulturas! ¡Yo no me parezco en nada a ustedes, ni quiero parecerme! Los he soportado todo este tiempo porque tenía que hacerlo, pero esto es el final. —Miró a cada uno de ellos y habló con deliberación, poniendo énfasis en cada palabra—. No necesito a ninguno de ustedes. No los quiero conmigo, y no quiero que me sigan. No harán más que estropear mi estrategia. A cualquiera que me siga, lo mataré.

Y dirigiéndoles una última mirada fulminante, giró sobre sus talones y salió.

14

—Ha perdido la razón —dijo Matt, con la vista clavada en el umbral vacío por el que Stefan había desaparecido.

—No, no la perdió —repuso Meredith.

La voz sonó compungida y sosegada, pero también había una especie de risa impotente en ella.

—¿No te das cuenta de lo que está haciendo, Matt? —dijo cuando él volteó hacia ella—. Nos está gritando, está haciendo que lo odiemos para intentar conseguir que nos alejemos. Se muestra todo lo desagradable que puede para que nos enfurezcamos y lo dejemos hacer esto solo. —Echó una mirada hacia la entrada y enarcó las cejas—. Lo de «a cualquiera que me siga, lo mataré» fue un poco excesivo, no obstante.

Bonnie se echó a reír nerviosamente, de improviso, como una loca, muy a su pesar.

—Creo que lo copió de Damon. «¡Entiéndanlo bien, no necesito a ninguno de ustedes!».

—«Grupo de humanos estúpidos» —añadió Matt—. Pero sigo sin comprender. Acabas de tener una premonición, Bonnie, y Stefan no acostumbra a desestimarlas. Si no hay modo de luchar y vencer, ¿de qué sirve ir ahí?

—Bonnie no dijo que no había modo de luchar y vencer, dijo que no había modo de luchar y sobrevivir. ¿Es así, Bonnie? —Meredith la miró.

El ataque de risa tonta se esfumó. Sobresaltada, Bonnie intentó analizar la premonición, pero no conocía más que las palabras que habían hecho aparición en su mente. «Nadie puede enfrentarse a él y vivir para contarlo».

—Te refieres a que Stefan cree... —Una lenta y atronadora indignación empezaba a arder en los ojos de Matt—. ¿Cree que va a ir allí y detener a Klaus aunque él resulte muerto? ¿Como una especie de chivo expiatorio?

—Algo más parecido a Elena —dijo Meredith con serenidad—. Y a lo mejor... para así poder estar con ella.

—¡Ja! —Bonnie sacudió la cabeza; puede que no supiera más cosas sobre la profecía, pero esto sí lo sabía—. No lo piensa, estoy segura. Elena es especial. Es lo que es porque murió demasiado joven; dejó muchas cosas sin terminar en su propia vida y... bueno, ella es un caso especial. Pero Stefan ha sido un vampiro durante quinientos años, y obviamente no moriría joven. No existe alguna garantía de que terminara junto a Elena. Podría ir a otro lugar o... o simplemente extinguirse. Y él lo sabe. Estoy segura de que lo sabe. Creo que está manteniendo la promesa que le hizo a Elena: detener a Klaus, cueste lo que cueste.

—Intentarlo, al menos —dijo Matt en voz baja, y pareció como si citara algo—. Incluso aunque sepas que vas a perder. —Alzó los ojos hacia las muchachas, de repente—. Voy para allá.

—Vete, pues —dijo Meredith en tono paciente.

Matt vaciló.

—Eh... Supongo que no podré convencerlas de que ustedes dos se queden aquí.

—¿Después de toda esa inspiradora disertación sobre el trabajo en equipo? Ni lo sueñes.

—Ya lo sospechaba. Así que...

—Así que —dijo Bonnie— nos vamos de aquí.

Reunieron todas las armas que pudieron. La navaja de Matt que Stefan había dejado caer, la daga con la empuñadura de marfil del tocador de Stefan, un cuchillo de cocina.

Afuera, no había ni rastro de la señora Flowers. El cielo tenía un color morado pálido que iba adquiriendo un tono durazno hacia el oeste. El crepúsculo de la víspera del solsticio, se dijo Bonnie, y el vello de sus brazos se erizó.

—Klaus mencionó la vieja granja del bosque; creo que se refería a la casa de Franchet —dijo Matt—. Donde Katherine arrojó a Stefan al pozo abandonado.

—Tiene sentido. Probablemente ha estado usando el túnel de Katherine para pasar de un lado a otro, bajo el río —indicó Meredith—. A menos que los Antiguos sean tan poderosos que puedan cruzar el agua corriente sin sufrir daño.

«Eso es cierto», recordó Bonnie, las cosas malvadas no podían cruzar el agua corriente, y cuanto más malvado fuera, más difícil le resultaba.

—Pero no sabemos nada sobre los Originales —dijo en voz alta.

—No, y eso significa que debemos tener cuidado —repuso Matt—. Conozco muy bien estos bosques, y sé cuál es la senda que probablemente utilizará Stefan. Creo que deberíamos elegir una distinta.

—¿Para que Stefan no nos vea y nos mate?

—Para que Klaus no nos vea, no a todos nosotros. Así, tal vez tendremos una posibilidad de llegar hasta Caroline. De un modo u otro, debemos sacar a Caroline de este asunto; mientras Klaus pueda amenazar con hacerle daño, puede lograr que Stefan haga lo que él quiera. Y siempre es mejor planear por adelantado, sorprender al enemigo. Klaus pidió que se encontraran después de oscurecer; bueno, nosotros estaremos allí antes de que oscurezca y a lo mejor podremos sorprenderlo.

Bonnie se sintió profundamente impresionada por aquella estrategia. «No me sorprende que sea un mariscal de campo —pensaba—. Yo me habría lanzado al ataque profiriendo alaridos».

Matt eligió un sendero casi invisible entre los robles. El bosque estaba especialmente exuberante en esa época del año, con musgo, hierbas, plantas en flor y helechos. Bonnie tuvo que confiar en que Matt sabía adónde iba, porque ella, obviamente, no lo sabía. En lo alto, las aves emitían un último estallido musical antes de ir en busca de un nido para pasar la noche.

Empezó a oscurecer. Polillas y hormigas aladas pasaban con un aleteo frente al rostro de Bonnie. Después de cruzar a duras penas una zona de hongos cubierta de babosas que se alimentaban, la muchacha se sintió intensamente agradecida por haberse puesto un pantalón de mezclilla en esa ocasión.

Por fin, Matt las hizo detenerse.

—Nos estamos acercando —dijo en voz baja—. Hay una especie de risco desde el que podemos mirar hacia abajo sin que Klaus nos vea. No hagan ruido y tengan cuidado.

Nunca antes había ido Bonnie con tanto cuidado al pisar. Por suerte, el lecho de hojas estaba húmedo y no crujía. Unos minutos después, Matt se dejó caer hacia adelante y les hizo señas para que lo imitaran. Bonnie se repetía, con ferocidad, que no le importaban los ciempiés y las lombrices que sus dedos desenterraban al resbalar sobre el suelo, que no sentía nada ni en un sentido ni en otro con respecto a las telarañas que se pegaban a su cara. Era una cuestión de vida o muerte, y ella era una persona hábil. No era una tonta ni una niña pequeña, era hábil.

—Aquí —susurró Matt, en voz apenas audible.

Bonnie se arrastró sobre su abdomen hasta él y miró.

A sus pies contemplaron la granja Franchet... o lo que quedaba de ella. Se había derrumbado hacía mucho tiempo y el bosque había recuperado el terreno. En la actualidad no era más que unos cimientos, piedras cubiertas de maleza florida y plantas llenas de espinas, y una chimenea alta a modo de solitario monumento.

—Ahí está ella, Caroline —murmuró Meredith en la otra oreja de Bonnie.

Caroline era una figura borrosa sentada contra la chimenea. El pálido vestido verde destacaba en la creciente oscuridad, pero los cabellos castaño rojizos simplemente parecían negros. Algo blanco brillaba sobre su rostro, y después de un instante Bonnie se dio cuenta de que era una mordaza. Una cinta adhesiva o una venda. Por la extraña postura de la joven —los brazos atrás, las piernas estiradas muy rectas al frente—, Bonnie también adivinó que estaba amarrada.

«Pobre Caroline», pensó, perdonándole a la muchacha todas las cosas desagradables, mezquinas y egoístas que había hecho, que eran una considerable cantidad si uno se ponía a pensar. Pero a Bonnie no se le ocurría nada peor que ser secuestrada por un vampiro psicópata que ya había matado a dos de sus compañeras de clase, arrastrada al bosque y amarrada, y luego abandonada allí, con la vida dependiendo de otro vampiro que tenía un muy buen motivo para odiarla. Al fin y al cabo, Caroline había querido para sí a Stefan al principio, y había odiado e intentado humillar a Elena por conseguirlo. Stefan Salvatore era la última persona que debería albergar buenos sentimientos hacia Caroline Forbes.

—¡Miren! —dijo Matt—. ¿Es él? ¿Klaus?

Bonnie también lo había visto, un breve movimiento en el lado opuesto de la chimenea. Mientras ella forzaba la vista, el hombre apareció, con la ligera gabardina color café ondulando espectral alrededor de sus piernas. Miró a Caroline, y ésta se encogió ante él, intentando apartarse. La carcajada del hombre resonó con tanta nitidez en el silencio que Bonnie se estremeció.

—Es él —susurró, dejándose caer atrás de la barrera de helechos—. Pero, ¿dónde está Stefan? Casi ha oscurecido ya.

—A lo mejor se compuso del cerebro y decidió no venir —dijo Matt.

—No tendremos tanta suerte —dijo Meredith.

La muchacha miraba a través de los helechos hacia el sur. Bonnie echó un vistazo en esa dirección y se sobresaltó.

Stefan estaba de pie en el borde del claro, habiéndose materializado allí como surgido de la nada. Ni siquiera Klaus lo había visto llegar, se dijo Bonnie. El joven permanecía de pie en silencio, sin hacer ningún esfuerzo por ocultarse ni ocultar la lanza de fresno blanco que llevaba. Había algo en su postura y en el modo en que contemplaba la escena que tenía frente a él, que le recordó a Bonnie que en el siglo XV había sido un aristócrata, un miembro de la nobleza. El joven permaneció en silencio, esperando que Klaus advirtiera su presencia, negándose a precipitar las cosas.

Cuando finalmente giró hacia el sur, Klaus se quedó muy

quieto, y Bonnie tuvo la sensación de que le sorprendía que Stefan hubiera conseguido acercarse a él tan sigilosamente. Pero, en seguida, Klaus rió y extendió los brazos

—¡Salvatore! Qué coincidencia. ¡Justamente pensaba en ti!

Lentamente, Stefan miró a Klaus de abajo hacia arriba, desde los faldones de la andrajosa gabardina hasta lo alto de la cabeza azotada por el viento. Lo que Stefan dijo fue:

—Me pediste que viniera. Estoy aquí. Suelta a la chica.

—¿Yo dije qué?

Dando la impresión de estar genuinamente sorprendido, Klaus presionó ambas manos contra su pecho. Luego sacudió la cabeza, riendo entre dientes.

—Me parece que no. Hablemos primero.

Stefan asintió, como si Klaus hubiera confirmado algo lamentable que había estado esperando. Se quitó la lanza del hombro y la sostuvo frente a él, manejando el pesado trozo de madera con destreza y facilidad.

—Te escucho —dijo.

—No es tan tonto como parece —murmuró Matt desde detrás de los helechos con una nota de respeto en la voz—. Y no está tan ansioso por que le maten como creía —añadió—. Está siendo cuidadoso.

Klaus hizo una seña en dirección a Caroline, acariciando sus cabellos caoba con las yemas de los dedos.

—¿Por qué no vienes aquí, de modo que no tengamos que gritar?

Pero Bonnie advirtió que no amenazó con hacer daño a la prisionera.

—Te puedo escuchar perfectamente —respondió Stefan.

—Estupendo —susurró Matt—. ¡Eso es, Stefan!

Bonnie, no obstante, estudiaba a Caroline. La cautiva forcejeaba, agitando la cabeza a un lado y a otro, como si estuviera frenética o fuera presa del dolor. Pero los movimientos de Caroline provocaron una sensación extraña en Bonnie, en especial aquellas violentas sacudidas de su cabeza, como si la muchacha intentara alcanzar el cielo. El cielo... La mirada de Bonnie se alzó hacia él, donde se había hecho una total oscuridad y una luna pálida brillaba sobre los árboles. Por eso podía ver ahora que los cabellos de Caroline eran de color castaño rojizo: gracias a la luz de la luna, se dijo. Entonces, con un sobresalto, sus ojos descendieron hasta el árbol situado sobre Stefan, cuyas ramas se agitaban levemente a pesar de la ausencia de viento.

—¿Matt? —musitó alarmada.

Stefan estaba concentrado en Klaus, cada sentido, cada músculo, cada átomo de su Poder concentrado en el Antiguo que tenía delante. Pero en aquel árbol situado encima de él...

Todo pensamiento de estrategia o intención de preguntarle a Matt qué hacer desapareció de la mente de Bonnie, que se levantó de un salto de su escondite y gritó:

—¡Stefan! ¡Encima de ti! ¡Es una trampa!

Stefan saltó a un lado con la habilidad de un gato justamente cuando algo caía sobre el lugar exacto donde él había estado un momento antes. La luna iluminó la escena a la perfección, lo suficiente para que Bonnie viera el color blanco de los dientes de Tyler.

Y para que viera también el destello blanco de los ojos de Klaus cuando éste giró en redondo hacia ella. Durante un aturdido instante, ella lo miró fijamente, y entonces chasqueó un relámpago.

En un cielo despejado.

Hasta más tarde, Bonnie no comprendió lo extraño —lo aterrador— que era aquello. En aquel momento apenas advirtió que el cielo estaba despejado y cubierto de estrellas y que el rayo azul que descendió en zigzag golpeaba la palma de la mano alzada de Klaus. La siguiente imagen que captó fue lo bastante aterradora como para borrar todo lo demás: a Klaus cerrando la mano sobre aquel rayo, recogiéndolo de algún modo, y arrojándoselo.

Stefan gritaba con todas sus fuerzas, diciéndole que huyera, ¡que huyera! Bonnie lo escuchó mientras permanecía allí, mirando paralizada, y entonces algo la agarró y la jaló hacia un lado. El rayo estalló sobre su cabeza, con un sonido parecido al chasquido de un enorme látigo y un olor parecido al ozono. La muchacha cayó de bruces sobre el musgo y rodó sobre sí misma para aferrar la mano de Meredith y agradecerle que le hubiera salvado la vida, pero descubrió que era la de Matt.

—¡Quédate aquí! ¡Exactamente aquí! —gritó él, y se fue dando un brinco.

Aquellas temidas palabras catapultaron a Bonnie hasta ponerse de pie, y la muchacha corría ya atrás de él antes de darse cuenta de lo que hacía.

Y entonces el mundo se convirtió en un caos.

Klaus había vuelto a girar rápidamente hacia Stefan, que forcejeaba con Tyler, golpeándolo. Tyler, bajo su forma de lobo, emitió unos sonidos terribles cuando Stefan lo arrojó al suelo.

Meredith corría hacia Caroline, acercándose por detrás de la chimenea, de modo que Klaus no pudiera descubrirla. Bonnie la vio llegar hasta Caroline y vio el destello de la daga de plata de Stefan cuando Meredith cortó las cuerdas que rodeaban las muñecas de la muchacha. Luego Meredith medio cargó, medio arrastró a Caroline hasta detrás de la chimenea para ocuparse de sus pies.

Un sonido parecido al de las cornamentas de dos ciervos entrechocando hizo que Bonnie girara sobre sus talones. Klaus atacaba a Stefan con una larga rama, que sin duda había estado camuflada en el suelo. Parecía tan afilada como la de Stefan, lo que la convertía en una práctica lanza. Porque Klaus y Stefan no se limitaban a acuchillarse mutuamente: usaban los palos como lanzas. «Robin Hood», pensó Bonnie distraídamente. «Pequeño Juan y Robin». Eso era lo que parecía: Klaus era mucho más alto y fornido que Stefan.

Entonces Bonnie vio algo más e intentó gritar, sin conseguir que surgiera ningún sonido de su boca. Detrás de Stefan, Tyler se había incorporado otra vez y estaba agachado, tal y como había estado en el cementerio antes de arrojarse sobre la garganta de Stefan. Éste le daba la espalda. Y Bonnie no podía avisarle a tiempo.

Pero había olvidado a Matt. Con la cabeza inclinada, sin hacer caso de sus colmillos y garras, el muchacho se abalanzó contra Tyler, atrapándolo como un apoyador de primera antes de que pudiera saltar. Tyler salió despedido lateralmente, con Matt encima de él.

Bonnie estaba abrumada. Sucedían demasiadas cosas. Meredith estaba cortando las cuerdas de los tobillos de Caroline; Matt golpeaba a Tyler de un modo que ciertamente le habría costado una amonestación en un campo de futbol americano; Stefan hacía girar aquel bastón de fresno blanco como si lo hubieran adiestrado para ello. Klaus reía delirantemente, al parecer jubiloso por el ejercicio, mientras intercambiaban golpes con mortífera velocidad y precisión.

Pero Matt parecía tener problemas en aquel momento. Tyler lo sujetaba y gruñía, intentando alcanzarle la garganta. Frenética, Bonnie miró a su alrededor en busca de un arma, olvidando por completo el cuchillo que traía en su bolsillo. Sus ojos descubrieron una rama de roble caída, la recogió y corrió al lugar donde Tyler y Matt peleaban.

Una vez allí, no obstante, titubeó. No se atrevía a usar el palo por temor a golpear a Matt con él. Tyler y él rodaban de un lado para otro y era imposible distinguirlos con claridad.

Entonces, Matt volvió a colocarse sobre Tyler, sujetando contra el suelo la cabeza de su adversario para mantenerse lejos de sus dientes. Bonnie vio su oportunidad y apuntó con el palo. Pero Tyler la vio a ella. Con un estallido de fuerza sobrenatural, encogió las piernas y lanzó a Matt por el aire hacia atrás. La cabeza del muchacho chocó contra un árbol con un sonido que Bonnie jamás olvidaría. El sonido sordo de un melón maduro al estallar. El joven resbaló a lo largo del tronco y se quedó inmóvil.

Bonnie jadeaba, aturdida. Podría haberse dirigido hacia Matt, pero Tyler estaba allí frente a ella, respirando afanosamente, con saliva ensangrentada corriéndole por la barbilla. Parecía aún más animal que en el cementerio. Como en un sueño, Bonnie alzó el palo, pero notó cómo éste temblaba en sus manos. Matt estaba tan quieto..., ¿respiraba? Bonnie oyó el sollozo en su propia respiración mientras se enfrentaba a Tyler. Aquello era ridículo; era un chavo de su propia escuela. Un chico con el que había bailado el año anterior en la Fiesta de Tercer Año. ¿Cómo podía él impedirle que se acercara a Matt, cómo podía estarles haciendo daño a todos ellos? ¿Cómo era posible que él hiciera eso?

—Tyler, por favor... —empezó a decir, intentando razonar con él, suplicarle.

—¿Estás solita en el bosque, niñita? —dijo él, y la voz fue un gruñido pastoso y gutural, convertido de último minuto en palabras.

En ese instante, Bonnie supo que aquello no era el muchacho con el que había ido a clases. Aquello era un animal. «Cielos, qué feo es», pensó. Hililllos de baba roja le colgaban de la boca. Y aquellos ojos amarillos con las pupilas alargadas..., en ellos vio la crueldad del tiburón, del cocodrilo y de la avispa que deposita los huevos en el cuerpo vivo de la oruga. Toda la crueldad de la naturaleza animal en aquellos dos ojos amarillos.

—Alguien debería habértelo advertido —dijo Tyler, abriendo la mandíbula para reír como lo hace un perro—. Porque si vas al bosque sola, podrías tropezar con el Gran y Malvado...

—¡Imbécil!

Finalizó una voz por él, y con un sentimiento de gratitud que bordeaba lo religioso, Bonnie vio a Meredith junto a ella. A Meredith, empuñando la daga de Stefan, que brillaba límpida bajo la luz de la luna.

—Plata, Tyler —dijo Meredith, mostrándosela—. Me pregunto qué le hace la plata a las extremidades de un hombre lobo. ¿Quieres verlo?

Toda la elegancia de Meredith, toda la actitud distante, la imparcialidad del observador impasible, habían desaparecido. Aquélla era la Meredith esencial, una Meredith guerrera, y aunque sonreía, estaba furiosa.

—¡Sí! —gritó Bonnie con regocijo, sintiendo cómo la fuerza circulaba por su interior.

De improviso podía moverse. Meredith y ella, juntas, eran fuertes. Meredith acechaba a Tyler desde un lado, Bonnie sostenía el palo en el otro lado. Un deseo que no había sentido nunca la atravesó, el deseo de golpear con tanta fuerza a Tyler que su cabeza saliera disparada por el aire. Sintió cómo la energía para hacerlo bullía en su brazo.

Y Tyler, con su instinto animal, podía percibirlo, podía percibirlo surgiendo de las dos mientras se le acercaban por ambos lados. Retrocedió, luego se detuvo, y giró para intentar huir de ellas. Ellas también giraron. En un minuto estuvieron los tres orbitando igual que un sistema solar en miniatura: con Tyler girando y girando en redondo en el centro, mientras Bonnie y Meredith describían círculos a su alrededor, en busca de una oportunidad de atacar.

Uno, dos, tres. Una señal no expresada centelleó de Meredith a Bonnie. Justo cuando Tyler se abalanzó sobre Meredith, intentando apartar de un golpe el cuchillo, Bonnie lo golpeó. Recordando el consejo de un novio del pasado que había intentado enseñarle a jugar al béisbol, imaginó no tan sólo que golpeaba la cabeza de Tyler sino que golpeaba a través de ella, pegándole a algo situado al otro lado. Puso todo el peso de su pequeño cuerpo en el golpe, y el impacto del choque casi le desprendió todos los dientes. Los brazos se estremecieron con un dolor insoportable y el palo se rompió. Pero Tyler cayó como un pájaro abatido en pleno vuelo.

—¡Lo hice! ¡Sí! ¡Perfecto! ¡Sí! —gritó Bonnie, arrojando lejos el palo.

La sensación de triunfo brotó de ella en un grito primitivo.

—¡Lo hicimos!

Agarró el pesado cuerpo por la parte posterior de la melena y lo jaló para quitárselo de encima a Meredith, donde había caído.

—Lo logramos...

Entonces se interrumpió en seco, las palabras helándosele en la garganta.

—¡Meredith! —gritó.

—No te espantes —jadeó ésta, con la voz tensa por el dolor.

«Su voz suena débil», se dijo Bonnie, helada como si la hubieran rociado con agua muy fría. Tyler le había hundido las garras hasta el hueso, y había enormes heridas abiertas en la zona del muslo del pantalón de Meredith y en la piel blanca que se veía claramente bajo la tela desgarrada. Y con el más absoluto de los horrores, Bonnie podía ver también dentro de la piel, podía ver carne y músculo desgarrados y sangre roja que surgía a borbotones.

—Meredith... —gritó frenética.

Tenían que llevar a Meredith con un médico. Todo el mundo tenía que detenerse en aquel mismo instante; todo el mundo debía comprender eso. Tenían un herido allí; necesitaban una ambulancia, llamar al número de emergencia.

—Meredith —jadeó, casi llorando.

—Véndala con algo. —El rostro de Meredith estaba blanco.

Shock. Estaba entrando en shock. Y había tanta sangre, tanta sangre que salía... «Dios mío —pensó Bonnie—, por favor, ayúdame». Buscó algo con qué vendarla, pero no había nada.

Algo cayó al suelo junto a ella. Un trozo de cordón de nailon como la cuerda que habían usado para amarrar a Tyler, con los bordes deshilachados. Bonnie alzó los ojos.

—¿Te sirve eso? —preguntó indecisa Caroline con un castañeteo de dientes.

Llevaba puesto el vestido verde y tenía los cabellos color caoba despeinados y pegados al rostro por el sudor y la sangre. Al mismo tiempo que lo decía, se balanceó y cayó de rodillas junto a Meredith.

—¿Estás herida? —inquirió Bonnie con la voz entrecortada.

Caroline negó con la cabeza, pero entonces se inclinó hacia adelante, presa de las náuseas, y Bonnie vio las marcas que tenía en la garganta. Pero no había tiempo para preocuparse por Caroline en aquel momento. Meredith era más importante.

Bonnie enrolló la cuerda por encima de las heridas de la muchacha, mientras su mente repasaba a toda velocidad cosas que había aprendido de su hermana Mary, que era enfermera. Mary decía... que un torniquete no podía estar demasiado apretado ni se podía dejar puesto demasiado tiempo o aparecería la gangrena. Pero tenía que detener el chorro de sangre. «Ay, Meredith».

—Bonnie... ayuda a Stefan —empezó a jadear Meredith, la voz apenas un susurro—. Va a necesitarlo...

Cayó hacia atrás, con la respiración entrecortada y los ojos entrecerrados mirando al cielo.

Húmedo. Todo estaba húmedo. Las manos de Bonnie, su ropa, el suelo. Húmedo con la sangre de Meredith. Y Matt seguía tumbado bajo el árbol, inconsciente. No podía dejarlos, en especial si Tyler estaba ahí. Éste podría despertar.

Aturdida, giró la cabeza hacia Caroline, que temblaba, a punto de vomitar, con el rostro perlado de sudor. Qué inútil, se dijo Bonnie. Pero no tenía otra elección.

—Caroline, escúchame —dijo.

Recogió el trozo más grande del palo que había usado contra Tyler y lo colocó en las manos de la joven.

—Quédate con Matt y Meredith. Afloja el torniquete cada veinte minutos más o menos. Y si Tyler empieza a despertar, si se mueve aunque sea un poquitito, golpéalo tan fuerte como puedas con esto. ¿Entendido, Caroline? —añadió—. Ésta es tu gran oportunidad de demostrar que sirves para algo, que no eres una inútil. ¿De acuerdo? —Trabó la mirada con los furtivos ojos verdes y repitió—: ¿De acuerdo?

—Pero, ¿qué vas a hacer tú?

Bonnie miró en dirección al claro del bosque.

—No, Bonnie. —La mano de Caroline la sujetó, y Bonnie notó con una parte de su mente las uñas rotas, las quemaduras de la soga en las muñecas—. Quédate aquí donde estás segura. No vayas hacia ellos. No hay nada que puedas hacer...

Bonnie se alejó de ella y se encaminó hacia el claro antes de que se desvaneciera su determinación. En su interior, sabía que Caroline tenía razón. No había nada que ella pudiera hacer. Pero algo que Matt había dicho antes de que se pusieran en camino resonaba en su cabeza. Intentarlo al menos. Tenía que intentarlo.

Con todo, durante los siguientes horribles minutos todo lo que pudo hacer fue mirar.

Hasta el momento, Stefan y Klaus habían estado intercambiando golpes con tal violencia y precisión que había sido como una hermosa danza letal. Pero había sido un combate entre iguales, o casi parejo. Stefan se había defendido bien.

Entonces vio cómo Stefan empujaba con su lanza de fresno blanco, obligando a Klaus a arrodillarse, obligándolo a echarse hacia atrás, más y más, como un bailarín que quiere comprobar hasta qué punto puede bajar. Y Bonnie pudo ver el rostro de Klaus, con la boca ligeramente abierta y mirando fijamente a Stefan con lo que parecía asombro y temor.

Luego todo cambió.

Al final mismo de su descenso, cuando Klaus se había doblado hacia atrás tanto como podía hacerlo, cuando parecía que debía estar a punto de desplomarse o partirse en dos, algo sucedió.

Klaus sonrió.

Y a continuación empezó a empujar hacia arriba.

Bonnie vio cómo los músculos de Stefan se tensaban, vio

cómo los brazos se le ponían rígidos intentando resistir. Pero Klaus, todavía sonriendo como un loco, con los ojos totalmente abiertos, siguió subiendo. Se desdobló como una especie de horrendo muñeco de resorte, sólo que lentamente. Lentamente. Inexorablemente. La sonrisa ampliándose hasta que pareció como si fuera a hendirle el rostro. Igual que el gato de Cheshire.

«Un gato», se dijo Bonnie.

«Un gato con un ratón».

En aquel momento era Stefan quien gruñía y tenía que esforzarse, apretando los dientes mientras intentaba mantener alejado a Klaus. Pero Klaus y su lanza empujaron, obligando a Stefan a doblarse hacia atrás, obligándolo a descender hacia el suelo.

Sonriendo todo el tiempo.

Hasta que Stefan quedó tumbado de espaldas, con su propia lanza presionándole la garganta por el peso del arma de Klaus sobre él. Klaus bajó la mirada hacia él y sonrió radiante.

—Estoy cansado de jugar, muchachito —dijo, y se irguió y arrojó su propia lanza al suelo—. Ahora te llegó la hora de morir.

Le arrebató el palo a Stefan con la misma facilidad que si se lo quitara a un niño. Lo recogió con un veloz movimiento de muñeca y lo partió sobre su rodilla, mostrando lo fuerte que era, lo fuerte que había sido siempre. El modo tan cruel en el que había estado jugando con Stefan.

Una de las mitades del bastón de fresno blanco la arrojó por encima del hombro, al otro extremo del claro. La otra la hundió en Stefan. Usando no el extremo puntiagudo, sino el astillado, partido en una docena de diminutas puntas. Descargó el golpe con una violencia que parecía casi indiferente; Stefan gimió. Volvió a hacerlo una y otra vez, arrancando un grito en cada ocasión.

Bonnie lanzó otro, que surgió mudo.

Jamás había escuchado gritar a Stefan, y no necesitaba que le dijeran qué clase de dolor debía de haber provocado sus gritos. No necesitaba que le dijeran que el fresno blanco podría ser la única madera letal para Klaus, pero que cualquier madera era letal para Stefan. Que Stefan estaba, si no muriéndose, a punto de morir. Que Klaus, con la mano alzada en aquel momento, estaba a punto de finalizar aquello con otro violento golpe más. El rostro del hombre estaba ladeado hacia la luna con una mueca de obsceno placer, demostrando que aquello era lo que le gustaba, con lo que disfrutaba. Matar.

Y Bonnie no podía moverse, no podía gritar siquiera. El mundo daba vueltas a su alrededor. Todo había sido una equivocación, ella no era una persona útil; no era más que una bebé. No quería ver la estocada final, pero no podía apartar la mirada. Y todo aquello no podía estar ocurriendo, pero ocurría. Ocurría.

Klaus alzó la estaca astillada y con una sonrisa de puro éxtasis empezó a bajarla.

Y una lanza salió disparada por el claro y lo alcanzó en la mitad de la espalda, aterrizando y vibrando como una flecha gigante, como media flecha gigante. Hizo que los brazos de Klaus cayeran, soltando la estaca; le arrebató la sonrisa extasiada de la cara. Se puso de pie, con los brazos extendidos durante un segundo, y después se dio media vuelta, con el palo de fresno blanco balanceándose levemente en su espalda.

Los ojos de Bonnie estaban demasiado aturdidos, nublados por oleadas de puntitos grises, como para ver, pero escuchó la voz con claridad cuando resonó, fría y arrogante y llena de total convicción. Fueron sólo cuatro palabras, pero lo cambiaron todo.

—Apártate de mi hermano.

15

Klaus lanzó un grito, un grito que a Bonnie le recordó a antiguos depredadores, al diente de sable y al mamut macho. Borbotones de sangre le brotaron de la boca junto con el grito, convirtiendo el apuesto rostro en una retorcida máscara de furia.

Las manos escarbaron su espalda, intentando agarrar la estaca de fresno blanco y arrancarla. Pero estaba demasiado enterrada. El tiro había sido muy bueno.

—Damon —murmuró Bonnie.

Estaba de pie en el borde del claro, enmarcado por los robles. Mientras ella observaba, él dio un paso hacia Klaus, y luego otro; ágiles pasos acechantes llenos de mortífera intención.

Y estaba enojado. Bonnie habría salido huyendo de la expresión de su rostro si no hubiera tenido los músculos paralizados. Jamás había visto tanta amenaza controlada tan a duras penas.

—Apártate... de mi hermano —dijo, casi murmurándolo,

sin apartar ni un momento los ojos de Klaus mientras daba otro paso.

Klaus volvió a gritar, pero sus manos detuvieron la frenética búsqueda.

—¡Idiota! ¡No tenemos que pelear! ¡Te lo dije en la casa! ¡Podemos ignorarnos mutuamente!

La voz de Damon no sonó más fuerte que antes.

—Apártate de mi hermano.

Bonnie podía percibirlo dentro de él, era una oleada de Poder parecida a un tsunami. Damon siguió diciendo, en un tono tan bajo que ella tuvo que esforzarse para escucharlo:

—Antes de que te arranque el corazón.

Bonnie consiguió moverse al fin. Retrocedió.

—¡Te lo dije! —aulló Klaus lanzando espuma por la boca.

Damon no dio muestras de haber escuchado sus palabras. Todo su ser parecía concentrado en la garganta de Klaus, en su pecho, en el corazón palpitante en su interior, que iba a arrancar.

Klaus recogió la lanza intacta y arremetió contra él.

A pesar de toda la sangre perdida, al hombre rubio parecían quedarle muchas energías. La embestida fue repentina, violenta y casi ineludible. Bonnie lo vio apuntar la lanza contra Damon y cerró los ojos involuntariamente, y luego los abrió, al escuchar un veloz movimiento de alas.

Klaus se había precipitado hacia el lugar donde había estado Damon, y un cuervo negro alzaba el vuelo mientras una solitaria pluma flotaba hacia al suelo. Mientras Bonnie observaba atónita, la embestida llevó a Klaus hasta la oscuridad situada más allá del claro y desapareció allí.

Un silencio sepulcral descendió sobre el bosque.

La parálisis de Bonnie fue desapareciendo poco a poco, y

primero caminó y luego corrió hasta donde yacía Stefan. Éste no abrió los ojos al acercarse ella; parecía inconsciente. Se arrodilló a su lado. Y entonces sintió que una especie de calma horrible se adueñaba poco a poco de ella, como alguien que ha estado nadando en aguas heladas y siente por fin los primeros síntomas innegables de la hipotermia. De no haber sufrido ya tantas sacudidas sucesivas, podría haber salido huyendo entre gritos o haberse dejado llevar por la histeria. Pero tal como estaban las cosas, aquél era simplemente el último paso, el último resbalón al interior de la irrealidad. A un mundo que no podía ser, pero era.

Porque era grave. Muy grave. Tan grave como podía ser.

Nunca había visto a nadie con tales heridas. Ni siquiera el señor Tanner, y él había muerto debido a sus heridas. Nada que Mary hubiera dicho nunca podía ayudar a arreglar aquello. Ni aunque hubieran tenido a Stefan en una camilla dentro de un quirófano habría sido suficiente.

En aquel estado de espantosa serenidad, alzó los ojos y vio un movimiento de alas que se desdibujaba y relucía bajo la luz de la luna. Damon apareció de pie junto a ella, y ella le habló con mucha serenidad y sensatez.

—¿Serviría si le diéramos sangre?

Él no pareció escucharla. Los ojos estaban totalmente negros, todo pupilas. La violencia apenas refrenada, la sensación de feroz energía contenida habían desaparecido. Se arrodilló y tocó la negra cabeza que estaba en el suelo.

—¿Stefan?

Bonnie cerró los ojos.

«Damon está asustado —pensó—. Damon está asustado... ¡Damon!... Y, Dios mío, no sé qué hacer. No hay nada que pueda hacer... y todo terminó y todos estamos perdidos y Damon teme por Stefan. Él no va a ocuparse de nada ni tiene la solución, y alguien tiene que solucionar esto. Y, Dios mío, por favor, ayúdame porque estoy aterrorizada, y Stefan se muere, y Meredith y Matt están heridos, y Klaus va a regresar».

Abrió los ojos para mirar a Damon. Estaba pálido, el rostro con un aspecto espantosamente joven en aquel momento, con aquellos dilatados ojos negros.

—Klaus va a regresar —dijo Bonnie con calma.

Ya no le tenía miedo. No eran un cazador con siglos de existencia y una chica humana de diecisiete años, sentados allí en el borde del mundo. Eran simplemente dos personas, Damon y Bonnie, que tenían que hacer lo mejor que pudieran.

—Lo sé —dijo Damon.

Sujetaba la mano de Stefan sin dar la menor muestra de vergüenza por ello, y resultaba totalmente lógico y sensato. Bonnie podía percibir cómo enviaba Poder al interior de Stefan, y también podía percibir que eso no era suficiente.

—¿Le ayudaría la sangre?

—No mucho. Un poco, quizá.

—Tenemos que intentar cualquier cosa que le ayude en algo, por poco que sea.

—No —susurró Stefan.

Bonnie se sorprendió. Había pensado que estaba inconsciente. Pero tenía los ojos abiertos en aquel momento, abiertos y alerta, y de un verde seductor. Eran la única cosa viva en él.

—No seas estúpido —dijo Damon, y su voz se endureció; aferró la mano de Stefan hasta que sus nudillos se tornaron blancos—. Estás malherido.

—No romperé mi promesa.

Aquella inamovible necedad estaba presente en la voz de

Stefan, en su rostro pálido. Y cuando Damon volvió a abrir la boca, sin duda para decir que Stefan sí rompería su promesa y se aguantaría o Damon le partiría el cuello, Stefan añadió:

—En especial porque eso no serviría de nada.

Hubo un momento de silencio mientras Bonnie se enfrentaba a la cruda veracidad de aquellas palabras. Donde se encontraban en aquel momento, en aquel lugar terrible situado más allá de las cosas normales, el acto de fingir o las falsas palabras tranquilizadoras no parecían correctos. Únicamente la verdad serviría. Y Stefan decía la verdad.

Todavía contemplaba a su hermano, que le devolvía la mirada, toda aquella feroz atención concentrada en Stefan tal como había estado concentrada en Klaus antes. Como si de algún modo eso ayudara.

—No estoy malherido, estoy muerto —dijo Stefan con brutalidad, con los ojos clavados en los de Damon.

«Su último y más feroz combate de voluntades», pensó Bonnie.

—Y tienes que sacar a Bonnie y a los demás de aquí.

—No te dejaremos solo —intervino Bonnie.

Era la verdad; podía decirla.

—¡Tienen que hacerlo! —Stefan ni siquiera miró a un lado, no apartó la vista de su hermano—. Damon, sabes que tengo razón. Klaus estará aquí en cualquier momento. No desperdicies tu vida. No desperdicies sus vidas.

—Me importan un cacahuate sus vidas —rugió Damon.

«Lo dice de verdad», pensó Bonnie, y, curiosamente, no se sintió ofendida. Sólo había una vida que le importaba a Damon allí, y no era la suya propia.

—¡Sí, sí te importan! —estalló Stefan.

Se aferraba a la mano de Damon con una energía igual de

feroz, como si se tratara de una competición y pudiera obligar a Damon a darse por vencido de ese modo.

—Elena hizo una última petición; bueno, ésta es la mía. Tienes poder, Damon. Quiero que lo uses para ayudarlos.

—Stefan... —musitó Bonnie con impotencia.

—Prométemelo —le insistió Stefan a Damon, y entonces un espasmo de dolor le crispó el rostro.

Durante incontables segundos, Damon se limitó a mirarlo. Luego dijo: «Lo prometo», en un tono rápido y cortante como una cuchillada. Soltó la mano de Stefan y se puso de pie, volteando hacia Bonnie.

—Vamos.

—No podemos dejarlo...

—Sí, podemos. —No había nada que pareciera joven en el rostro de Damon en aquel momento; nada que mostrara vulnerabilidad—. Tú y tus amigos humanos se van a ir de aquí, para siempre. Yo regresaré.

Bonnie sacudió la cabeza. Sabía, de un modo vago, que Damon no estaba traicionando a Stefan, sino que más bien Damon anteponía los ideales de su hermano a la vida de éste, pero era todo demasiado absurdo e incomprensible para ella. No lo comprendía y no quería hacerlo. Todo lo que sabía era que no podía dejar a Stefan allí tendido.

—Vas a venir conmigo ahora —dijo Damon alargando la mano hacia ella; el tono acerado había regresado a su voz.

Bonnie se preparó para pelear, y entonces sucedió algo que hizo que toda su discusión careciera de sentido. Se escuchó un chasquido que sonó igual que un látigo gigante, y un fogonazo lo iluminó todo como si fuera de día, y Bonnie quedó cegada. Cuando consiguió ver a través de la intensa luminosidad, sus ojos volaron hacia las llamas que ascendían de un ennegrecido agujero recién hecho en la base de un árbol.

Klaus había regresado. Con rayos.

Los ojos de Bonnie salieron disparados hacia él a continuación, ya que era la única cosa que se movía en el claro. Agitaba la ensangrentada estaca de fresno blanco que se había arrancado de la espalda a modo de sangriento trofeo.

«Un pararrayos», pensó Bonnie sin ninguna lógica, y luego hubo otro estrépito.

Salió disparado desde un cielo vacío, en forma de enormes arpones de un blanco azulado que lo iluminaron todo como el sol del mediodía. Bonnie contempló cómo un árbol y luego otro eran alcanzados, cada uno más cercano que el anterior. Las llamas se alzaron igual que hambrientos gnomos rojos entre las hojas.

Dos árboles ubicados a ambos lados de Bonnie estallaron, con chasquidos tan fuertes que sintió, más que escuchó, cómo le taladraban los tímpanos. Damon, cuyos ojos eran más sensibles, alzó una mano para protegérselos.

Luego gritó: «¡Klaus!» y salió disparado hacia el hombre rubio. Ya no andaba con pasos acechantes; aquello era la mortífera carrera del ataque. El estallido de velocidad asesina del felino o el lobo que va de caza.

El rayo lo alcanzó a mitad del salto.

Bonnie gritó al verlo, poniéndose en pie de un salto. Hubo un fogonazo azul de gases sobrecalentados y un olor a quemado, y a continuación Damon cayó, yaciendo inmóvil boca abajo. Bonnie distinguió diminutas volutas de humo alzándose de él, tal como ocurría en los árboles.

Muda de horror, miró a Klaus.

Éste atravesaba el claro con andar arrogante, sosteniendo la ensangrentada rama como si fuera un palo de golf. Se inclinó sobre Damon al pasar y sonrió. Bonnie quiso volver a gritar, pero no le quedaba aliento para ello. No parecía que le quedara aire para respirar.

—Me ocuparé de ti más tarde —le dijo Klaus al inconsciente Damon. Luego su rostro se alzó hacia Bonnie.

—De ti —dijo— me voy a ocupar ahora mismo.

Transcurrió un instante antes de que Bonnie reparara en que él miraba a Stefan, no a ella. Aquellos ojos azul eléctrico estaban fijos en el rostro de Stefan. Se movieron hasta la cintura ensangrentada del muchacho.

—Voy a comerte ahora, Salvatore.

Bonnie estaba totalmente sola. Era la única que quedaba en pie. Y tenía miedo.

Pero sabía lo que tenía que hacer.

Dejó que sus rodillas volvieran a doblarse, cayendo al suelo junto a Stefan.

«Y así es como termina el asunto —pensó—. Te arrodillas junto a tu caballero y luego te enfrentas al enemigo».

Miró a Klaus y se movió de modo que pudiera proteger a Stefan. El hombre pareció advertir su presencia por primera vez y frunció el entrecejo como si hubiera encontrado una araña en la ensalada. La luz de las llamas parpadeó con un tono rojo anaranjado sobre su rostro.

—Quítate de en medio.

—No.

«Y así es como empieza el final. De este modo, así de sencillo, con una palabra, y vas a morir en una noche de verano. Una noche de verano en que la luna y las estrellas brillan y las hogueras arden como las llamas que los druidas usaban para invocar a los muertos».

—Bonnie, vete —dijo Stefan con la voz cargada de dolor—. Huye mientras puedas.

—No —respondió Bonnie.

«Lo siento, Elena —pensó—. No puedo salvarlo. Esto es todo lo que puedo hacer».

—Quítate de en medio —ordenó Klaus, haciendo rechinar los dientes.

—No.

Podía esperar y dejar que Stefan muriera de ese modo, en lugar de hacerlo con los dientes de Klaus en su garganta. Podría no parecer gran cosa, pero era lo máximo que podía ofrecer.

—Bonnie... —susurró Stefan.

—¿Es que no sabes quién soy, niña? He andado con el diablo. Si te mueves, te dejaré morir rápidamente.

A Bonnie le falló la voz, así que negó con la cabeza.

Klaus echó hacia atrás su propia cabeza y rió. Un poco más de sangre goteó al mismo tiempo.

—De acuerdo —dijo—. Que sea como quieres. Los dos morirán juntos.

«Noche de verano —pensó Bonnie—. La víspera del solsticio. Cuando la línea entre los mundos es muy delgada».

—Di buenas noches, cariño.

No había tiempo para entrar en trance, no había tiempo para nada. Nada excepto una súplica desesperada.

—¡Elena! —gritó Bonnie desesperadamente—. ¡Elena! ¡Elena!

Klaus retrocedió.

Por un instante, pareció como si el nombre sólo tuviera el poder de alarmarlo. O como si esperara que algo respondiera al grito de Bonnie. Se quedó inmóvil, escuchando.

Bonnie reunió todos sus poderes, concentrando todo lo que poseía allí, lanzando su necesidad y su llamada al vacío.

Y sus sentidos... no percibieron nada en absoluto.

Nada alteró la noche veraniega, excepto el crepitar de las llamas. Klaus volteó hacia Bonnie y Stefan y sonrió burlón.

Entonces Bonnie vio la neblina que se arrastraba por el suelo.

No... no podía ser neblina. Debía de ser humo procedente del fuego. Pero no se comportaba como eso tampoco. Se aglomeraba, se alzaba en el aire como un remolino diminuto o una polvareda. Iba adquiriendo una forma que tenía más o menos el tamaño de un hombre.

Había otra un poco más lejos. Después Bonnie vio una tercera. Lo mismo estaba sucediendo por todas partes.

Fluía neblina del suelo, de entre los árboles. Charcos de neblina, cada uno separado y definido. Bonnie, que miraba fijamente sin hablar, podía ver a través de cada uno, podía ver las llamas, los robles, los ladrillos de la chimenea. Klaus había dejado de sonreír, había dejado de moverse y observaba también.

Bonnie giró la cabeza hacia Stefan, incapaz de formular la pregunta.

—Espíritus inquietos —murmuró él con voz ronca, con los ojos verdes muy concentrados—. El solsticio.

Y entonces Bonnie comprendió.

Acudían. Del otro lado del río, donde estaba el viejo cementerio. De los bosques, donde se habían cavado innumerables sepulturas improvisadas para arrojar adentro los cuerpos antes de que se pudrieran. Los espíritus inquietos, los soldados que habían combatido allí y muerto durante la guerra de Secesión. Un ejército sobrenatural respondiendo a su llamada de ayuda.

Adquirían forma a su alrededor, y eran cientos de ellos.

Bonnie ya podía ver incluso rostros. Los nebulosos contornos se pintaban de tonalidades pálidas como otras tantas acuarelas diluidas. Vio un fogonazo de azul, un destello de gris. Eran tropas tanto de la Unión como de la Confederación. Bonnie vislumbró una pistola metida en un cinto, el centelleo de una espada con adornos. Condecoraciones en una manga. Una poblada barba oscura; otra que era blanca, larga y bien cuidada. Una figura pequeña, del tamaño de un niño, con agujeros oscuros en lugar de ojos y un tambor colgando a la altura del muslo.

—Ay, Dios mío —murmuró—. Dios mío.

No era una exclamación. Era algo parecido a una plegaria.

No era que no sintiera miedo de ellos, porque lo sentía. Era el conjunto de todas las pesadillas que había tenido sobre el cementerio, convertidas en realidad. Como el primer sueño sobre Elena, en que se arrastraban cosas fuera de las negras fosas del suelo; sólo que estas cosas no se arrastraban, volaban, rozando el suelo y flotando hasta que se arremolinaban y adquirían forma humana. Todo lo que Bonnie había presentido acerca del viejo cementerio —que estaba vivo y lleno de ojos que observaban, donde había algún poder merodeando atrás de su expectante quietud— estaba resultando cierto. La tierra de Fell's Church estaba entregando sus sangrientos recuerdos. Los espíritus de los que habían muerto allí volvían a levantarse.

Y Bonnie podía percibir su cólera. La asustaba, pero despertaba otra emoción en su interior, haciendo que contuviera la respiración y se aferrara con más fuerza a la mano de Stefan. Porque el neblinoso ejército tenía un líder.

Una figura flotaba al frente de las demás, más cerca del lugar en el que Klaus permanecía de pie. No tenía forma ni definición por el momento, pero refulgía y centelleaba como la pálida luz dorada de la llama de una vela. Entonces, ante los ojos de Bonnie pareció adquirir sustancia a partir del aire y empezó a brillar más y más cada vez con una luz sobrenatural. Brillaba más que el círculo de fuego. Era tan brillante que Klaus se ladeó hacia atrás frente a ella y Bonnie pestañeó, pero cuando giró la cabeza al oír un sonido leve, vio que Stefan tenía la mirada clavada directamente en la luz, sin miedo, con los ojos muy abiertos. Y sonreía débilmente, como si estuviera contento de que aquello fuera lo último que vería.

Entonces Bonnie estuvo segura.

Klaus dejó caer la estaca. Les había dado la espalda a Bonnie y a Stefan para mirar de frente al ser de luz que flotaba en el claro como un ángel vengador. Con los cabellos dorados ondeando hacia atrás merced a un viento invisible, Elena bajó los ojos hacia él.

—Ha venido —susurró Bonnie.

—Tú se lo pediste —murmuró Stefan.

La voz del joven se apagó y su respiración se tornó fatigosa, pero seguía sonriendo. La mirada serena.

—Apártate de ellos —dijo Elena, la voz acudiendo simultáneamente a los oídos y la mente de Bonnie; fue como el repiqueteo de docenas de campanas, lejanas y próximas a la vez—. Todo terminó, Klaus.

Pero Klaus se repuso con rapidez. Bonnie vio cómo sus hombros se erguían cuando tomó aire; reparó por primera vez en el agujero en la parte posterior de la gabardina color café, allí donde la estaca de fresno blanco la había traspasado. Estaba manchada de un rojo seco, y sangre nueva fluía ya mientras Klaus extendía los brazos.

—¿Crees que te tengo miedo? —gritó, y giró en redondo, riéndose de todas las pálidas figuras—. ¿Creen que tengo miedo de alguno de ustedes? ¡Están muertos! ¡Son polvo en el viento! ¡No pueden tocarme!

—Te equivocas —dijo Elena con su voz de campanas de viento.

—¡Soy uno de los Antiguos! ¡Un Original! ¿Sabes lo que significa eso?

Klaus volvió a girar, dirigiéndose a todos ellos, y sus ojos de un antinatural azul eléctrico parecieron capturar algo del rojo resplandor del fuego.

—Jamás he muerto. ¡Cada uno de ustedes ha muerto, galería de espectros! Pero yo no. La muerte no puede tocarme. ¡Soy invencible!

La última palabra surgió en un grito tan potente que resonó entre los árboles. Invencible... invencible... invencible. Bonnie escuchó cómo se desvanecía entre el ávido sonido del fuego.

Elena esperó hasta que el último eco hubo desaparecido. Luego dijo, con toda sencillez:

—No del todo. —Giró para mirar las nebulosas formas que la rodeaban—. Quieren derramar más sangre aquí.

Una nueva voz tomó la palabra, una voz hueca que discurrió como un chorro de agua fría por la espalda de Bonnie.

—Yo digo que ya ha habido demasiadas muertes. —Era un soldado de la Unión con una doble hilera de botones en su traje de guerra.

—Más que suficientes —dijo otra voz que sonó como el retumbar de un tambor lejano.

Era un confederado que empuñaba una bayoneta.

—Es hora de que alguien le ponga fin...

Eso lo dijo un anciano vestido con los colores de los confederados.

—No podemos permitir que esto siga. —Era el muchacho del tambor que tenía agujeros negros donde debían estar los ojos.

—¡No más sangre derramada!

Varias voces hicieron suyo el grito al momento.

—¡No más matanzas!

El grito pasó de uno a otro, hasta que la oleada de sonido fue más fuerte que el rugido del fuego.

—¡No más sangre!

—¡No pueden tocarme! ¡No pueden matarme!

—¡Todos contra él, muchachos!

Bonnie jamás supo quién dio aquella última orden. Pero la obedecieron todos, confederados y soldados de la Unión por igual. Empezaron a alzarse, a fluir, a disolverse de nuevo en forma de neblina, una neblina oscura con un centenar de manos, que descendió sobre Klaus como la ola de un océano, estrellándose contra él y envolviéndolo. Cada mano lo sujetó, y aunque Klaus peleaba y se debatía con los brazos y las piernas, eran demasiados para él. En cuestión de segundos quedó totalmente oculto por ellos, rodeado, envuelto por la oscura neblina. Ésta se alzó, girando sobre sí misma como un tornado del que surgían gritos, aunque muy tenuemente.

—¡No pueden matarme! ¡Soy inmortal!

El tornado desapareció veloz en la oscuridad, más allá de la vista de Bonnie. Siguiéndolo había una estela de fantasmas como la cola de un cometa que se perdía a toda velocidad en el cielo nocturno.

—¿Adónde lo llevan?

No era la intención de Bonnie hacer la pregunta en voz alta; simplemente, se le escapó sin pensar. Pero Elena la escuchó.

—A donde no causará daño —dijo, y la expresión de su rostro le impidió a Bonnie hacer cualquier otra pregunta.

Sonaron unos lloriqueos y gemidos en el otro lado del claro. Bonnie volteó y vio a Tyler, bajo su terrible aspecto en parte humano y en parte animal, de pie. No había necesidad de usar el garrote que tenía Caroline. El muchacho miraba atónito a Elena y a las pocas figuras espectrales que aún seguían allí y murmuraba:

—¡No dejes que me lleven! ¡No dejes que me lleven también a mí!

Antes de que Elena pudiera hablar, él ya había girado en redondo. Por un instante, contempló el fuego, que era más alto que su propia cabeza, luego se lanzó directamente a través de él, abriéndose paso hasta el bosque situado más allá. Por entre una abertura en las llamas, Bonnie lo vio dejarse caer al suelo, revolcándose para apagar las llamas de su cuerpo, luego alzarse y volver a correr. Entonces las llamas se recrudecieron, y ella no pudo ver nada más.

Pero había recordado algo: Meredith... y Matt. Meredith estaba recostada con la cabeza en el regazo de Caroline, observando. Matt seguía tumbado de espaldas. Lastimado, pero no tan malherido como Stefan.

—Elena —dijo Bonnie, atrayendo la atención de la reluciente figura, y luego se limitó a mirar al muchacho.

El resplandor se acercó más. Stefan no pestañeó. Miró al centro de la luz y sonrió.

—Se le ha detenido ya. Gracias a ti.

—Fue Bonnie quien nos llamó. Y no podría haberlo hecho en el lugar correcto y en el momento apropiado sin ti y los demás.

—Intenté mantener mi promesa.

—Lo sé, Stefan.

A Bonnie no le gustó cómo sonaba todo aquello. Sonaba demasiado parecido a una despedida... permanente. Sus propias palabras flotaron regresando a ella: «Podría ir a otro lugar o... o simplemente extinguirse». Y ella no quería que Stefan fuera a ninguna parte. Sin duda, cualquiera que se pareciera tanto a un ángel...

—Elena —dijo—, ¿no puedes... hacer algo? ¿No puedes ayudarlo? —La voz le temblaba.

Y la expresión de Elena cuando volteó para mirar a Bonnie, dulce pero triste, resultó aún más angustiosa. Le recordó a alguien, y entonces se acordó. Honoria Fell. Los ojos de Honoria habían tenido esa expresión, como si contemplara todos los inevitables males del mundo. Todas las injusticias, todas las cosas que no deberían haber sido, pero eran.

—Puedo hacer algo —dijo ella—; pero no sé si es la clase de ayuda que quiere. —Volteó otra vez hacia Stefan—. Stefan, puedo curar lo que Klaus te hizo. Esta noche poseo suficiente Poder para ello. Pero no puedo curar lo que Katherine te hizo.

El cerebro entumecido de Bonnie luchó con aquello durante un rato. Lo que Katherine hizo..., pero Stefan se había recuperado hacía meses de la tortura de Katherine en la cripta. Luego comprendió. Lo que Katherine había hecho era convertir a Stefan en vampiro.

—Ha pasado demasiado tiempo —le decía Stefan a Elena—. Si pudieras curarme, me convertiría en un montón de polvo.

—Sí. —Elena no sonrió, se limitó a seguir mirándolo fijamente—. ¿Quieres mi ayuda, Stefan?

—Para seguir viviendo en este mundo, en las sombras...

La voz de Stefan era un susurro ya, los ojos verdes distantes. Bonnie deseó sacudirlo. «Vive», le dijo con el pensamiento, pero no se atrevió a decirlo en voz alta por temor a que pudiera hacerlo decidir justamente lo contrario. Entonces pensó en otra cosa.

—Para seguir intentándolo —dijo, y los dos la miraron.

Ella les devolvió la mirada con la barbilla alzada y vio el inicio de una sonrisa en los brillantes labios de Elena. Elena giró la cabeza hacia Stefan, y lo contagio de aquel diminuto atisbo de sonrisa.

—Sí —dijo él en voz baja, y luego, a Elena—. Quiero tu ayuda.

Ella se inclinó y lo besó.

Bonnie vio cómo el resplandor fluía de ella hacia Stefan, igual que un río de luz centelleante envolviéndolo. Lo inundó igual que la oscura neblina había rodeado a Klaus, como una envoltura de diamantes, hasta que todo su cuerpo refulgió como el de Elena. Por un instante, Bonnie imaginó que podía ver cómo la sangre fluía en su interior, hacia cada vena, cada vaso capilar, curando todo lo que tocaba. Luego, el resplandor se desvaneció para convertirse en una aureola dorada que la piel de Stefan absorbió. La camisa seguía estando destrozada, pero debajo la carne era lisa y firme. Bonnie, sintiendo sus propios ojos abiertos de par en par por el asombro, no pudo evitar alargar la mano para tocar.

Tenía el tacto de cualquier otra piel. Las horribles heridas habían desaparecido.

Lanzó una sonora carcajada de pura excitación, y luego alzó los ojos, serenándose.

—Elena... también Meredith...

El refulgente ser que era Elena avanzaba ya por el claro. Meredith la contempló desde el regazo de Caroline.

—Hola, Elena —dijo casi con naturalidad, excepto que su voz sonaba muy débil.

Elena se inclinó y la besó. El resplandor volvió a fluir, circundando a Meredith. Y cuando se desvaneció, Meredith se levantó.

Después, Elena hizo lo mismo con Matt, que despertó, con expresión confundida, pero alerta. También besó a Caroline, y Caroline dejó de temblar y se irguió.

Luego Elena fue hasta Damon.

Éste seguía tirado allí donde había caído. Los fantasmas habían pasado sobre él sin prestarle atención. El resplandor de Elena flotó sobre él, y una mano refulgente descendió para tocarle los cabellos. A continuación, ella se inclinó y besó la oscura cabeza que descansaba sobre el suelo.

Mientras la luz centelleante se apagaba, Damon se sentó en el suelo y sacudió la cabeza. Vio a Elena y se quedó quieto; luego, con movimientos cuidadosos y contenidos, se puso de pie. No dijo nada, se limitó a mirar mientras Elena regresaba junto a Stefan.

Éste estaba recortado contra el fuego. Bonnie apenas había advertido el modo en que el resplandor rojo había aumentado, hasta el punto de eclipsar casi el dorado de Elena. Pero ahora se dio cuenta y sintió un escalofrío de alarma.

—Mi último regalo para ustedes —dijo Elena, y empezó a llover.

No era una tormenta de rayos y truenos, sino una lluvia suave que lo empapaba todo —Bonnie incluida— y apagó el fuego. Era refrescante y reconfortante, y pareció llevarse todo el horror de las últimas horas, purificando el claro del bosque de todo lo que había sucedido allí. Bonnie alzó la cabeza hacia ella, cerrando los ojos, deseando extender los brazos y abrazarla. Finalmente la lluvia amainó y la muchacha volvió a mirar a Elena.

Elena contemplaba a Stefan, y no había ninguna sonrisa en sus labios ahora. El mudo pesar había regresado a su rostro.

—Es medianoche —dijo— y tengo que irme.

Bonnie supo al instante, por el modo en que sonó, que «irme» no significaba «simplemente por el momento». «Irme» significaba «para siempre». Elena se iba a algún lugar al que ningún trance ni sueño podían llegar.

Y Stefan lo sabía también.

—Sólo unos pocos minutos más —dijo, alargando los brazos hacia ella.

—Lo siento...

—Elena, espera... necesito decirte...

—¡No puedo!

Por primera vez, la serenidad de aquel rostro resplandeciente quedó destruida, mostrando no una tristeza dulce, sino un pesar desgarrador.

—Stefan, no puedo esperar. Lo siento mucho.

Era como si la jalaran hacia atrás y se replegara frente a ellos para penetrar en alguna dimensión que Bonnie no podía ver. Quizá el mismo lugar al que fue Honoria cuando su tarea finalizó, se dijo la muchacha. Para estar en paz.

Pero los ojos de Elena no daban la impresión de que estuviera en paz. Se aferraban a Stefan, y ella alargaba la mano hacia él desesperadamente. No se tocaron. A donde fuera que estaban arrastrando a Elena, era un lugar demasiado distante.

—Elena..., ¡por favor!

Era la voz con la que Stefan la había llamado en su habitación. Como si su corazón se partiera.

—Stefan —gritó ella, con ambas manos extendidas hacia él entonces.

Pero iba reduciéndose, desvaneciéndose. Bonnie sintió que un sollozo crecía en su pecho, cerca de la garganta. No era justo. Lo único que ellos habían deseado siempre era estar juntos. Y ahora la recompensa de Elena por ayudar a la ciudad y finalizar su tarea era estar separada de Stefan de modo irreversible. Sencillamente, no era justo.

—Stefan —volvió a llamar Elena, pero la voz llegó como desde una gran distancia.

El resplandor casi había desaparecido. Entonces, mientras Bonnie observaba fijamente, entre lágrimas de impotencia, éste se apagó de golpe.

El claro quedó nuevamente en silencio. Todos los fantasmas de Fell's Church, que habían salido por una noche para evitar que se derramara más sangre, se habían ido. El refulgente espíritu que los había liderado se había desvanecido sin dejar rastro, e incluso la luna y las estrellas estaban ocultas por nubes.

Bonnie sabía que la humedad del rostro de Stefan no se debía a la lluvia que seguía cayendo.

El joven estaba de pie, respirando agitadamente, con la mirada puesta en el último lugar en el que se había visto el resplandor de Elena. Y todo el anhelo y el dolor que Bonnie había vislumbrado en su rostro en ocasiones anteriores, no era nada comparado con lo que veía en aquel momento.

—No es justo —murmuró; luego lo gritó al cielo, sin importarle a quién se dirigía—. ¡No es justo!

Stefan había estado respirando más y más de prisa. Y ahora alzó el rostro también, no con cólera sino con un dolor insoportable. Rastreaba las nubes con los ojos como si pudiera localizar algún último rastro de luz dorada, alguna chispa de brillo allí. No pudo. Bonnie vio cómo se convulsionaba con la misma agonía que le había producido la estaca de Klaus. Y el grito que brotó de él fue la cosa más terrible que había escuchado nunca:

—¡Elena!

16

Bonnie jamás consiguió recordar exactamente cómo transcurrieron los segundos siguientes. Escuchó el grito de Stefan, que casi pareció estremecer la tierra bajo sus pies. Vio cómo Damon corría hacia él. Y entonces vio el fogonazo.

Un fogonazo parecido a los rayos de Klaus, sólo que no era blanco azulado. Éste era dorado.

Y tan brillante que Bonnie sintió que el sol había estallado frente a sus ojos. Todo lo que pudo distinguir durante varios segundos fue un remolino de colores. Y luego vio algo en mitad del claro, cerca del extremo de la chimenea. Algo blanco, de una forma parecida a la de los fantasmas, sólo que con un aspecto más sólido. Algo pequeño y agachado que tenía que ser cualquier cosa menos lo que los ojos le decían que parecía.

Porque parecía una muchacha delgada y desnuda que temblaba en el suelo del bosque. Una muchacha de cabellos dorados.

Se parecía a Elena.

No a aquella Elena refulgente, como una vela encendida,

del mundo de los espíritus, y tampoco a la pálida e inhumanamente hermosa muchacha que había sido Elena la vampira. Ésta era una Elena cuya pálida piel se ruborizaba y erizaba bajo las gotas de lluvia. Una Elena que pareció desconcertada cuando alzó lentamente la cabeza y miró a su alrededor, como si todas las cosas familiares del claro le resultaran desconocidas.

«Es una ilusión. O acaso ellos le dan unos cuantos minutos para despedirse». Bonnie no dejaba de repetirse esto, pero no conseguía creerlo.

—¿Bonnie? —dijo una voz vacilante.

Una voz que no era en absoluto como un conjunto de campanas de viento, sino la voz de una muchacha asustada.

A Bonnie se le doblaron las rodillas. Una loca corazonada empezaba a crecer en su interior. Intentó apartarla, no atreviéndose siquiera a analizarla aún, y se limitó a observar a Elena.

Elena tocó la hierba que tenía delante. Con cierta vacilación al principio, luego con más y más firmeza, más y más de prisa. Tomó una hoja entre sus dedos, que parecían torpes, la dejó en el suelo, colocó sus palmas sobre la tierra. Volvió a tomar la hoja. Agarró un montón de hojas húmedas, las apretó contra ella, las olió. Alzó los ojos hacia Bonnie mientras las hojas se desperdigaban por el suelo.

Durante un momento, simplemente permanecieron arrodilladas y se miraron fijamente una a la otra desde una distancia de unos cuantos centímetros. Después, trémulamente, Bonnie alargó la mano. No podía respirar. La corazonada crecía y crecía.

La mano de Elena se alzó a su vez. Fue hacia Bonnie. Los dedos de ambas se tocaron.

Dedos reales. En el mundo real. Donde ambas estaban.

Bonnie emitió una especie de alarido y se arrojó sobre Elena.

Un minuto después ya la estaba tocando por todas partes frenéticamente, con desbordante e incrédula satisfacción. Y Elena era sólida. Estaba mojada por la lluvia y temblaba, y las manos de Bonnie no la atravesaban. Había pedazos de hojas mojadas y trozos de tierra adheridos a sus cabellos.

—Estás aquí —sollozó—. ¡Puedo tocarte, Elena!

—¡Y yo puedo tocarte a ti! —jadeó ella en respuesta—. ¡Estoy aquí! —Volvió a agarrar las hojas—. ¡Puedo tocar el suelo!

—¡Y yo puedo ver cómo lo tocas!

Podrían haber seguido así indefinidamente, pero Meredith las interrumpió. Estaba de pie a unos pocos pasos de distancia, mirando sorprendida, los oscuros ojos enormes, el rostro pálido. Profirió un sonido ahogado.

—¡Meredith! —Elena volteó hacia ella y le tendió un montoncito de hojas, luego abrió los brazos.

Meredith, que había podido sobrellevar las cosas cuando encontraron el cuerpo de Elena en el río, cuando Elena apareció frente a su ventana como una vampira, cuando Elena se había materializado en el claro como un ángel, se limitó a permanecer allí, temblando. Parecía a punto de desmayarse.

—Meredith, ¡es ella! ¡Puedes tocarla! ¿Ves? —Tocó de nuevo a Elena, llena de júbilo.

Meredith no se movió.

—Es imposible —musitó.

—¡Es cierto! ¿Lo ves? ¡Es cierto!

Bonnie empezaba a ponerse histérica. Sabía que así era, y no le importaba. Si alguien tenía derecho a ponerse histérica, era ella.

—Es cierto, es cierto —cantó alegremente—. Meredith, ven a verlo.

Meredith, que había estado mirando fijamente a Elena durante todo ese tiempo, emitió otro sonido ahogado. Luego, de golpe, se arrojó sobre Elena. La tocó, descubrió que la mano encontraba la resistencia de la carne. La miró a la cara. Y a continuación prorrumpió en un llanto irrefrenable.

Lloró y lloró, con la cabeza apoyada en el hombro desnudo de Elena.

Bonnie abrazó jubilosa, a ambas.

—¿No creen que sería mejor que se pusiera algo? —dijo una voz, y Bonnie alzó los ojos y vio que Caroline se quitaba el vestido.

Caroline lo hizo con bastante calma, quedándose sólo con la ropa interior de poliéster beige, como si hiciera aquella clase de cosas continuamente. Sin imaginación, volvió a decirse Bonnie, pero sin malicia. Estaba claro que había ocasiones en que la falta de imaginación era una ventaja.

Meredith y Bonnie le pasaron a Elena el vestido por la cabeza. La muchacha parecía pequeña dentro de él, mojada y de algún modo poco natural, como si ya no estuviera acostumbrada a llevar ropa. Pero al menos así tenía cierta protección contra los elementos climáticos.

Entonces Elena murmuró:

—Stefan.

Volteó. Él estaba allí de pie, con Damon y Matt, un poco alejado de las muchachas. Se limitaba a observarla. Como si no sólo su aliento, sino también su vida estuviera retenida, esperando.

Elena se levantó y dio un tambaleante paso hacia él, y luego otro y otro. Delgada y nuevamente frágil dentro del vestido prestado, se balanceaba mientras iba hacia él. «Como la Sirenita aprendiendo a usar las piernas», pensó Bonnie.

Él la dejó recorrer casi todo el camino hasta allí, limitándose a mirarla con asombro, antes de ir hacia ella dando tumbos. Acabaron corriendo uno hacia el otro, y luego cayeron al suelo juntos, abrazados, cada uno aferrándose tan fuerte al otro como le era posible. Ninguno de ellos pronunció una palabra.

Por fin Elena se apartó para mirar a Stefan, y éste le sujetó el rostro entre ambas manos, simplemente devolviéndole la mirada. Elena rió en voz alta, llena de dicha, abriendo y cerrando sus propios dedos y contemplándolos con deleite antes de enterrarlos en los cabellos de Stefan. Después se besaron.

Bonnie observaba descaradamente, sintiendo cómo parte de su embriagadora dicha se derramaba en forma de lágrimas. Le dolía la garganta, pero eran lágrimas dulces, no las saladas lágrimas del dolor, y seguía sonriendo. Estaba hecha una porquería, empapada, y jamás había sido tan feliz en toda su vida. Sintió como si quisiera bailar y cantar y hacer toda clase de locuras.

Después de un rato, Elena apartó los ojos de Stefan para mirarlos a todos, el rostro casi tan resplandeciente como cuando había flotado en el interior del claro como un ángel. Brillando como la luz de una estrella. «Nadie volverá a llamarla Princesa de Hielo», pensó Bonnie.

—Amigos míos —dijo Elena.

Fue todo lo que dijo, pero fue suficiente, eso y el curioso y leve sollozo que emitió mientras les tendía una mano. La rodearon al instante, amontonándose a su alrededor, todos tratando de abrazarla a la vez. Incluso Caroline.

—Elena —dijo Caroline—, siento...

—Todo está olvidado ahora —respondió ella, y la abrazó con la misma intensidad que a los demás.

Después sujetó una fornida mano morena y la acercó brevemente a su mejilla.

—Matt —dijo, y él le sonrió, con los azules ojos llenos de lágrimas.

Pero no era de amargura por verla en brazos de Stefan, se dijo Bonnie. En aquellos instantes, el rostro de Matt sólo mostraba felicidad.

Un sombra cayó sobre el pequeño grupo, colocándose entre ellos y la luz de la luna. Elena alzó los ojos y volvió a extender la mano.

—Damon —dijo.

La nítida luminosidad y el refulgente amor de su rostro eran irresistibles. O deberían haber sido irresistibles, se dijo Bonnie. Pero Damon avanzó sin sonreír, los negros ojos insondables como siempre. Nada del luminoso brillo que despedía Elena se reflejaba en ellos.

Stefan alzó los ojos hacia él sin temor, igual que había mirado el doloroso brillo del dorado resplandor de Elena. Entonces, sin desviar la mirada, extendió también su mano.

Damon se quedó contemplándolos, contemplando los dos rostros francos y valerosos, contemplando el mudo ofrecimiento de sus manos. La oferta de conexión, afecto, humanidad. Nada apareció en su rostro, y permaneció totalmente inmóvil.

—Ándale, Damon —dijo Matt con suavidad.

Bonnie alzó rápidamente los ojos para mirarlo, y vio que los ojos azules mostraban resolución en ese momento, mientras miraban el rostro ensombrecido del cazador.

—No soy como ustedes —dijo Damon sin moverse.

—No eres tan distinto de nosotros como quieres creer —replicó Matt—. Oye —añadió con una curiosa nota desafiante en la voz—, sé que mataste al señor Tanner en defensa propia, porque tú me lo contaste. Y sé que no viniste aquí, a Fell's

Church, porque el conjuro de Bonnie te haya arrastrado aquí, porque seleccioné los cabellos y no cometí ningún error. Eres más parecido a nosotros de lo que quieres admitir, Damon. Lo único que no sé es por qué no entraste en la casa de Vickie para ayudarla.

—¡Porque no me invitaron! —soltó Damon, casi automáticamente.

Bonnie recordó entonces. Se vio a sí misma de pie afuera de la casa de Vickie, a Damon de pie junto a ella. Escuchó la voz de Stefan: «Vickie, invítame a entrar». Pero nadie había invitado a Damon.

—Pero, ¿cómo consiguió entrar Klaus, entonces...? —empezó a decir, siguiendo el hilo de sus propios pensamientos.

—Eso fue cosa de Tyler, estoy seguro —respondió Damon en tono tajante—. Lo que Tyler hizo por Klaus, a cambio de averiguar cómo reclamar su herencia. Y debió de haber invitado a Klaus a entrar antes de que empezáramos siquiera a custodiar la casa..., probablemente antes de que Stefan y yo viniéramos a Fell's Church. Klaus estaba bien preparado. Aquella noche estuvo en la casa, y la muchacha estaba ya muerta antes de que me diera cuenta de lo que sucedía.

—¿Por qué no llamaste a Stefan? —preguntó Matt.

No había ninguna acusación en su voz. Era una simple pregunta.

—¡Porque no había nada que pudiera hacer! Supe a qué nos enfrentábamos en cuanto lo vi. Un Antiguo. Stefan sólo habría conseguido que lo mataran, y ya no se podía hacer nada por la chica, de todos modos.

Bonnie percibió el tono de frialdad de su voz, y cuando Damon volvió a mirar a Stefan y a Elena, su rostro se había endurecido. Era como si hubiera tomado alguna decisión.

—Ya lo ves, no soy como tú —dijo.

—No importa. —Stefan no había retirado aún la mano; tampoco lo había hecho Elena.

—Y en algunas ocasiones los chicos buenos sí ganan —dijo Matt con voz suave, en tono alentador.

—Damon... —empezó a decir Bonnie.

Lentamente, casi de mala gana, él giró la cabeza hacia ella. La muchacha recordaba en aquel momento cuando habían estado arrodillados junto a Stefan y él le había parecido tan joven. Cuando habían sido simplemente Damon y Bonnie en el borde del mundo.

Le pareció, sólo por un instante, que veía estrellas en aquellos ojos negros. Y pudo percibir en él algo, algún germen de sentimientos como nostalgia y confusión y miedo y cólera, todo mezclado. Pero entonces todo volvió a acomodarse y sus barreras volvieron a alzarse y a Bonnie sus sentidos psíquicos no le dijeron nada más. Y aquellos ojos negros aparecieron simplemente opacos.

Damon volteó hacia la pareja que estaba en el suelo. Después se quitó la chamarra y se colocó detrás de Elena, poniéndosela sobre los hombros sin tocar a la joven.

Y a continuación se dio media vuelta y se encaminó a la oscuridad que reinaba entre los robles. Un instante después, Bonnie escuchó el batir de unas alas.

Stefan y Elena, sin decir palabra, volvieron a unir las manos, y la dorada cabeza de Elena se recostó en el hombro de Stefan. Por encima de los cabellos de la muchacha, los ojos verdes de Stefan giraron hacia el trozo de noche en el que había desaparecido su hermano.

Bonnie sacudió la cabeza, sintiendo un nudo en la garganta que desapareció cuando algo le tocó el brazo y al alzar los ojos vio a Matt. Incluso empapado, incluso cubierto de trozos de musgo y helechos, era una imagen bellísima. Le sonrió, sintiendo regresar su capacidad de asombro y alegría. La mareante y vertiginosa excitación mientras pensaba en lo que había sucedido esa noche. Meredith y Caroline también sonreían, y, en un impulsivo estallido, Bonnie agarró las manos de Matt y lo hizo girar en una danza. En mitad del claro se pusieron a patear las hojas mojadas y a girar y reír. Estaban vivos, y eran jóvenes, y era el solsticio de verano.

—¡Tú nos querías a todas de regreso otra vez! —le gritó Bonnie a Caroline, y jaló a la escandalizada muchacha para que tomara parte en la danza.

Meredith, olvidada su dignidad, se unió también a ellos.

Y durante un largo rato, en el claro sólo reinó el júbilo.

21 de junio, 7:30 horas
Solsticio de verano
Querido Diario:

Bueno, es demasiado para poder explicarlo y, de todos modos, tú tampoco lo creerías. Me voy a la cama.

Bonnie